rowohlt
BERLIN

pia frankenberg

NORA

roman

Rowohlt · Berlin

1. Auflage März 2006

Satz Adobe Garamond PostScript (QuarkXPress)
bei KCS GmbH, Buchholz / Hamburg
Druck und Bindung Clausen & Bosse, Leck
Printed in Germany
ISBN 13: 978 3 87134 547 0
ISBN 10: 3 87134 547 4

Für meinen Mann Elliott
und meinen Sohn Jonny
mit Dank an Michael Töteberg
für seine Freundschaft
und Unterstützung

eins

Gibt es uns wirklich?, dachte sie, als der magische Moment erreicht war. *Bewegen wir uns oder nur die Welt da draußen?*

Sie sah auf den verlöschenden Funkenregen vor dem Fenster – was konnte flüchtiger sein als ein Feuerwerk? – und erinnerte sich an den Jahreswechsel 1968: Sie war zehn, das Fest war vorbei, sie lag mit offenen Augen im Dunkeln und zählte.

… von 68 bis 70 sind 2, und von 70 bis 2000 sind 30 … und 2 und 30 sind 32, und 10 sind 42 …

Nora, die im Jahr zweitausend zweiundvierzig Jahre alt sein würde. *Sein würde.* Die Sprache jedenfalls ließ keinen Zweifel daran, dass vorgesehene Ereignisse in der Zukunft warteten, um dann ihren Platz in der Gegenwart einzunehmen. Wie Bäume in einer Landschaft, die vor einem Zugfenster vorbeiziehen. Sie leerte ihr Glas.

«Zweiundvierzig Jahre», sagte sie vor sich hin und sah wieder das Bild, das sie damals von sich als erwachsener Frau hatte. Eine Frau wie die zweiundvierzigjährigen Frauen, die sie im Alter von zehn Jahren kannte. Die Mutter ihrer besten Freundin zum Beispiel. So wie diese dickliche Frau mit der fusseligen Dauerwelle hatte sie sich selber gesehen, in einem Körper, der sich entwickelt hätte und doch derselbe geblieben wäre, immer noch *ihr* Körper. Ein Körper, der vier Kinder zur Welt bringen würde, und in dem das Bewusstsein einer Zehnjährigen lebte.

Sie hielt das Sektglas in der Hand und betrachtete ihr Spiegelbild in der Scheibe, dahinter die Funken des Feuerwerks am Himmel über dem dunklen Park. Sie war nicht dicklich. Sie war schlank und trug ihr halblanges, dunkellockiges Haar in scheinbar absichtsloser Unordnung lose hochgesteckt, was ihren geraden, immer noch glatten Hals über dem schulterfreien Ausschnitt betonte. Sie hatte keine Kinder.

In der Fensterscheibe tauchte die Silhouette des Gastgebers auf, der hinter sie trat und ihre Schulter berührte. Seine Hand lag kühl auf ihrer nackten Haut. Sie straffte sich leicht.

«Wir haben noch nicht angestoßen.»

In seiner Stimme vibrierte etwas, oder täuschte sie sich? Sie machte Anstalten, sich umzudrehen, aber er verstärkte seinen Druck, ein sanftes Rieseln durchlief ihren Körper, und sie ließ sich ein wenig zurücksinken. Er streckte der Spiegelung eine Sektflasche entgegen, und sie spürte Vorfreude, nicht nur auf das Anstoßen und ein Lächeln und den Austausch von Neujahrswünschen, sondern auch auf einen Kuss, wenn nicht sogar zwei, und die Wärme seiner Wangen. Sie drehte sich um, seine Hand glitt von ihrer Schulter den Rücken hinab und pendelte unentschlossen im Leeren. Nora lächelte ihn an.

«Frohes neues Jahr, Steven. Und danke nochmal für die Einladung.»

Er lächelte zurück. «Frohes neues Jahr, Nora.»

Er schenkte ihr nach, beugte sich hinunter, bis sein Gesicht nah an ihrem war, und zog sich dann plötzlich zurück. Der Moment für einen Kuss war vorüber. Schnell hob sie ihr Glas und ließ es leicht an das seine klingen.

«Auf dass unsere Wünsche in Erfüllung gehen.»

«Oder wenigstens deine.» Sein Lächeln kam ihr ein wenig gequält vor.

«Oh. Danke.»

«Na dann …»

Im Umwenden prostete er ihr noch einmal zu, bevor er sich unter die anderen Gäste mischte.

Gleich in der ersten Zeit in New York war sie Steven während eines Konzerts in einem Musikclub begegnet. Er arbeitete für die

Staatsanwaltschaft und war damit der einzige ihrer neuen Freunde, der einer bürgerlichen Tätigkeit nachging. Der Ernst, mit dem er seine Rolle als Vertreter der Justiz erfüllte, unterschied sich von der unbekümmerten Lässigkeit der anderen. Seine Berufswahl war ihr fremd und machte ihn gleichzeitig interessant. Inzwischen war er ein gefürchteter Staatsanwalt. Mit den Jahren hatte sich ihre verhaltene Bewunderung in erotische Neugier verwandelt. Aber Steven war seit zwölf Jahren verheiratet und scheute vor einer Affäre zurück. In letzter Zeit schien er jedoch mutiger zu werden, und sie war sich sicher, dass sie nicht mehr lange auf einen eindeutigen Annäherungsversuch warten müsste.

Seit längerem schon fand sie Liebesverhältnisse mit verheirateten Männern angenehm, denn sie verpflichteten nicht zu Treue oder Verfügbarkeit. Manche ihrer Liebhaber fürchteten, sie bald wieder zu verlieren, und begehrten sie deshalb umso stärker. Sie suchte die Männer sorgfältig aus; die meisten waren mittleren Alters und mit ihrer Ehe gerade so unzufrieden, dass sie das Risiko einer Affäre in Kauf nahmen. Männer mit ernst zu nehmenden Eheproblemen, die jemanden zum Ausweinen suchten oder einen Grund, ihre Frau zu verlassen, zog sie gar nicht erst in Betracht. Sie hatte gelernt, sich bei der Wahl ihrer Partner Zeit zu lassen. Obwohl sie zu Leidenschaft und Hingabe bereit war, warf sie sich nicht mehr, wie vor wenigen Jahren noch, in jede Verbindung, als suche sie immer noch die eine, die große Liebe. Seitdem war ihr Leben einfacher geworden. Sie war weniger abgelenkt und konnte sich besser auf ihre Arbeit konzentrieren. Hin und wieder sehnte sie sich zwar nach einem Wochenende in besinnungsloser Seligkeit und all den Dingen, die frisch verliebte Paare gerne miteinander taten: nach rauschenden Liebesnächten in überfüllten Cafés ausgiebig frühstücken, wie Teenager bei einem schlechten Film im Kino knutschen, später in einem romantischen Restaurant unter den Blicken der anderen Gäste die Hand auf seine legen, brennend vor Stolz auf den noch aufregenden Geliebten. Aber der Verzicht darauf fiel ihr nicht schwer; sobald sie sich ein dauerndes Zusammensein vorstellte, war es ihr wieder ganz recht, allein zu leben. Sie nahm sich vor, Steven bei der nächsten Gelegenheit vorsichtig noch einmal ihre Bereitschaft zu signalisieren.

Es war warm, die Wohnung war voller Gäste. Nur die Tür zu Melanies Sprechzimmer war geschlossen. Nora hatte das Gefühl, dass Steven und Melanie von Jahr zu Jahr mehr Leute einluden. In einer entfernten Ecke erkannte sie David halb verdeckt neben dem Fernseher. Auf dem Bildschirm drängelten sich Menschen und schrien auf dem hell erleuchteten Times Square einem aufgeregten Reporter ins Mikrophon. Aus ihren aufgerissenen Mündern quollen Atemwolken. Was war so besonders an dieser Jahrtausendwende? Das reine Dabeisein? Was gab es zu bejubeln, wo doch zu erwarten war, dass sich weder am Zustand der Welt noch an der menschlichen Natur etwas ändern würde? Sie betrachtete David, in dessen hochgewachsener Gestalt und leicht gebeugter Haltung immer etwas Fragendes lag, und verglich ihn mit den hysterisch in die Kamera Winkenden. Sie schienen ihr zu einer anderen Gattung zu gehören.

Als Zehnjährige hatte sie an alles Mögliche gedacht, nur nicht daran, wie sie den Jahrtausendwechsel verbringen würde. Sie hatte sich nur *sich selbst* vorgestellt. Aber wer war dieses Selbst? War dieses damalige, eingebildete Selbst weniger wirklich als ihr jetziges? War die Vorstellungskraft eines zehnjährigen Mädchens weniger wirklich als der atmende Körper? Immerhin hatte ihr Bewusstsein all die Jahre diese Vorstellung der künftigen Nora bewahrt, sie war ein Teil ihrer selbst, so wie alles, was sie erlebt hatte, ein Teil von ihr war, ob real oder phantasiert. Ihre damaligen Bilder hatten die Entwicklung des Körpers überdauert, legten sich manchmal darüber wie ein dünnes Tuch, sodass sie sich gelegentlich wieder als dickliche Frau mit schlechter Frisur sah.

Eine Stunde später gingen sie zusammen nach Hause. Sie hakte sich bei David ein, der ein wenig humpelte. Er hatte eine Entzündung am Zeh, die ihn hinderte, richtig aufzutreten, eine Begleiterscheinung seiner Diabetes. Die Entzündungen kamen und gingen, und man konnte wenig dagegen tun. Sie wusste, dass er in der ständigen Angst lebte, eines Tages einen Teil seines Körpers zu verlieren, wobei es vollkommen gleichgültig war, dass es sich um etwas so Geringes wie einen Zeh handelte. Ihm war, als würde er langsam abgebaut, wie ein Gerüst, das man auseinander nahm, bis am Ende alle Stangen, Schrauben und Gelenke säuberlich nebeneinander lagen und es ihn nicht mehr gab. Er sprach nicht darüber, aber sie wusste es.

Es war nicht sehr kalt in der ersten Nacht des Jahres zweitausend, und es nieselte leicht. Der Bürgersteig war an manchen Stellen glitschig, und ihr schwankender Gang passte zur allgemeinen Jahrtausendtrunkenheit. David hatte nicht gefragt, ob sie mit zu ihm kommen wollte, er hatte sie einfach an die Hand genommen und den Weg zu sich nach Hause eingeschlagen. Zu ihr wäre es näher gewesen, ihre Wohnung lag im elften Stock eines alten Apartmenthauses, aus dem Schlafzimmerfenster konnte sie sogar einen kleinen Ausschnitt vom Central Park und gegen den Horizont im Osten die Häuser an der Fifth Avenue sehen. David wohnte weiter nördlich, fast in Harlem. Offensichtlich wollte er die erste Nacht des neuen Jahrtausends mit ihr und in seiner Umgebung verbringen. Sie überlegte, ob es darauf ankam, in ihrer eigenen Wohnung zu sein, inmitten vertrauter Dinge, aber sie fühlte eine Abneigung, das neue Jahr mit so viel Bedeutung aufzuladen. Das ganze Brimborium konnte ihr gestohlen bleiben!

Sie spürte Davids Wärme durch den Stoff ihrer Kleidung. Vor mehr als zwanzig Jahren, kurz nach ihrer Ankunft aus Deutschland, hatte sie ihn im selben Musikclub wie Steven kennen gelernt. Er war Bassist in einer Jazzband, und seine vielen jazzbegeisterten Freunde, zu denen auch Steven gehörte, nahmen sie ohne Zögern in ihren Kreis auf. Niemanden kümmerte es, woher sie kam oder wohin sie ging, sie war einfach Nora, und sie alle vereinte die Musik. Viele ihrer Freunde stammten noch aus dieser Zeit; die meisten waren Musiker, die ihren Lebensunterhalt inzwischen mit Studioaufnahmen oder in Broadway-Orchestern verdienten. Einige waren fortgezogen. Ihre beste Freundin, die geschiedene Frau eines Trompeters und Mutter zweier Teenager, arbeitete in Kalifornien als Drogenberaterin und gab nebenbei Klavierstunden. Sie wollten sich nicht aus den Augen verlieren, trotzdem lag ihr letztes Treffen schon zwei Jahre zurück.

Nora dachte an die winzige Wohnung im Village, in der sie eine Weile mit David zusammengelebt hatte, verliebt und unbekümmert. Während er auf der Bühne spielte, stand sie hinter der Bar. Die Gäste amüsierten sich über ihren anfänglich harten Akzent, aber sie mochten sie und nahmen es ihr nicht übel, wenn sie eine Bestellung missverstand. Während sie Bier zapfte und Drinks mixte, lauschte sie dem Durcheinander der fremden Stimmen und Töne und dem ungewohnten, heiser rollenden Singsang der Schwarzen. Ihr Leben hätte noch lange so weitergehen können, aber nach einiger Zeit wurde ihr der Gedanke unbehaglich, weiter illegal im Land zu bleiben. Ihre plötzliche Angst und Davids praktische Hilfsbereitschaft führten zu einer Ehe, deren Bedeutung im Laufe der Jahre vom Vorder- in den Hintergrund ihres Lebens getreten war. Dort hielt David seither seinen Platz – ruhig, zuverlässig, erreichbar. Hin und wieder schliefen sie miteinander, eine Art Ritual, mit dem sie sich ihrer gemeinsamen Geschichte versicherten.

«Willst du nicht lieber ein Taxi nehmen?»

Sie dachte an seinen Zeh und die Schmerzen, die er beim Laufen hatte.

«Nein. Erstens kommt sowieso keins, und zweitens brauche ich nach dieser Party ein bisschen frische Luft.»

«Es hat dir nicht gefallen.»

«Dir etwa?»

Kleine Wölkchen entschwebten ihren Mündern. In einem ihrer Kinderbücher war ein Mädchen vorgekommen, das bei jeder Lüge eine schwarze Wolke ausstieß. Aus Angst, das könnte ihr auch passieren, hatte sie sich wochenlang bemüht, jede Lüge zu vermeiden. Da waren sie nun und atmeten weiße Wölkchen aus. Sie beschloss, wenigstens bis zum Einschlafen nur noch die Wahrheit zu sagen. Ihr Beitrag zum Jahrtausendwechsel.

«Es war …»

Sie überlegte. Zur Wahrheit gehörte, dass man genau sein musste.

«… eine Täuschung. Als spielte jeder eine Rolle, niemand war entspannt oder ruhte in sich, wenn du weißt, was ich meine. Steven möchte, glaube ich, was mit mir anfangen, und Melanie weiß es vermutlich und ist überaus nett zu mir. Vielleicht will sie es damit verhindern. Verstehst du, wenn man sehr freundlich zu jemandem ist, dann kann er einem nichts mehr antun. Er hat ein schlechtes Gewissen, oder es macht einfach keinen Spaß mehr. Ein bisschen wie das Kindchenschema. Das habe ich mal in der Schule gelernt, in Biologie; oder war es Sozialkunde? Ich weiß es nicht mehr, es ging jedenfalls darum, dass Lebewesen – wenigstens Säugetiere – anfangs einen natürlichen Schutz durch ihre noch unentwickelten, niedlichen Züge genießen. Sozusagen ein Aggressionshemmer. Weshalb man sich natürlich fragt, warum einige Arten trotzdem ihre Jungen töten und auffressen.»

Sie waren acht Blocks gelaufen. Ihr fiel auf, dass David schwieg.

«Entschuldige, das war vielleicht nicht ganz die Antwort, die du erwartet hast. Sie lautet, glaube ich: Nein.»

«Nein?»

«Nein wie: Es hat mir nicht gefallen.»

«Das habe ich mir gedacht.»

«Hast du mich beobachtet?»

«Ich beobachte dich immer.»

Sie sah ihn von der Seite an. Kein Lächeln, kein Hauch von Spott.

«Und was siehst du?»

«Unruhe. Verunsicherung. Du wirkst wie jemand, der etwas verlegt hat und es nicht finden kann.»

«Stimmt, ich vermisse seit Tagen meinen Ersatz-Wohnungsschlüssel.»

«Und du weichst aus.»

Er blieb stehen und hob den kranken Fuß ein bisschen an. Wie ein Flamingo, dachte sie. Er war um einiges älter als sie, fast zwölf Jahre. Seine Haltung, sein Reden machten sie ärgerlich.

«Du benimmst dich wie ein väterlicher Analytiker. Bitte hör auf damit, es passt nicht zu dir.»

Er setzte den Fuß wieder ab und ging weiter.

«Natürlich. Wenn du es wünschst.»

Jetzt blieb sie stehen und schaute zu ihm hinauf. Er war mehr als einen Kopf größer.

«Warum so förmlich? Weil ich das über Steven und Melanie gesagt habe? Was ist los?»

«Nichts. Ich kann dir nur sagen, was ich sehe. Das ist alles.»

«Willst du wirklich, dass ich mit zu dir komme?»

«Willst *du*?»

«Ich hab zuerst gefragt.»

«Gut. Ja, ich möchte, dass du mit zu mir kommst. Dann kannst du meinen angefaulten Zeh verarzten, und anschließend können wir Ella und Ray Brown auflegen und das neue Jahrtausend mit einer Orgie begehen. Wie wär's?»

Sie zögerte. Nicht lang genug, als dass er es bemerkt hätte.

«Klingt gut.»

Wie leicht es war, ihr noch frisches Gelübde zu brechen!

Habemus Papam, schwirrte es ihr beim Anblick der weißen Atemwölkchen durch den Kopf, und sie dachte an den Lateinunterricht, den Papst und ihre Kindheit.

Sie brauchte länger, als ihr recht war, um wieder zu sich zu kommen aus dem Zwischenreich von Entrücktheit und Ernüchterung. Still lag sie in Davids Armen und überließ sich einer langsamen Entspannung, während sie auf sein Erschlaffen und seine regelmäßigen Atemzüge wartete. Dann begann sie mit dem Rückzug. Er hatte ein Bein eng um sie geschlungen, und sobald sie sich bewegte, verstärkte er den Druck. Mit Geduld und unnachgiebiger Zähigkeit gelang es ihr, sich aus seiner Umklammerung zu befreien. David drehte ihr mit einem Schnaufen – bedauernder Kommentar oder schlaftrunkenes Seufzen? – den Rücken zu. Nach kurzer Zeit atmete er wieder ruhig, den Kopf halb vom Laken verdeckt. Vorsichtig schlüpfte sie aus dem Bett, zog sich im Dunkeln an und verließ die Wohnung.

Das Blinken der Digitalanzeige auf ihrem Anrufbeantworter war ein Versprechen; noch jedes Mal verfiel sie beim Anblick der roten Leuchtschrift in neugierige Erwartung. Sie spulte durch vier Neujahrswünsche – freundliche Anerkennung ihrer Existenz –, die sich im jährlichen Rhythmus wiederholten, bis sie zum letzten Anruf kam.

«Hallo …?»

Eine Frauenstimme, heiser und brüchig.

«… Nora?»

Es klang hoffnungsvoll. Aus dem Gerät knisterte es statisch in die unerlöste Pause. Sie fühlte, wie sich alle Abwehrkräfte in ihrer Körpermitte zusammenballten.

«Bist du da? Nora …?»

Sie lauschte in die sich dehnende Stille. Ein Rascheln, wie von Papier, und ein schabendes Geräusch, als rutsche der Hörer über Stoff. Dann wieder die Stimme, diesmal mit mehr Nachdruck.

«Ich … wollte dir zum neuen Jahrtausend Glück wünschen. Und», leiser jetzt, «dass du es bis hierher geschafft hast …»

Ein Zögern, als käme noch etwas. Aber es kam nichts. Ein Klicken.

«Ende der Nachrichten», sagte die Automatenstimme.

... Glück wünschen. Und dass du es bis hierher geschafft hast.

Ihr Ohr störte sich unwillkürlich an den nicht zueinander passenden Satzteilen. Wenn sie unsicher war, hatte ihre Mutter immer schon mit grammatikalischer Verwirrung zu kämpfen gehabt. Nichts Neues also. Sie betrachtete den Anrufbeantworter, als ginge eine Gefahr von ihm aus, dann spulte sie das Band zurück. Diesmal hörte sie in der Pause zwischen dem Rascheln und Schaben ein Glucksen. Sie wiederholte die Nachricht, und jetzt war sie sich sicher. Was sie bereits beim Klang der Stimme vermutet hatte, die nicht nur rau, sondern auch schleppend war, bestätigte sich. Schon zum zweiten Mal an diesem Tag fühlte sie sich zurückkatapultiert in eine andere Zeit und einen anderen Bewusstseinszustand. Es kam ihr vor, als wäre sie plötzlich aus einem gnädigen Tiefschlaf geweckt worden.

Zwölf Jahre war es bereits her, dass sie ihre Mutter bei einem Besuch in Deutschland zum letzten Mal gesehen hatte. Zusammen mit den Angestellten des kleinen Verlages war sie zum Fenster im ersten Stock geeilt, als draußen auf der anderen Straßenseite der Lärm losbrach.

«Muchacha! Vergiss die Sorgen
Muchacho! Es gibt kein Morgen.»

Das Viertel feierte die Eröffnung eines Drogeriemarktes, und ihre Mutter stand vor dem Eingang des Geschäftes auf einem kleinen Podest, beinahe hätte sie sie nicht erkannt. Die Lautsprecheranlage war erbärmlich, aber Waltraut sang live zu einem Playbackband, hielt das Mikrophon, den Ellbogen leicht abgespreizt, nah an den Mund und trällerte von einer tropischen Insel und den Festen heißblütiger Eingeborener. Um sie herum hatte sich eine Fangemeinde versammelt, hauptsächlich ältere Männer und Frauen, Autogrammbücher in der Hand, Ehrfurcht im Gesicht. Nora kannte diesen Ausdruck, diese Mischung aus Begeisterung, Unterwürfigkeit und respektvoller Bewunderung.

«Fiesta, Fiesta des Lebens
und die Liebe kommt bald zu dir.»

Ein Text wie ein unverdaulicher Eintopf, als habe man einem Koch mit den Worten «Mach mal was draus!» Gewürzgurken und Schlagsahne hingestellt. Ihre Mutter trug einen schwarzen, eng anliegenden Hosenanzug und machte auf dem Podest kleine Tanzschritte. Sie gab ihren Hüften Schwung, spreizte ein Bein seitlich ab, wandte ihr Gesicht ins Profil, drückte den Kopf mit der freien Hand dramatisch nach vorn und presste das Kinn gegen ihre Schulter in eine verunglückte Bühnenpose. Eine Mischung aus Shirley MacLaine und Liza Minnelli. Zwei von Waltrauts Heldinnen mit einer Karriere, die sie selber nie gehabt hatte.

Die Verlagsangestellten waren begeistert.

«Wahnsinn! Ist das nicht total irre?»

Neben ihr lehnte eine Sekretärin am Fenster und beugte sich hinaus. Vor dem Eingang zum Drogeriemarkt hatten sich inzwischen ein paar Punks mit ihren Hunden versammelt und spielten fassungslos grinsend mit der Dekoration aus bunten Luftballons. Der Verlag befand sich in einem multikulturellen Viertel; Türken, Rentner, Punks und Sozialhilfeempfänger lebten hier und seit kurzem auch Yuppies, die in den schick gewordenen Stadtteil einrückten. Und Hunde.

«Mein Onkel ist total verrückt nach Vera Veneta, der würde völlig durchdrehen, wenn er wüsste, dass sie hier ist», rief die Sekretärin aufgeregt.

«Vielleicht sollten Sie rübergehen und sie um ein Autogramm für ihn bitten.»

Die Sekretärin kicherte über den Vorschlag, war aber sichtlich hin und her gerissen.

Vera Veneta, geschiedene Waltraut Elsner, geborene Weber. Sie spürte die Versuchung, der Sekretärin ihr Geheimnis zu enthüllen, nur um zu sehen, wie rasch sie sich in ihren Augen verwandeln würde: von einer im Ausland lebenden Übersetzerin Anfang dreißig, die, abgesehen von einer gewissen Reserviertheit, im Verlagsalltag keine besonderen Schwierigkeiten machte, zu einer Frau, deren Leben durch diese Sängerin da draußen, die ihre Mutter war, plötzlich näher rückte und sogar einen sehr deutschen, ja, trivialen Hintergrund bekam. Sie unterdrückte den Impuls.

«Fiesta der Liebe, Fiesta des Glücks
Heute ist heute, schau nicht zurück!»

Ihre Mutter wusste nichts von ihr und ihrem Aufenthalt in Deutschland. Es war reiner Zufall, dass sie sich zur selben Zeit in dreißig Meter Entfernung auf der anderen Straßenseite befand und Zeugin dieses Auftritts wurde. Die Sekretärin wandte sich schwungvoll vom Fenster ab und verkündete ihren Entschluss:

«Ich hol mir ein Autogramm. Will noch jemand eins?»

Die Mitarbeiter der Presseabteilung und eine Praktikantin schlossen sich an. Lachend verließen sie ihren seriösen Verlag, um sich Vera Venetas Fangemeinde anzuschließen.

Dass sie es bis hierher geschafft hatte. Die Digitaluhr auf ihrem Schreibtisch blinkte 4:27. Nora löschte alle Anrufe, setzte Wasser auf und schaltete den Computer ein. Das kalte Blau des Bildschirms fiel ins Zimmer, sie stand am Fenster und schaute über die niedrigen Dächer einer Reihe von Stadthäusern. Durch die Lücke zwischen zwei höheren Gebäuden sah sie in die Ferne über den Central Park zur Fifth Avenue, wo das Licht in den Fenstern der Apartmenthäuser den Fortgang der Silvesterpartys anzeigte. Nora brühte Tee auf, zog das Buch heran, das noch an der Stelle aufgeschlagen war, an der sie ihre Arbeit am Vortag unterbrochen hatte, und widmete sich entschlossen ihrer im vergangenen Jahrtausend begonnenen Übersetzung.

...

«… achtunddreißig, siebenunddreißig, sechsunddreißig …»

Auf dem Bildschirm sank, begleitet vom Countdown aus Tausenden von Kehlen, die Neujahrskugel am Times Square ihrem Ziel entgegen, und sie hatte plötzlich wieder *das Gefühl.* Seit kurzem überkam es sie mit wiederkehrender Heftigkeit, unvermittelt wie eine Ohnmacht oder ein starkes, lustvolles Aufwallen. Mit herabhängenden Armen, die Augen geschlossen, stand sie mitten im Raum. In ihren Ohren rauschte es, sie spürte, wie ihre Wangen warm wurden.

«Liebling! Amy, hey! Komm her, Schatz, du verpasst es noch!»

Sie öffnete die Augen und machte ein paar Schritte auf Richard zu. Er nahm sie in den Arm.

«Ich liebe dich», sagte sie automatisch. Hinter dem Tresen der zum Wohnzimmer offenen Küche rumorten ihr Bruder und ihr Schwager und öffneten eine Sektflasche. Der Knall ging im Lärm des Fernsehers unter. Sie sah, wie der Schaum heraussprudelte und die beiden Männer hastig zurücksprangen. Mit vorgebeugtem Oberkörper und herausgestrecktem Hintern versuchten sie, ihre Hosen zu retten. Der Anblick erinnerte sie an eine Slapstickszene im Stummfilm.

«… siebenundzwanzig, sechsundzwanzig, fünfundzwanzig …»

«Eins, zwei, drei …», plapperte Debbie neben ihr aufgeregt. Sie war fünf und konnte ohne zu stocken bis hundert zählen.

Richard lachte und hob die Kleine hoch. Vor dem Fernseher stand mit konzentriertem Gesichtsausdruck Andrea, eine Hand auf dem gewölbten Bauch.

«Schnell, Amy, fühl mal!»

Folgsam legte sie ihrer jüngeren Schwester eine Hand auf die Bauchdecke, die sich unter den wilden Zickzackbewegungen eines Ellbogens oder Knies spannte.

«Ganz schön aktiv! Da wirst du was zu tun haben!»

Andrea warf ihr einen raschen, misstrauischen Seitenblick zu. Was hatte sie jetzt schon wieder gesagt? Andrea wandte den Blick ab und starrte auf ihren Bauch, als wäre sie sich nicht sicher, was sich darunter verbarg. Amy seufzte. Sofort spürte sie Richards Hand, die sich warm und beruhigend um ihre Taille legte. Von der Treppe zum ersten Stock hörte sie die schnellen, leichten Schritte ihrer Mutter, das hohl klingende Klack-Klack ihrer Absätze auf den Holzstufen. Sie hatten immer noch keinen Läufer gekauft. Als sie vor zwei Jahren eingezogen waren, hatte sie es sich fest vorgenommen, und immer wieder schob sie es auf. Inzwischen mochte sie diesen Klang, Richards Schritte auf der Treppe, das Trappeln der Kinder, das Wissen, dass jemand hinauf- oder herunterging. Plötzlich wurde eine Erinnerung aus ihrer Kindheit lebendig: Sie war zehn, vielleicht elf Jahre alt, als Gus starb, der alte Mischlingshund der Familie. Noch Wochen später hatte sie den Eisschrank in der Küche nicht öffnen können, ohne auf das herannahende Trippeln seiner Pfoten auf dem Holzfußboden zu horchen, ein rasches Klickern von Krallen auf Parkett, zwei Geräusche, die zusammengehörten wie ein Pärchen in einem Memory-Spiel: *Eisschranktür öffnen, Hundekrallen auf Holz.* Jedes Mal war ihr zum Heulen gewesen. Im Laufe der Zeit hatte sie sich daran gewöhnt, dass Gus nicht mehr da war. Aber jetzt, da sie an ihn dachte, hörte sie ihn wieder.

«… vier, drei, zwei …» Das alte Jahrtausend sank mit der Neujahrskugel in die Vergangenheit hinab.

«Die Gläser! Wo ist denn das Tablett?»

«… eins. Null! Frohes neues Jahr!»

Richard drückte sie an sich, sie schloss die Augen, roch den vertrauten Geruch von Körperschweiß, Wolle und Aftershave, vermischt mit dem Duft nach Kinderhaut. Debbies feine Haare streiften ihr Gesicht.

«Frohes neues Jahr», murmelte sie in die Beuge seines Halses.

«Frohes neues Jahr, Baby.»

Er küsste sie und schob sie ein wenig von sich, sie öffnete die Augen und blinzelte lächelnd, geblendet vom Licht der künstlichen Weihnachtsbaumkerzen, in seine Richtung. Die Hitze des Kaminfeuers breitete sich im Raum aus, sie fächelte sich Luft zu. Sie war stolz auf ihren Kamin, sie hatte sich immer einen gewünscht. Über Richards Schulter sah sie, wie ihr Bruder Phoebe in den Arm nahm. Im Sommer hatten sie geheiratet, und es war Phoebes erstes Silvester im Kreise der Familie.

«Sie hält sich nicht schlecht», hörte sie die Stimme ihrer Mutter, die plötzlich neben ihr stand und ihrem Blick gefolgt war.

Sie schrak leicht zusammen. *Du auch*, dachte sie, als ihre Augen sich trafen.

«Frohes neues Jahr, Mom.»

«Frohes neues Jahr, Schatz.» Gina breitete lächelnd die Arme aus. «Die Kleine ist gerade eingeschlafen. Ich beinahe auch.»

Wie immer, wenn sie ihre Mutter umarmte, war sie überrascht, wie zart sie war, wie zerbrechlich sie sich anfühlte. Unter ihrer sportlichen Kleidung verbarg sich allerdings ein durchtrainierter Körper, in dem ein zäher Geist wohnte. Amys Vater war Ende August gestorben; zum ersten Mal feierten sie den Jahreswechsel ohne ihn. Ihre Mutter glich den Frauen, die im Fernsehen für Kreuzfahrten warben: aktive, ältere Damen, die am Arm eines passend ausgewählten TV-Ehemannes ihr Haar im Fahrtwind flattern ließen, während die dritten Zähne im lachend geöffneten Mund blitzten. Amy erschrak über die latente Feindseligkeit, die sich in ihre abschweifende Phantasie geschlichen hatte. Sie dachte an das Leben ihrer Mutter: Seit sie sich erinnern konnte, war ihr Vater jeden Morgen in seine Zahnarztpraxis gefahren. Sie wohnten in einem Einfamilienhaus außerhalb von Washington. Den Vormittag verbrachte ihre Mutter bei ihm in der Praxis, saß am Telefon, schrieb Rechnungen und assistierte ihrem Mann, wenn seine Sprechstundenhilfe einmal krank war. Nachmittags, wenn Amy und ihre Geschwister aus der Schule kamen, war sie wieder zu Hause, stellte Milch und Erdnussbutter-Sandwiches auf den Küchentisch, half ihnen bei den Hausaufgaben, bastelte Weihnachts- und Osterdekorationen und schneiderte die Kostüme für die Schulaufführungen. Ihren Vater bekamen sie erst zum Abendessen zu Gesicht, einen freundlichen, humorvollen Mann, der ihnen vor dem Einschlafen Geschichten vorlas, sie am Sonntag ins Kino oder Museum schleppte und ihr beinahe das Herz brach, als er zwei Jahre vor seinem Tod ein Verhältnis mit seiner dreißig Jahre jüngeren Sprechstundenhilfe anfing. Tom mied von da an Familienfeste und ging ihm aus dem Weg. Andrea regte sich entsetzlich auf und machte ihrer Mutter noch heute Vorwürfe, weil sie bei ihm geblieben war. Entwürdigend nannte sie das Arrangement, in dem ihre Eltern lebten, aber Amy kam nach langem Hadern zu dem Schluss, dass das Leben eben hin und wieder entwürdigend war. Andrea würde sich früher oder später damit abfinden müssen, dass ihr Erzeuger ein aufmerksamer, liebevoller Vater war, zugleich jedoch ein triebgesteuerter Ehemann, der auf den Gefühlen seiner Liebsten herumtrampelte. Als er starb, schien er ihr noch jung, dreiundsechzig, so alt wie ihre Mutter jetzt. Die genauen Umstände seines Todes waren in ein sorgfältig gehütetes Dunkel gehüllt; sie sprachen nie darüber. Nicht wenige seiner Patienten kamen zur Beerdigung, mitten unter ihnen die Sprechstundenhilfe. Die Feierlichkeiten und den anschließenden Empfang zu Hause ertrug ihre Mutter mit einer wie gefroren wirkenden Haltung, bis hin zum späten Abend, als die engere Familie schließlich zusammensaß und Andrea nicht mehr länger an sich halten konnte.

«Ich finde es geschmacklos, dass diese Frau einfach an seinem Grab auftaucht. Das hätte weiß Gott nicht sein müssen!»

Mit unvermuteter Heftigkeit richtete ihre Mutter sich im Sessel auf.

«O doch! Sie hat ihn geliebt, wie ich ihn geliebt habe!»

Sie zitterte, als sie sich zurücklehnte, ihre Hand umklammerte ein halb volles Glas Wein. Es war vollkommen still, alle starrten sie an, keiner von ihnen hatte sie je so sprechen gehört, mit solch unerbittlicher Schärfe. Dann brach Andrea in Tränen aus und rannte aus alter Gewohnheit in ihr ehemaliges Zimmer.

Wie ich ihn geliebt habe. Sekundenlang konnte sich Amy ihren Vater als Mann vorstellen, nackt, morgens mit ihrer Mutter im Badezimmer, im Bett mit einer Erektion, in den Körper ihrer Mutter eindringend, beim Orgasmus. Aber gleich darauf sah sie wieder nur einen dunkelhaarigen Mann im Anzug oder Arztkittel, der sie auf den Schoß nahm und sie und ihre Geschwister vor dem Schlafengehen kitzelte. Ihr Vater, für immer.

Sie spürte die Hand ihrer Mutter auf ihrer Wange, lockerte ihre Umarmung, und ihre Gedanken kehrten zurück, dorthin, wo im warmen Licht die Familie erwartungsvoll der Zukunft zutrank.

«He, kleine Schwester!»

Ihr Bruder drückte Richard das Tablett mit den Gläsern in die Hand und zog sie in seine Arme.

«Frohes neues Jahr, Amykin.»

Sie lachte verlegen.

«Dir auch, Tom.»

Als sie klein war, hatte ihre Familie sie Amykin genannt. Nach und nach war der Name verloren gegangen; Tom war der Einzige, der sie noch immer so nannte. Es lag etwas Zärtliches in seiner Hartnäckigkeit.

Richard reichte das Tablett herum.

«Hat jeder was zu trinken? Ich sage euch, wenn wir es irgendwann mal schaffen, dass um Mitternacht alle gleichzeitig ein volles Glas in der Hand haben, dann …»

«Dann?»

Sie horchte auf. In der dröhnenden Stimme ihres Schwagers schwang unterdrückte Aggression. Walter, groß und von der Statur eines ehemals durchtrainierten, jetzt langsam Fett ansetzenden Footballspielers, musterte Richard übertrieben erwartungsvoll, so als schätze er vor einem lang ersehnten Kampf die Schwächen seines Gegners ab. Zum ersten Mal war ihr diese Rivalität bei der Beerdigung ihres Vaters aufgefallen. Lag es vielleicht daran, dass Andrea, solange Amy denken konnte, mit ihr konkurriert hatte? Vielleicht bestand ja eine Art Gesetzmäßigkeit, dass die Partner rivalisierender Geschwister einander bekämpfen. Dabei konnte sie sich nicht erinnern, ihr außer mit der unabänderlichen Tatsache, dass sie die Ältere war, je einen Anlass für Eifersucht gegeben zu haben. Tom, dem Ältesten, begegnete Andrea nie mit solcher Feindseligkeit. Verstohlen betrachtete Amy Walter, der mit besitzergreifender Geste einen Arm um die knochige Schulter ihrer Schwester gelegt hatte. Sie gestand sich ein, dass sie Walter wegen seiner lauernden Art nicht besonders mochte, und ertappte sich dabei, wie sie automatisch nach Richards Hand suchte, der in einer entwaffnenden Geste, den Blick grinsend auf Walter gerichtet, die Arme ausbreitete.

«Dann …»

Sie hielt vorsichtshalber den Atem an.

«… ist es nicht mehr dasselbe. Frohes neues Jahr für uns alle», beendete Tom den Kampf, bevor er beginnen konnte, und hob sein Glas.

Um fünf Uhr morgens ging sie im Dunkeln barfuß hinunter in die Küche. Durch das Fenster fiel der Schein der Weihnachtsdekoration, eine Lichterkette aus Eiszapfen, die sich am Vordach entlangwand und ein Rentier auf dem Rasen beleuchtete, das einen Schlitten zog. Richard hatte es für die Mädchen gekauft und sich über ihre Begeisterung gefreut wie ein Kind. Debbie war hingerissen. Die Sachen in der Küche – halb volle Gläser, leere Sandwichplatten, Schalen mit Resten von Dips und Nüssen – wirkten in dem ungewohnten Licht wie eine fremde Hinterlassenschaft. In einer Schublade fand sie ganz hinten das Päckchen Zigaretten. Andächtig atmete sie den Rauch ein.

Langsam löste sich die Anspannung des Abends. Wochenlang freute sie sich auf diese Familienfeste, und wenn sie dann stattfanden, überfiel sie urplötzlich ein Gefühl der Vergeblichkeit. Sie neigte sonst nicht zu Melancholie, aber gegen diese Form der Verzweiflung war sie zunehmend machtlos. Sie spürte ein vertrautes Ziehen in der Magengegend und das Herannahen sanfter Trauer. Das Gesicht ihres Vaters tauchte auf, das Trauergefühl verstärkte sich, sie saß still da, gab sich den Erinnerungen hin und war wieder das kleine Mädchen: Sie zwischen Andrea und Tom – sie musste etwa fünf sein –, direkt vor ihren Augen der dicke, rot bekleidete Bauch des Weihnachtsmanns. Ehrfürchtig starrte sie ihn an, als Toms Ellbogen sie plötzlich in der Seite traf: *Die Schuhe, guck mal! Dads Schuhe!* Sie senkte den Blick. Andrea war noch zu klein, um das ganze Ausmaß des Betruges zu erkennen, aber sie selber begriff es und konnte weder ihrem Vater noch ihrem Bruder verzeihen, dass sie ihr den Kinderglauben genommen hatten.

Sogar jetzt noch war sie stolz auf den Zorn, der sie damals gepackt hatte, die ungetrübte, gerechte Empörung. Wie viel komplizierter waren die Dinge heute, fast dreißig Jahre später! Der Neid auf Phoebe und Tom, die ausschließlich mit sich selber beschäftigt waren und einander den ganzen Abend lang mit Blicken ausgezogen hatten! Voller Scham dachte sie daran, wie ungeduldig sie heute auf Sophie reagiert hatte, die quengelnd aufgewacht war und nicht wieder einschlafen, aber auch nicht mitfeiern wollte. Erst von Richard hatte die Kleine sich beruhigen lassen. Er konnte mit den Kindern umgehen, besaß eine erstaunliche Gelassenheit, die ihr, obwohl sie normalerweise gar nicht aufbrausend oder besonders ungeduldig war, einfach fehlte. Er hatte selber noch etwas Kindliches, und wahrscheinlich hätte er sich an ihrer Stelle einfach geweigert, nur wegen der unwiderlegbaren Tatsachen nicht mehr an den Weihnachtsmann zu glauben. Vielleicht hätte er sich auch einfach damit abgefunden. Böse wäre er deswegen niemandem gewesen.

Unvermittelt schob sich Andreas verkrampfte Gestalt in ihr Bewusstsein: Wie sie da allein vor dem Fernseher gestanden hatte, mager, ihr Bauch wie ein seltsamer Auswuchs aus ihrem Körper hervorragend, klein und rund wie eine Kokosnuss! Es war unverkennbar, dass ihr die Schwangerschaft zuwider war. Den ganzen Abend hatte ein grüblerischer Ausdruck auf ihrem Gesicht gelegen, fast an der Grenze zur Feindseligkeit. Im März sollte das Baby kommen, und sie würde für Andrea da sein müssen. Auf Walter war kein Verlass; er gehörte, anders als Richard, zu den Männern, die stolz darauf waren, eine Ehe mit traditioneller Rollenverteilung zu führen. Es war schon ohne einen Mann, der sich bedienen ließ, hart genug, plötzlich mit Schlafentzug, Stillproblemen, Bergen von Wäsche und einem chaotischen Haushalt konfrontiert zu sein, und es schauderte sie nachträglich bei dem Gedanken, sie hätte all das ohne Richards Hilfe durchstehen müssen. Eine Woge aus Mitleid und Liebe überflutete sie. Ihre Familie. Sie löschte die Zigarette unter dem Wasserhahn und zündete sich eine neue an.

Im Geist durchwanderte sie eine geordnete Zukunftslandschaft, streifte Spielplätze und Strandferien, Geburtstage, Ausflüge und Sportwettkämpfe. Weit hinten am Horizont, irgendwo zwischen Schulabschlussfeier und College-Einzug, tauchte verloren die Gestalt ihrer Mutter auf; schuldbewusst, aber entschlossen wich sie ihr aus. Ihre Gedanken schlugen einen Bogen, kamen vom Weg ab, wurden leichter, schwebten. Die Zigaretten stiegen ihr zu Kopf, ihre Glieder wurden schwerer. Sie schloss die Augen und ließ sich in warme, wattige Dunkelheit sinken, tiefer und tiefer, bis ihr Bewusstsein leer war. Neue Bilder trieben vorbei, seltsame Fundstücke: Richard und sie in einem Wagen mit offenem Verdeck unter weitem Himmel. Bretterbuden an der Straße, im Hintergrund Wüste. Bilder von Orten, an denen sie nie gewesen war, ihr dennoch vertraut wie aus einem Fotoalbum.

Um halb sieben hörte sie Sophie rufen. Sie ging hinauf, nahm das schlaftrunkene Kind auf den Arm und trug es in ihr Zimmer. Debbies kleiner Körper lag quer ausgestreckt neben Richard und nahm beinahe den ganzen Rest des Bettes ein. Vorsichtig legte sie die Kleine neben ihrer Schwester ab und schob beide Kinder näher an ihren Vater. Sophie steckte den Daumen in den Mund und schmiegte sich an sie, als sie fröstelnd unter die Decke schlüpfte, bereit für den Schlaf und dankbar für ihre Wärme.

zwei

Im Mai, als Nora schon dachte, sie habe sich etwas eingebildet, unternahm Steven schließlich den erhofften Annäherungsversuch. Sein Anruf erreichte sie mitten in einer schwierigen Arbeitsphase. (Wie übersetzte man *serendipity*? Glück? Glücklicher Zufall? Die Gabe, zufällig glückliche und unerwartete Entdeckungen zu machen?) Sie war ihm dankbar für die Unterbrechung.

«David hat mir deine neue Nummer gegeben. Was ist los? Bekommst du etwa obszöne Anrufe?»

«Tut mir Leid, ich habe vergessen, euch Bescheid zu sagen.»

«Bei Melanie hat eine Weile jemand ...»

«Nein, es ist alles in Ordnung.»

Sie wartete, geduldig.

«Oh, gut, gut. Hm, entschuldige, dass ich dich so überfalle – hast du heute abend schon was vor?»

«Kommt drauf an, was im Angebot ist», sagte sie leichthin.

«Was? Ach so», er lachte nervös. «Möchtest du mit mir zu einem Kammerkonzert gehen? Wir haben ein Abonnement, und Melanie ist auf einer Konferenz der Psychotherapeuten.»

Sie merkte, wie er mit sich rang.

«Klar. Genau, was der Doktor verschrieben hat.»

Er lachte wieder, erleichtert diesmal, und nannte ihr Uhrzeit und Adresse.

Es war ein milder Frühlingsabend, und sie ging die vierzehn Blocks zur Konzerthalle zu Fuß. Schon von weitem sah sie ihn, einen relativ großen Mann in einem leichten, etwas ausgeleierten

Jackett und heller Hose. Er hatte immer eine jungenhafte Ausstrahlung gehabt. Inzwischen trug er eine Brille, und sein rötlichblondes Haar blich an den Schläfen aus, was ihn mit den Jahren seriöser wirken ließ. Für einen Staatsanwalt wahrscheinlich nicht ganz unwichtig, dachte sie. Sie zögerte unwillkürlich und fragte sich, was sie eigentlich von Steven erwartete. Er war attraktiv, so viel stand fest, und es war höchste Zeit für ihn, seine unentschlossene Silvesterwerbung einzulösen. Aber sonst? Ihre Affären begannen oft mit einem Befreiungsschlag: Ein neuer Liebhaber rettete sie vor Langeweile, Einsamkeit oder der Angst vor dem Verlust ihrer Attraktivität. Was erhoffte sie sich diesmal? Einen Moment lang verspürte sie schon den unvermeidlichen Überdruss, das schleichende Gefühl, wieder genug von ihm zu bekommen, von seinen Eigenheiten, seiner übertriebenen Zurückhaltung. Sie wunderte sich, dass sie überhaupt von ihm angezogen war. Sie hatte eigentlich nichts übrig für schüchterne Männer, sie wollte offen und machtvoll begehrt werden. Hatte sie ihre Wahl womöglich nur getroffen, weil Steven leichte Beute schien? Konnte es sein, dass sie sich eine Verführung gar nicht mehr zutraute? Hastig schüttelte sie den Gedanken ab. Steven hatte sie entdeckt, er machte ein paar Schritte auf sie zu. Mit leichter Verzögerung schloss er sie in die Arme, sie glaubte, ein Zittern zu spüren, und erwiderte beruhigend seinen Druck. *Es ist gut, wir wissen beide, wie der Abend enden wird, also entspann dich.* Er trat einen Schritt zurück, betrachtete sie, als müsse er einen Entschluss überprüfen.

«Da bist du ja. Gut, dass es geklappt hat.»

Sie lächelte. «Du weißt doch, mein Alltag ist ereignislos, und ich bin für jede Abwechslung dankbar.»

Er lachte verunsichert. Ihr wurde klar, dass sie ihn gerade beleidigt hatte. Sie war verlegen, dabei hatte sie nur gesagt, was ihr in den Sinn gekommen war. Jetzt war sie sich nicht mehr sicher, ob nicht doch Wahrheit darin lag. War ihr Leben wirklich so erbärmlich langweilig? Steven hielt ihr die Tür auf und führte sie zu seinen abonnierten Plätzen.

Anfänglich fiel es ihr schwer, sich auf die Musik zu konzentrieren. Die Geräusche des vorwiegend älteren Publikums, das unterdrückte Husten und Geraschel lenkten sie ab. Je älter sie selber wurde, desto ungnädiger reagierte sie auf die Begleiterscheinungen des Alters. Eigentlich hätte sie Mitgefühl aufbringen müssen, aber es gelang ihr nicht. Sie konnte sich nicht vorstellen, jemals eine im falschen Moment in ihrer Handtasche kramende, mit Bonbonpapier knisternde alte Frau zu werden. Alt, ja; allerdings nicht auf diese abwesende Art rücksichtslos. Die Musiker spielten Schubert, das Streichquintett in C-Dur. Sie mochte das Stück, seine scheinbar endlosen, fast monotonen Variationen desselben Themas, die sie in eine Art Trance versetzten. Sie besuchte oft Konzerte klassischer oder zeitgenössischer Komponisten, seit sie vor langer Zeit festgestellt hatte, dass der Zustand, in den sie dabei geriet, ihr bei der Lösung komplizierter Übersetzungsprobleme half, sie den einen, den richtigen Ausdruck finden ließ.

Am Anfang war es nicht leicht gewesen. Irgendwann hatte sie in einer Buchhandlung ein schmales Bändchen mit exzentrischen Filmkritiken entdeckt und einer Berliner Freundin aus ihrer alten Wohngemeinschaft begeistert davon erzählt. Rita arbeitete inzwischen bei einem Verlag, der Nora um eine Beurteilung des Buches bat. Daraus ergab sich dann ein Übersetzungsauftrag. Zuerst hatte sie mit der Sprache gekämpft und wollte immer wieder aufgeben, doch das Ergebnis hatte alle Beteiligten überzeugt. Mittlerweile arbeitete sie für verschiedene deutsche Verlage, übersetzte vorwiegend Sachbücher und lehnte auch kleinere Aufträge nicht ab. Sie verdiente gerade genug, um in New York leben zu können. Ihr Apartment blieb zwar mietpreisgebunden, aber die Stadt war teuer und jede weitere Einnahmequelle willkommen.

Der erste Satz war fast vorüber, erst jetzt konnte sie sich der Musik überlassen. Ihre Gedanken hoben ab, flogen eine Weile mit dem Adagio – tam-ta-tam-ta-tam … *se-ren-di-pi-ty* … Glückszufall … Zufallsglück – und landeten unweigerlich bei Steven. Sie fühlte seinen Arm auf der gemeinsamen Lehne neben ihrem, seine Hand suchte die ihre; Nora überließ sie ihm willig. Schockartig wurde ihr bei seiner Berührung bewusst, wie sehr ihr Körper diese Erregung vermisst hatte. Sie war ganz Bereitschaft, Hingabe, Zärtlichkeit.

In der Pause im Foyer griff Steven erneut nach ihrer Hand.

«Möchtest du den Rest hören? Oder macht es dir etwas aus, wenn wir gehen?»

Seine Förmlichkeit amüsierte sie und dämpfte ihre Erregung ein wenig. Es konnte gefährlich für ihn sein, mit ihr gesehen zu werden, immerhin musste er damit rechnen, dass ihn einige der Abonnenten erkannten und bei künftigen Konzerten eine scheinbar unschuldige Bemerkung machen würden.

«Nein, lass uns gehen», antwortete sie.

Ermutigt übernahm er die Initiative. Auf dem Broadway winkte er einem Taxi und hielt ihr die Tür auf. Wortlos stiegen sie ein. Aus dem Rückspiegel traf sie der ungeduldige Blick des Fahrers.

«Wohin?»

Sie sahen sich ratlos an, dann beugte sie sich nach vorn.

«St. Regis», sagte sie, und ließ sich wieder in den Sitz zurückfallen. «Die haben die größten Martinis.»

Steven lachte. Sein Daumen streichelte ihren Handrücken. Es war inzwischen halb zehn, und es wurde dunkel, um die Autoscheinwerfer, Ampeln und Reklameschilder bildete das Licht aus gefranste Heiligenscheine. Sie merkte, dass ihre Augen schlechter geworden waren; das war ihr schon bei der Arbeit am Bildschirm aufgefallen, aber bisher hatte sie den Gedanken weggeschoben: Nora, die im Jahr zweitausend zweiundvierzig Jahre alt war und eine Brille brauchte.

In der Bar des St. Regis bestellten sie Wodka Martini. Sie standen in einer Ecke und wurden langsam betrunken. Die schrillen Stimmen junger Frauen aus Texas zu Besuch in New York, das Scheppern der Eiswürfel im Mixbecher des Barkeepers, das gedämpfte, warme Licht aus den beschirmten Wandleuchten – alles bildete den Boden für den bevorstehenden Betrug, den scheinbar zufälligen und doch sorgfältig ausgeklügelten Verrat, der eine Stunde später im Schlafzimmer ihres Apartments begangen wurde, egoistisch und hemmungslos, wie alles, was der Körper gegen Moral und besseres Wissen durchsetzt.

…

«Langsam, Schatz, sie sind empfindlich, wir dürfen die Wurzeln nicht verletzen.»

Amy sah zu, wie Debbie vorsichtig, als hielte sie ein randvolles Glas, mit ausgestreckten Armen ein Tomatenpflänzchen vom Miniaturgewächshaus herübertrug. Sie schaute sehr ernst und konzentriert. Vor der sorgfältig ausgehobenen Erdfurche blieb sie stehen, während Richard, der auf dem Boden hockte, auf die Pflanzstelle zeigte.

«Hier, Schatz. Schau, wir lassen immer genau gleich viel Abstand zwischen den Tomaten, damit sie Platz zum Wachsen haben.»

«Warum?», fragte Debbie.

Sie war in der Phase, in der sie aus Prinzip «Warum?» sagte.

«Na ja, die Pflanzen wachsen und werden größer, und wenn wir keinen Abstand lassen, dann stoßen sie irgendwann aneinander und nehmen sich gegenseitig das Licht weg. Und wenn das geschieht, dann hören sie auf zu wachsen, und es gibt keine Tomaten. Sie bleiben grün und klein.»

«Sophie stößt mich immer an. Hör ich dann auch auf zu wachsen?»

Es lag eine gewisse Hoffnung in ihrer Stimme, ihr Vater möge vielleicht doch endlich die Ernsthaftigkeit der Bedrohung erkennen, die von ihrer jüngeren Schwester ausging. Sophie war ein Energiebündel, während Debbie bedächtiger war, ruhiger, und bereits einen forschenden Verstand zeigte.

«Der Fall liegt ein bisschen anders», sagte Richard und unterdrückte ein Lachen. «Du hast Beine, du kannst weggehen und woanders weiterwachsen. Menschen sind beweglich, aber Pflanzen haben Wurzeln und können nicht weg. Sie müssen da bleiben, wo wir sie hingepflanzt haben. Wir treffen hier also eine wichtige Entscheidung.»

Debbie wirkte beeindruckt. Langsam senkte sie das Pflänzchen mit der Wurzel zuerst in die Vertiefung.

«Hier?»

«Ja, sehr gut. Da wächst jetzt bestimmt eine ganz große Tomate, und die nennen wir dann nach dir.»

Amy sah ihnen zu, wie sie vorsichtig Erde über das Pflanzloch häuften. Richard führte Debbies Hand und drückte damit leicht den Boden über der Wurzel fest. Sie blickte auf den Nacken ihres Mannes hinab, auf das schmale Stück Hals zwischen Hemdkragen und Haar, ein noch winterweißer Streifen Haut, der in ein paar Wochen von der Frühjahrssonne gebräunt sein würde. Sein Anblick wirkte plötzlich fremd. Vielleicht lag es an ihrer erhöhten Perspektive? Einem Impuls folgend stellte sie sich vor, es wäre der Nacken eines Unbekannten, dieser Nacken, den sie im Zweifel blind tastend erkennen würde. *Kannst du es dir vorstellen?* Vertraulich hatte ihre Nachbarin Claire vor ein paar Tagen ihren Arm ergriffen: «Neulich hatte Ed diesen Husten, und – zack, bumm! – aus heiterem Himmel weißt du, wie es sein wird, wenn sie eines Tages mit diesem scheußlichen Altmännerräuspern den Schleim aus der Kehle schleudern, und zum ersten Mal kriegst du eine Ahnung, was da auf dich zukommt.»

Könnte sie Richard je so ablehnen? Sich sogar ekeln? Ausgeschlossen. Aber sie hatte die Ungeduld bei älteren Paaren beobachtet, wenn einer von ihnen langsamer war als der andere oder mit hilflos hin und her irrendem Blick nach etwas suchte. Sie betrachtete ihn sorgfältig, alles an ihm war fest, zuverlässig, beinahe kantig. Ihr Blick wanderte von dem entblößten, schutzlosen Nacken auf seine erdverschmierten Hände, den Dreck auf seinen Fingernägeln. Er hatte weiche Nägel, fast wie ein Kind. Als fühlte er ihren Blick, schaute er zu ihr auf.

«Wie spät ist es eigentlich?»

Sie sah auf die Uhr. Sophie würde jeden Augenblick von ihrem Kindergeburtstag zurückgebracht werden.

«Gleich halb sechs.»

«Okay. Brauchen wir was fürs Abendessen? Sonst könnten Debbie und ich ja noch was einkaufen.»

«Ich seh nach, was da ist.»

Sie ging über den Rasen zur hinteren Veranda. Gegen Mittag hatte es kurz geregnet, aber die Luft war warm, fast schon sommerlich. Die weiß gestrichenen Schindeln der Hauswand glühten im honigfarbenen Licht des späten Nachmittags. Sie liebte dieses Haus mit seinen ausgetretenen Treppen und der ein wenig schiefen Veranda. An der Wetterseite blätterte die Farbe vom Holz. Im Innern war es klar gegliedert und großzügig. Vor dem Einzug hatten sie umgebaut, Wände herausgenommen und die Räume erweitert. Die Küche war Teil des großzügigen Wohnbereichs im Erdgeschoss geworden, im ersten Stock hatten sie eines der beiden Badezimmer vollständig renoviert. Und doch hatte das Haus seinen ursprünglichen Charakter bewahrt, seine früheren Bewohner, Familien wie die ihre, hatten es geprägt. Als freundliche Geister blieben sie gegenwärtig und beschworen eine Tradition, für deren Fortsetzung jetzt sie – Amy und Richard und Debbie und Sophie – verantwortlich waren.

Im Kühlschrank lagen noch Eier, ein paar Zwiebeln und Paprikaschoten. Sie konnte ein Omelett machen oder die Pizza auftauen. Sie schenkte sich ein Glas Wein ein und setzte sich mit der

Zeitung auf den Rasen neben die Auffahrt. So würde Sophie sie gleich sehen, wenn sie nach Hause kam.

Später, als die Kinder schliefen, saß sie mit Richard zusammen auf der Veranda hinter dem Haus und trank Bier. Es war nach neun und immer noch warm, ganz hinten am Horizont kämpfte ein letzter Lichtstreifen gegen die hereinbrechende Nacht. Sie sahen zu, wie die Bäume vor dem rauchblauen Himmel langsam schwarz wurden, bis sie wie ein Scherenschnitt davor standen. Richard legte den Arm um sie, streichelte ihren Nacken und ihr kurzes, blondes Haar. Sie bog den Kopf nach hinten und rieb sich an seiner Hand.

«Meine Frau. Meine schöne Frau.»

Er blies die Worte zart gegen ihr Ohr, sie kicherte unter dem kitzelnden Lufthauch und wandte ihm das Gesicht zu, er küsste sie. Er schmeckte nach Bier, und sie dachte an das Wochenende während ihrer Collegezeit, als er sie von seinem Ersparten in ein Bed & Breakfast in einem kleinen Ort weit oben im Staat New York eingeladen hatte, und sie auf der Fahrt bei der ersten Gelegenheit in einem Waldstück neben dem Highway übereinander hergefallen waren.

«Meinst du, sie können uns sehen?», fragte sie leise.

Seine Hände lagen unter ihrem T-Shirt auf ihren Brüsten, sie öffnete den Reißverschluss seiner Hose und schaute aus den Augenwinkeln zum Nachbargrundstück hinüber. Es war zwar dunkel, aber das Haus lag nur etwa dreißig Meter entfernt, verdeckt hinter einer losen Hecke aus Sträuchern und Büschen.

«Nur, wenn sie eine Infrarotkamera haben.»

Sie kicherte.

«Dann können sie uns wegen Erregung öffentlichen Ärgernisses anzeigen», sagte sie und rutschte auf seinen Schoß. «Obwohl, was im Weißen Haus erlaubt ist, können wir doch auch machen, oder?»

Sie ließ sich zwischen seinen Beinen hinabgleiten, sodass seine Hände von ihren Brüsten über ihre Schultern an ihrem Hals entlangstreiften, bis sie schließlich auf dem weichen, kurzen Teppich ihres Haars zu liegen kamen. Er umfasste ihren Kopf fest und vorsichtig zugleich wie einen kostbaren Gegenstand, lehnte sich zurück und sah in den Himmel, an dem die ersten Sterne sichtbar wurden.

…

Im Spätsommer, ein paar Monate nach dem Beginn ihrer Affäre mit Steven, schickte der Verlag Nora ein neues Manuskript. Als sie den Umschlag öffnete, spürte sie eine Erwartung, die sich nicht mit der Neugier auf einen noch unbekannten Text erklären ließ, und sie fragte sich später oft, ob sie sich die seltsame Spannung jenes Augenblicks erst im Nachhinein einbildete.

Der Brief lag auf dem Manuskript, die Schrift auf dem Umschlag war vertraut, aber krakelig, als habe die Hand ihrer Mutter beim Schreiben gezittert. Er war an den Verlag adressiert und geöffnet worden. In dem Umschlag befand sich ein weiterer, der Noras Namen trug, sowie ein Begleitschreiben, verfasst in der gleichen zittrigen Schrift: *Sehr geehrte Damen und Herren, ich wäre Ihnen sehr verbunden, wenn Sie den beiliegenden Brief an Nora Elsner weiterleiten würden. Mit freundlichen Grüßen* … Es folgte die unleserliche Unterschrift. Nora betrachtete das Kuvert und hatte das unbestimmte Gefühl, selber nicht ganz unschuldig daran zu sein, dass sie es jetzt in Händen hielt. Vielleicht waren nach dem Anruf in der Silvesternacht ihre Gedanken zu sehr in der Vergangenheit herumgewandert, streunend zunächst, aber dann immer zielgerichteter. Sie wog den Umschlag prüfend. Zur Mitte hin beulte er sich aus. An den Ecken war das Papier angestoßen, Staub hatte sich festgesetzt und die Ränder beschmutzt, als wäre er oft in die Hand genommen, hin und her gewendet und vielleicht unschlüssig wieder abgelegt worden. Sie wollte sich mit der Unentschlossenheit der Absenderin nicht beschäftigen müssen, die bloße Anwesenheit des Briefes in der Wohnung war ihr fast körperlich unangenehm. Dennoch brachte sie es nicht fertig, ihn wegzuwerfen. Ungeöffnet vergrub sie ihn endlich unter alter Korrespondenz in einer Schuhschachtel und schob den Karton in den Schrank zurück zwischen Stapel von Druckerpapier und anderem Büromaterial.

«Hast du jemals einen Fall gehabt, in dem sich jemand gegen unerwünschte Post wehrte?», fragte sie Steven bei ihrem ersten Rendezvous nach seinem zweiwöchigen Sommerurlaub mit Melanie. Sie hatte seine Rückkehr herbeigesehnt, etwas, das sie seit längerem nicht mehr für einen Liebhaber empfunden und das sie – wie ihr jetzt auffiel – vermisst hatte. Sie fragte sich, ob er es war, der ihr gefehlt hatte, oder die Sicherheit einer festen Beziehung. Sie erschrak vor dieser plötzlichen Regung und verscheuchte den Gedanken rasch.

«In einem Strafprozess? Warum? Oder kriegst du zu viele Werbeprospekte?»

Spielerisch zog er an einer Locke, die auf ihre nackte Schulter herabhing.

«Ich meine private Post. Jemand schreibt einem, und man will das nicht.»

«Bekommst du obszöne Briefe?»

Er ließ ihr Haar los und setzte sich im Bett neben ihr auf, die Locke kringelte sich zurück in ihre ursprüngliche Form und wippte ein wenig nach.

«Hast du doch deshalb deine Nummer geändert? Wenn dich irgend so ein Spinner belästigt, unterschätz das nicht, diese Leute sind gefährlich!»

«Nein. Kein Spinner. Nichts Perverses. Nur ein Brief.»

«Ein Brief? Du meinst *ein* Brief? Ein einziger?»

«Bis jetzt, ja.»

«Reicht nicht.»

Langsam ließ er sich wieder zurücksinken, wandte sich zu ihr und küsste sie auf die Nase.

«Bitte, tu das nicht.»

«Was?»

Er stützte sich im Liegen auf den Ellbogen, lehnte den Kopf zurück und betrachtete sie wohlgefällig.

«Mich auf die Nase küssen. Es hat etwas Verniedlichendes. Ich weiß, dass du es nicht so meinst, und dass ich das jetzt sage, ärgert mich schon wieder. Als müsste ich mich entschuldigen! Dabei ist es vollkommen legitim, nicht auf die Nase geküsst werden zu wollen, wenn man darauf keine Lust hat.»

Sie zupfte an der Bettdecke. Er betrachtete sie ungläubig. Sie konnte spüren, wie sehr er sich um einen sachlichen Ton bemühte.

«Nora, was ist mit diesem Brief? Ich verspreche, dich nicht mehr auf die Nase zu küssen, wenn es dich glücklich macht, aber ich glaube, du solltest mir …»

«Siehst du, das meine ich! Du denkst, ich übertreibe oder ich bin ein bisschen verrückt, aber im Grunde findest du mich niedlich oder im besten Fall amüsant.»

Entgeistert brach er in Lachen aus.

«Du liebe Zeit, und wenn es so wäre! Du tust gerade so, als wäre das ein Verbrechen!»

«Wenigstens wärst du dann in deinem Element.»

Abrupt richtete sie sich auf und griff nach einer Zigarette. Sie hasste Auseinandersetzungen. Früher oder später waren sie trotzdem da, kamen so unweigerlich wie einmal im Jahr die Erkältung oder die Steuererklärung. *Auf nichts im Leben ist Verlass, außer auf den Tod und die Steuern*, sagen die Amerikaner. *Und den Streit zwischen Paaren*, dachte sie. Immerhin hatte sie es bisher geschafft, Ehe- und Beziehungskriege zu vermeiden, aber wollte sie wirklich nur eine Affäre mit Steven? Sie würde bald dreiundvierzig sein, wie lange konnte sie noch so weitermachen? Und wo war die Leichtigkeit geblieben, das Spielerische? Vielleicht war er ja dafür nicht geeignet, und jetzt rächte es sich, dass sie während der letzten Jahre sporadisch und bedenkenlos geliebt hatte. Vielleicht hatte sie ihn falsch eingeschätzt; zwischen ihnen gab es zu viele Missverständnisse, sie war aus der Übung. Was hieß überhaupt *zwischen ihnen*? Zunächst einmal stand dort, jedenfalls von Rechts wegen, Melanie. Was sie beide betraf, so kam es ihr vor, als breite sich zwischen ihnen langsam eine Steppe voller niedriger, struppiger Gewächse aus, die Steven immer häufiger erst mühsam durchqueren musste, ehe er mit ihr zusammen freundlichere Gefilde betreten durfte. Warum machte sie es ihm so schwer? Mit einem Mal fühlte sie sich mutlos. Vielleicht war sie einem Irrtum erlegen. Die Affäre mit ihm entwickelte sich komplizierter, als sie erwartet hatte; die Anstrengung wurde zu groß. Schwer fühlte sie seinen Blick auf sich ruhen, er sah ernst aus, geschockt beinahe.

«Nora, wenn dich etwas bedrückt …»

Zärtlichkeit wallte in ihr auf, beinahe hätte sie ihre Hand auf seine Wange gelegt. Der Wunsch, ihn in das Briefproblem einzuweihen, wurde plötzlich übermächtig. Einen Augenblick lang zögerte sie, dann hatte sie sich wieder unter Kontrolle. Sie drückte die Zigarette aus.

«Es tut mir Leid», sagte sie abschließend.

Wortlos schlug er das Laken zurück, nahm seine Kleider vom Sessel neben ihrem Bett und zog sich an.

«Ruf mich an, wenn du es dir anders überlegt hast. Unglücklicherweise liegt mir nämlich was an dir.»

Sie hatte das Gefühl, Kindern dabei zuzusehen, wie sie ein Spiel vermasselten, ohne dass sie hätte eingreifen können. Jetzt war es zu spät, um ihn zurückzuhalten. Als die Tür hinter ihm ins Schloss gefallen war, blieb sie eine Weile reglos liegen und lauschte auf die Geräusche in der Stille, das Knacken im Holz der Türfüllung, das leise Zischen eines Heizkörpers, das Knarren einer Fußbodendiele in der Wohnung über ihr. Sie hörte die Kühlung des Eisschranks anspringen, stand auf und ging nackt in die Küche. Sie machte kein Licht. Eine Etage tiefer im gegenüberliegenden Gebäude kugelte ein Junge auf seinem Bett herum, während im Hintergrund der Fernseher lief. Ab und zu erschien ein Mann im Fensterausschnitt, rangelte mit dem lachenden Kind und verschwand wieder. Nora sah auf die Uhr an der Wand über der Spüle. Fast neun. Sie fragte sich, wie Steven Melanie erklärte, warum er in letzter Zeit so häufig spät von der Arbeit nach Hause kam. Sie nahm eine offene Flasche Wein aus dem Kühlschrank, schenkte sich ein Glas ein und sah weiter dem Jungen und seinem Vater bei ihrem abendlichen Ritual zu.

...

«Also, was hältst du davon, wenn wir sie übers Wochenende einladen?»

Richard träufelte Spülmittel in den schmutzigen Spaghettitopf und ließ heißes Wasser hineinlaufen. Weiße Schaumgebirge türmten sich auf, durchzogen von roten Saucenäderchen.

«O Gott, Richard, ich weiß es nicht. Gestern dachte ich, das wäre eine gute Idee, es würde sie ablenken, die Kinder, der Trubel. Und dann habe ich wieder Angst, dass sie das alles an alte Zeiten erinnert, und dass sie traurig wird, und weil sie es nicht zeigen will, wird es natürlich erst recht zum Thema, und ich halte das einfach nicht aus. Sie wird langsam schwierig.»

«Liebling, sie ist deine Mutter. Mütter *sind* schwierig. Nenn mir eine, die ihren Kindern nicht auf die Nerven geht.»

«Also, das hat sie wirklich nie getan!»

«Natürlich nicht. Aber sie hat das Recht, traurig zu sein.»

Sie nahm ihm den fertig gespülten Topf aus der Hand und begann abzutrocknen.

«Ich weiß einfach nicht.»

In Wahrheit hatte sie seit längerem den Verdacht, dass sich nicht nur die Trauer um ihren Vater, der vor genau einem Jahr gestorben war, zwischen sie und ihre Mutter geschoben hatte. Es war einfach so, dass Gina sich trotz ihrer Vitalität in diesem Jahr verändert hatte. Sie war unkonzentrierter geworden, langsamer, vergesslicher: älter. Und Amy musste sich beschämt eingestehen, dass sie ihr dieses fortschreitende Altern übel nahm. Sie wollte ihr nicht bei ihrem unweigerlichen Verfall zuschauen, sie wollte auch nicht die Anstrengung spüren, mit der sie ihre Trauer durch plötzlichen Unternehmungsgeist und übertriebenen Elan zu kaschieren versuchte. Ihre eigene Mitleidlosigkeit konnte sie sich dennoch nicht verzeihen. Sie hatte eine schöne Kindheit gehabt, war von ihrer Mutter geliebt und behütet worden. Dafür schuldete sie ihr heute ein bisschen Beistand.

«Sie könnte auch zu Tom gehen. Oder zu Andrea. Sie würde ihr bestimmt liebend gerne mit dem Baby helfen.»

«Du weißt doch, dass Andrea genau das vermeiden will.»

Sie setzte den abgetrockneten Deckel auf den Topf.

«Das ist unfair.»

Er stellte das Wasser ab und legte die Spülbürste zurück.

«Das Leben ist hart, aber grausam.»

Sie musste lachen.

Er nahm sie in den Arm. «Liebling, sie ist eine liebenswerte ältere Dame mit ein paar harmlosen Ticks, wie sie ältere Damen nun mal haben. Außerdem ist sie eine phantastische Großmutter, die Kinder würden sich freuen, und wenn ich am Sonntagnachmittag über dich herfallen kann, während sie unter ihrer Aufsicht die Möbel bunt anmalen, dann hat es sich doch schon gelohnt.»

Gina schaute aus dem Fenster, während der Bus in eine Kurve fuhr. Bäume am Straßenrand drehten sich im Halbkreis an ihr vorbei, in der Ferne erkannte sie die Backsteinfassade des Rathauses. Unwillkürlich fasste sie ihre Tasche fester, etwas klimperte und erregte ihre Aufmerksamkeit. Sie sah hinunter auf ihren Schoß, auf ihre um den Griff geschlossenen Hände. Bei diesem Anblick durchflutete sie plötzlich heiß eine Welle der Scham. Sie dachte daran, wie sie vor ein paar Tagen bei einer ergreifenden Szene im Kino die Hand des Mannes neben sich gesucht hatte und, als sie ihren Irrtum schließlich bemerkte, erschrocken aus dem Saal geflüchtet war. Sie betrachtete die Tasche und ihre von bräunlichen Flecken übersäten Handrücken, die sorgfältig manikürten und dezent lackierten Nägel, und ließ den Griff los. Der Bus verlangsamte jetzt die Fahrt, an der Haltestelle erkannte sie Richards Auto. *Drei Tage*, dachte sie. Drei Tage.

Sie sah ihren Schwiegersohn aus dem Wagen steigen, einen sportlichen, groß gewachsenen Mann in blau kariertem Flanellhemd und Jeans. Wahrscheinlich *L. L. Bean*, dachte sie, Katalogware, Kleidung, der sich Harold, solang es ging, verweigert hatte. Er war zu einem Herrenausstatter gegangen und hatte sich seine Anzüge und sogar Freizeitkleidung anpassen lassen. Auch später noch, als der Laden schließen musste, war er nicht zu einer, wie er es nannte, unpersönlichen Bestellung zu überreden gewesen, sondern stattdessen zweimal im Jahr nach Washington gepilgert und hatte sich in der Herrenabteilung eines großen Kaufhauses der üblichen Anprobeprozedur unterzogen. Zwar stellte ihn das Resultat nie so zufrieden wie bei seinem alten Schneider, aber immerhin hatte er sich nicht der grassierenden Verflachung aller Ansprüche unterworfen, zumindest so lange, bis auch das Kaufhaus schloss und einem Einkaufszentrum Platz machte.

Die Türen öffneten sich mit einem Zischen, Fahrgäste zerrten Mäntel, Jacken und Taschen aus den Fächern über ihren Sitzen.

«Gina!»

Er reichte ihr die Hand und half ihr die zwei Stufen herunter auf die Straße. Der Fahrer stieg aus und stellte ein paar Gepäckstücke neben den Bus.

«Richard. Nett, dass du mich abholst.»

«Wie war die Fahrt?»

«Nicht weiter aufregend, wenn man von der Frau auf dem Sitz hinter mir absieht, die die Hälfte der Zeit in ihr Telefon gejammert hat. Ihr Freund hat sie verlassen, und sie hat ihm alles Schlechte gewünscht. Das ist meiner.»

Sie deutete auf einen kleinen Rollkoffer, Richard nahm ihn lachend und ging zum Wagen. Sie hängte sich bei ihm ein.

«Wie geht's den Kindern?»

«Sie freuen sich darauf, ein paar Tage lang dem Terrorregime ihrer Eltern zu entkommen, und zählen dabei auf dich!»

«Dann darf ich sie aber nicht enttäuschen.»

«Lieber nicht», lächelte er und hob den Koffer ins Auto.

Sie fuhren durch das kleine Ortszentrum, an einer Schule und dem angrenzenden Sportplatz vorbei, bogen dann in eine Straße, an der auf beiden Seiten gleichförmige, flache Häuser standen, wandten sich nach rechts und folgten einer Wohnstraße, die an gepflegten Rasenflächen mit großzügigen Einfamilienhäusern vorbeiführte. Als sie sich der Einfahrt näherten, sah Gina Spielzeug und ein Fahrrad mit Stützrädern auf dem leicht abfallenden Hang vor dem Haus liegen; die Kinder machten Wettrennen zum Auto. Amy stand vor der Eingangstür und winkte ihrer Mutter zu. Gina winkte zurück. Amy hatte Harolds schlanken, schlaksigen Körper und ihre Gesichtszüge. Meine Tochter, dachte Gina. Entstanden aus der Liebe zweier Menschen, die Summe ihrer Ehe.

d r e i

«Do you remember the 21st night of September?
Love was changing the minds of pretenders
While chasing the clouds away …»

Liebe … Nora betrachtete David, der mit halb geschlossenen Augen und zurückgelegtem Kopf auf seinem ausgeleierten Sofa saß und der alten Aufnahme von Earth, Wind & Fire zuhörte. Es war nach zwei Uhr morgens. Der süßliche Rauch eines Joints hing in dünnen Schwaden im Raum. Vor einer halben Stunde waren sie aus einem Club zurückgekehrt, eine zusammengewürfelte Truppe verrückter Musiker hatte mit Stücken von Sly Stone und Henry Mancini experimentiert. Beinahe wie in alten Zeiten.

«Von denen haben sie alle geklaut», David richtete sich auf und deutete auf die Stereoanlage, bevor er seine Stäbchen in dem Pappbehälter mit chinesischen Glasnudeln versenkte. «Darauf basiert der ganze spätere Popkram. Michael Jackson, Hip Hop, das ganze Zeug.»

«Our hearts were ringing
In the key that our souls were singing.»

Lag es an ihr, oder holperte dieser Text? Der Marihuanarauch beduselte sie leicht. Sie atmete tief und sank sofort wieder in ihrem Sessel zusammen. Am Vorabend hatte Steven ihr mitgeteilt, dass Melanie ihm zum ersten Mal während der beinahe eineinhalb Jahre, die ihre Affäre inzwischen dauerte, die Frage aller Fragen gestellt hatte: Ob er sie noch liebe. Während er Nora mit dieser Neuigkeit konfrontierte, lauerte im Hintergrund unausgesprochen *seine* Frage: Und sie? Was empfand Nora für ihn? Genau darüber dachte sie seitdem nach. Lange Zeit, den größten

Teil ihres Lebens eigentlich, war das Lieben für sie eine Vollzeitbeschäftigung gewesen. Früher konnte sie, wenn sie einen Mann liebte, an nichts anderes denken. Ihre Kraft reichte nur für das eine oder das andere, für die Arbeit oder für die Liebe. Wenn sie männerlos und unglücklich war – ohne Mann zu sein, schien ihr damals gleichbedeutend mit Unglück –, fiel es ihr leicht zu arbeiten. Wenn sie glücklich war und verliebt, brachte sie nichts zustande. Nach wie vor blieb es ihr ein Rätsel, wie wenig Mühe es einen Mann kostete, zu lieben und gleichzeitig seinem Beruf nachzugehen.

Bis vor wenigen Jahren hatte es sie zutiefst befriedigt, einem liebeshungrigen Mann eine Heimat zu geben. Ihre absolute Hingabe führte allerdings dazu, dass sie sich verwundbar machte und jedes Mal fürchtete, betrogen zu werden. Also verlangte sie sowohl von ihren Liebhabern als auch von sich selber unbedingte Treue. Von ihrem eigenen Diktat überfordert, hatte sie den Schwur jedes Mal binnen kurzem gebrochen. Sie war sich dieses Widerspruchs durchaus bewusst gewesen und rechtfertigte sich beschämt und halbherzig damit, einem möglichen Betrug zuvorgekommen zu sein. So verlief damals ihre Geschichte mit David und später – bevor sie gelernt hatte, ihre Hingabesucht zu kontrollieren – mit zahllosen anderen. Mit David jedoch fühlte sie sich seelenverwandt und war ihm auf ihre Art bis heute treu geblieben. Es gab eine Verbindung zwischen ihnen, von der sie hoffte, sie sei unzerstörbar.

Zu ihrer eigenen Überraschung hatte sie Steven in der ganzen Zeit kein einziges Mal betrogen. Nach ihrem ersten Streit damals vor einem Jahr waren sie sich eine Woche lang aus dem Weg gegangen, und sie hatte ihn sofort mit wütendem Verlangen vermisst. Seine Berührung, die Bedingungslosigkeit, mit der sich ihre Körper ineinander versenkten, war ihr plötzlich unverzichtbar vorgekommen. Zu ihrem Erstaunen und mit wachsender Beunruhigung hatte sie bald darauf festgestellt, dass er ihr nicht nur physisch fehlte, sondern ihre Gedanken sich längst tief in seiner Welt bewegten. Immer öfter hatte sie sich dabei ertappt, dass sie sich Sorgen um ihn machte, mehr an seine Arbeit als an ihre eigene dachte. Sie wusste, dass man ihm bei Gericht oft die Grenzfälle übertrug: Verbrechen, die so scheußlich waren, dass die Verteidigung mangels anderer Rechtfertigung ihre letzte Zuflucht in der eingeschränkten Zurechnungs- oder Schuldfähigkeit der Täter suchte. Jetzt dachte sie beim Anblick der *Bestien* oder *Monster* auf den Titelseiten der Boulevardblätter unwillkürlich an ihn. Die Gesichter der Täter – auf den Fotos allesamt seltsam unbeteiligt – begleiteten sie, so wie sie ihn begleiteten. Er sprach nie über diese Fälle, aber sobald sie durch seine Zärtlichkeiten hindurch Anflüge von Härte und eine untergründige Verzweiflung spürte, ahnte sie, womit er gerade kämpfte.

Nun also: *die Frage*. Aus unterschiedlichen Gründen hatten sie beide diesen Tag gefürchtet. Steven graute davor, Melanie die Wahrheit zu sagen; wenigstens hatte Nora das bisher angenommen. Mittlerweile hatte sie Zweifel. Es war, als bäte er sie um ein Signal, um den Startschuss zur Beendigung seiner Ehe. Doch sie scheute davor zurück, das fragile Gleichgewicht ihres Arrangements zu stören. Sie hatte sich in dem vertrauten Kreislauf von Vereinigung und Trennung, Erfüllung und erneutem Verlangen eingerichtet. Von jedem seiner Vorgänger hätte sie sich spätestens jetzt zurückgezogen, doch bei Steven spürte sie, in Erwartung seines nächsten, vielleicht entscheidenden Schritts, wie ihr Herz schneller schlug. Der Körper war unbestechlich, er schüttete sein Adrenalin aus, wann es ihm passte. Was sollte sie Steven antworten? Sie erschauerte kurz bei dem Gedanken an plötzliche Zweisamkeit: Sein Gesicht neben ihrem, am Morgen nach einer gemeinsam verbrachten Nacht – sie fühlte, wie Sehnsucht in ihr aufstieg. Und doch. Liebte sie ihn genug? Liebte sie ihn *überhaupt*? Sie war plötzlich nicht sicher, ob sie noch wusste, was Liebe war, ob sie es je gewusst hatte. *Dir ist überhaupt nichts heilig, Zerstören ist deine Lieblingsbeschäftigung!,* hatte ihr ein betrogener Liebhaber einmal wütend entgegengeschleudert. Rückblickend schien ihr, dass sie bisher, von wenigen Ausnahmen abgesehen, tatsächlich nur im Zerstören gute Arbeit geleistet hatte.

David lehnte sich von der Sofakante nach vorn und schob ihr einen der mit dem Essen gelieferten chinesischen Glückskekse über den Tisch zu.

«Hier, das ist deiner.»

Sie wendete ihn unentschlossen hin und her.

«Sag mir erst, was in deinem ist.»

Er brach seinen Keks auf und zog den kleinen, aufgerollten Papierstreifen heraus.

«‹David, du bist ein wunderbarer Mensch.›»

Sie grinste. Er schenkte ihr einen treuherzigen Augenaufschlag.

«Nein, im Ernst, das steht hier!»

«Klar. Dafür hab ich zwei. Hör zu: «‹Exzentrik würzt das Leben.› Ganz meine Meinung. Aber hier: ‹Manche Leute haben nichts außer Ideen. Tu's einfach!›»

«Tu *was* einfach?»

«Keine Ahnung. Ich fürchte, es bleibt meiner Interpretation überlassen. Da der für solche Fragen zuständige chinesische Glückskeksdichter gerade nicht zur Verfügung steht, werde ich jetzt nach Hause gehen und darüber nachdenken.»

«Ach, ich dachte, es könnte vielleicht heißen: ‹Schlüpf mit David unter die Decke und schmeiß einen alten James Bond in den Videorecorder!›»

Er stocherte in seinen Nudelresten, als suche er dort nach weiteren Argumenten. Sie lachte.

«Ich glaube, es geht eher in die Richtung ‹Geh nach Hause und endlich ins Bett, denn morgen früh um neun steht der Klempner vor der Tür, um deine Heizung zu reparieren, bevor der Winter kommt›. Ich ruf dich an. Vielleicht gehen wir ja am Wochenende mal ins Kino.»

Er sammelte ein paar Reiskörner vom Tisch und ließ sie in einen leeren Pappbehälter rieseln.

«Geht nicht. Da bin ich in Woodstock.»

Ein kleiner Triumph lag in seiner Stimme, sie hörte es deutlich. In Woodstock hatte er seit ein paar Jahren eine Freundin, eine Frau etwa Mitte dreißig, die mit ihrem Sohn auf einer ehemaligen Farm lebte und malte. Nora und sie waren sich ein- oder zweimal begegnet und hatten sich sympathisch gefunden. Dabei war es geblieben. Er sprach nie von ihr, und Nora besaß infolgedessen keine Anhaltspunkte über die Art oder Tiefe der Beziehung.

«Gut, dann ein andermal.»

Gemeinsam warfen sie die Reste des Essens in den Müll.

«Dancing in September, never was a cloudy da-ay», jubelten Earth, Wind & Fire.

Sie schlüpfte in ihre Jacke – nach einem heißen August wurde es an den Abenden wieder kühler –, umarmte David und gab ihm einen Kuss auf den Mund.

«Bis demnächst, und vergiss nicht, dass du ein wunderbarer Mensch bist.»

Der nächste Morgen versprach einen strahlend sonnigen Spätsommertag, doch aus Sorge, den Klempner zu verpassen, ließ sie ihren Gang zum Zeitungskiosk ausfallen, füllte stattdessen Wasser für eine Extraportion Kaffee in die Maschine und schaltete die Lokalnachrichten im Fernsehen ein. Um kurz vor neun wurde das Programm unterbrochen. In den folgenden Stunden, in denen die Geräusche der Stadt im Geheul der Sirenen erstarben und die Menschen Gott um Beistand anriefen, blieb sie wie versteinert vor dem Gerät stehen. Sie starrte auf den Bildschirm, auf dem Flammen aus einem zerfetzten Gebäude schlugen und Tücher aus rauchumquollenen Fenstern wehten, und während ihr Verstand quälend langsam erfasste, was geschehen war, wurde ihr bewusst, dass im gleichen Moment dieselben Bilder von Menschen gesehen wurden, die nicht wussten, ob ihre Liebsten dieser Hölle entkommen waren. Sie dachte an die Unzähligen, die – noch im gnädigen Zustand der Unwissenheit – unbekümmert ihren Alltagsgeschäften nachgingen. Sie fühlte das hilflose Bedürfnis, sie vor dem Wissen um die Grausamkeit ihres Verlusts zu schützen, es wenigstens hinauszuschieben und den Schock zu mildern, bevor es schließlich noch den letzten Ahnungslosen treffen würde, hart und unabänderlich.

In der dritten Nacht schrak sie aus einem kurzen, bleiernen Schlaf. Mit klopfendem Herzen richtete sie sich auf; in der Luft hing ein Geruch wie von brennenden Autoreifen. Orientierungslos irrte ihr Blick im Halbdunkel über Wände und Möbel durch die offene Schlafzimmertür und erkannte endlich die Umrisse ihres Schreibtisches. Über den Bettrand ragte ein bandagierter Fuß, und sie erinnerte sich an den Moment, als David plötzlich mit zusammengefallenem Gesicht vor der Tür gestanden hatte. Der Anblick des neben ihr unter der Decke vergrabenen Körperhügels ließ sie ruhiger werden. Langsam schlug sie das Laken zurück und trat ans geöffnete Fenster, die Stille draußen klang dumpf, als poche sie gegen eine Wand aus Filz. Der Geruch wurde stärker. Durch die Lücke zwischen den mehrstöckigen Apartmentgebäuden sah sie jenseits der niedrigen Stadthäuser und der Synagoge schwefelgelbe Schwaden von Süden her über den Central Park Richtung Harlem ziehen. Der Himmel darüber leer, der vertraute Anblick nächtlich einschwebender Flugzeuge mit ihren aus der Dunkelheit grüßenden Signallichtern weggewischt. Der Gestank war unerträglich geworden; leise schob sie das Fenster zu und kroch zurück ins Bett.

Sie schloss die Augen. Ein Bild flackerte auf, kämpfte sich aus den Schatten ihres Bewusstseins nach vorn und verdrängte sekundenlang das Desaster. Seit ihr vor fast fünfundzwanzig Jahren die Nachricht vom Tod ihres Vaters überbracht worden war, hatte sie dieses eine Bild in sich bewahrt. Waren die Eindrücke jener früheren, selbsterlebten Katastrophe so machtvoll, dass sie sich sogar vor die Bilder der letzten Tage schoben? Man hatte ihr erzählt, der Wagen sei mit voller Geschwindigkeit in den Tanklaster gerast. Bremsspuren waren keine gefunden worden. Sie hatte sich daraufhin das Geräusch des Aufpralls vorgestellt und wie ihr Vater und der Fahrer des Lastzuges in dem explodierenden Feuerball verschwanden. Natürlich gab es von dem Unglück keine Fotos, keine Filmaufnahmen. Vor der Bebilderung des eigentlichen Sterbens hatte ihre Phantasie damals barmherzig versagt. Alles, was sie besaß, war dieses innere Bild, das ihre Phantasie ihr so lange vorgespielt hatte, bis es allmählich zur erinnerten Wirklichkeit geworden war. Jetzt jedoch, vor drei Tagen, hatte sie durch zitternde Zoomobjektive miterlebt, wie Körper in den Tod hinabtrudelten, verzweifelte Menschen Tücher aus Fensteröffnungen schwenkten. *Vor ihren Augen* war für so viele die letzte Hoffnung auf Rettung zum Abschied geworden. *Es ist gleich vorbei,* hatte sie den Verzweifelten zugeflüstert, in der atemlosen Hoffnung, dass der Tod schnell und schmerzlos käme oder sie vielleicht doch noch gerettet würden. Im Geiste las sie schon die Schlagzeile des nächsten Tages: *Tragödie und Wunder! Zwölf Tote, aber Tausende gerettet!* Doch die Bilder straften jede Hoffnung Lügen, und ihre Gefühle hatten sich mit jeder Minute weiter von den Verlorenen entfernt, sie ihrem Schicksal überlassen und sich den Überlebenden zugewandt.

Mit einem Mal sah sie wieder die junge, blonde Frau irgendwo in einem der zahllosen Vororte in New Jersey. *Ich weiß, dass er nicht wiederkommt,* sagte sie der Fernsehreporterin ins Mikrophon. Sie weinte nicht. Die junge Frau stand auf der Veranda ihres Hauses und sprach von Glück. Der Sender brachte einen Videofilm. Er zeigte den Mann, der nicht nach Hause kommen würde, mit zwei kleinen, etwa drei- und sechsjährigen Mädchen. Er trug eine Schürze mit Rüschenrand, die an seinem großen, breitschultrigen Körper lächerlich winzig erschien, und zu dritt bearbeiteten sie einen Teigklumpen. Der Mann hantierte komisch grimassierend mit einem Rollholz, und die Kinder kreischten vor Vergnügen, die Küche befand sich in einem chaotischen Zustand, und der Film war verwackelt, vermutlich, weil die Person hinter der Kamera, von der Nora annahm, dass es sich um die junge Ehefrau und Mutter handelte, ebenfalls lachte. Etwa zwei Sekunden lang sah man verwischte Bildfetzen und dann eine Nahaufnahme, in der der Mann sich mit übertriebener Begeisterung das fertige Plätzchen in den Mund schob. Darauf folgte eine Szene im Garten. Die Mädchen trugen Halloween-Kostüme, die Ältere ging als Prinzessin, und die Kleine verschwand beinahe in einer dicken, orangefarbenen Kürbishülle. Der Ehemann und Vater jagte seine lachenden Töchter Laub aufwirbelnd über den Rasen, die Kamera schwenkte auf sein Gesicht, an dieser Stelle brach der Film ab.

Er hat mich jeden Morgen zum Abschied geküsst, sagte die Frau. *Er hat es nie vergessen, kein einziges Mal. Nächsten Monat ist Halloween. Was soll ich den Kindern sagen?*

Sie blickte direkt in die Kamera, ihre Augen glänzten. Außer dem leisen Rauschen der Bäume in dem Garten in New Jersey war es still. Im Hintergrund ertönte die tränenerstickte Stimme der Reporterin.

Es tut mir so Leid, Amy. Ich danke Ihnen, dass wir alle Ihre Familie kennen lernen durften ... Was für wunderbare Kinder ...

Amy. Was tat sie jetzt? Lag sie, von Tabletten ruhig gestellt, in einem dunklen Raum? Betreut von Eltern, Geschwistern, Nachbarn? Wer war bei ihr? *Ich weiß, dass er nicht wiederkommt.* Nein, nicht *ich*. Es gab kein Ich mehr. Es gab nur noch den Körper, der *wusste*, fror oder heiß wurde, zusammensackte oder erstarrte, je nachdem. Es brodelte in den Eingeweiden, und an der Oberfläche herrschte diese maskenhafte Ruhe, eine glatte, unbeteiligte Sachlichkeit.

Mit einem Ruck richtete sie sich auf.

«David? David, bist du wach?»

Sie hörte seinen gleichmäßigen Atem und fühlte die Wärme an ihrer Seite, als er sie unter der Decke umarmte.

…

Amy lag auf dem Rücken und starrte an die Decke. Ein von ihrem Körper abgespaltener Teil, der Teil, der unabhängig war von ihren Muskeln, die jede Bewegung verweigerten, sah auf sie herab, sah ihre Glieder regungslos auf dem Bett ausgestreckt wie auf dem Obduktionstisch eines Pathologen. Während jenes Ding über dieser Auslage aus Gewebe, Knochen und Haaren schwebte, hörte sie das Telefon klingeln, nach tagelanger Unterbrechung jetzt zum wahrscheinlich tausendsten Mal, und gleich darauf die vertraute Stimme ihrer Mutter, die in warmem, beruhigendem Singsang antwortete. Die Spaltung in Körper und Geist war ungewohnt, aber nicht unangenehm. Es war nicht klar, wie lange dieser Zustand anhalten würde, und vielleicht würde ihr schwebender Geist dort oben sich demnächst in feste Materie verwandeln, auf ihren Körper herabfallen und ihn zerschmettern wie eine Gesteinslawine. Noch hielt er sich in einiger Entfernung und befahl dem Zeigefinger ihrer rechten Hand sich zu bewegen, was dieser ignorierte. Es war kein ernst gemeinter Befehl, deshalb gab es auch keinen Grund, sich Sorgen zu machen. Amy, oder vielmehr jener Teil, der Amy gegenwärtig unvollständig repräsentierte, beschäftigte sich damit, wie sich Denken und Befehle geben mit einem willenlosen Körper und einem abgetrennten Bewusstsein überhaupt aufrechterhalten ließ. Was war eigentlich ein Bewusstsein? Was zum Teufel passierte da? Sie fragte sich, wie ihre Muskeln reagieren würden, wenn es sich um einen Notfall handelte. Das Wort *Notfall* dort oben unter der Decke verursachte ein Zucken in ihrem Körper, sie spürte, wie ihre beiden Hälften sich langsam aufeinander zubewegten, und die wiedervereinigte Amy merkte erstaunt, dass sie lachte. Sie lachte, und immer noch lachend rollte sie, unter Aufbietung ihrer neu gefundenen Willenskraft, über die Bettkante und krachte auf den Boden. Das Holz roch schwach nach dem Honigaroma des umweltfreundlichen Reinigungsmittels, mit dem sie, um Allergien bei den Mädchen zu vermeiden, die Böden behandelte. Unter ihrer rechten Wange spürte sie ein Vibrieren: eilig herannahende Schritte.

«Oh, Amy! O Gott, Liebling!»

Ihre Mutter stürzte ins Zimmer und sank neben ihr auf die Knie. Sie fühlte Ginas Hand auf ihrem Gesicht, wieder das Vibrieren, dann etwas Nasses, *ein Tuch*, dachte sie, *sie hat ein Tuch nass gemacht und wischt mir damit das Blut ab, es kann nur Blut sein, es schmeckt wie Blut.*

«Kind, wie ist denn das bloß passiert?»

Sie fühlte, wie ihre Mutter an ihren Schultern zog und sie langsam aufrichtete, dann saß sie mit dem Rücken an den Bettrahmen gelehnt und schrie vor Schmerz auf, als sie sich mit der rechten Hand abstützte.

«Ich werde Dr. Levenstein anrufen. Ich glaube, deine Lippe ist geplatzt, und deine Nase … Oh, Amy, bitte, bleib einen Moment so, beweg dich nicht!»

Ihre Mutter tat ihr Leid. Sie machte sich Sorgen um eine Nase und eine blutige Lippe, so wie sie selber sich noch vor ein paar Tagen Sorgen um mögliche Chemikalien im Reinigungsmittel gemacht hatte. Von unten hörte sie die Stimme ihrer Nachbarin Claire, die die Kinder von der Vorschule zurückbrachte. Schnelles Tippeln echote durch den Flur.

«Debbie, Süße, du kannst jetzt nicht zu Mami, sie schläft, sie …»

«Ich will aber!»

Debbies schrilles Kreischen drang zu ihr herauf, das Trampeln von Kinderfüßen, dann Sophies langgezogenes Weinen. Amy fühlte, wie ihr die Tränen übers Gesicht liefen und sich in ihrem Mund mit dem Blutgeschmack vermischten. Gina stand in der Tür, die Hände nervös verhakt.

«Dr. Levenstein macht seine Praxis zu und kommt her. Es kann nicht mehr lange dauern.»

Gina kam steif auf sie zu und ließ sich neben ihr auf den Boden sinken. Ihre Mutter nahm sie in die Arme, sanft schaukelten sie hin und her wie zwei Passagiere auf einem Schiff in der Dünung, während der Schmerz sie langsam versengte.

Der Arzt kam und stellte die Diagnose: Die Nase war geprellt, aber nicht gebrochen, die Oberlippe geplatzt und das Handgelenk verstaucht. Die Kinder erschraken. Sie war froh, dass der Anblick ihres verschwollenen Gesichts sie verstummen ließ. Der Arzt versorgte ihre Verletzungen und verschrieb weitere Beruhigungsmittel. Als sie allein war, schaltete sie wie unter Zwang den Fernseher ein. Die Bilder des Anschlags wurden ununterbrochen wiederholt. Sie wehrte sich dagegen, dennoch sah sie hin. Sie *musste* hinsehen. Gina überraschte sie dabei, als sie ihr etwas zu essen brachte, und schaltete den Apparat aus, aber die Bilder waren in ihr Bewusstsein gebrannt. Sie wiederholte sie innerlich, bis sie zu einer ständigen Abfolge von Bewegungen und Farben verschmolzen, ohne Sinn und Zusammenhang. *Die Katastrophe,* hatte der Sprecher im Fernsehen gesagt. Als spräche er von einem Erdbeben oder einem Reaktorunglück. Etwas regte sich in ihr, Auflehnung, Protest. Sie suchte nach einem Ausdruck, einem Wort, das diesen gewaltigen Bildern angemessen war, doch sie fand keines, das dem Anblick und ihrem Zorn gleichermaßen gerecht geworden wäre.

...

Am Nachmittag des dritten Tages verließ Nora zum ersten Mal das Haus. *Apocalypse Now* stand auf dem Plakat im Aushang des verwaisten Kinos neben ihrem Supermarkt und darunter, in kleineren Buchstaben, *Director's Cut.* Sie kaufte Milch, Kaffee, Brot, Butter und Orangensaft; die Tüten mit der Milch und dem Orangensaft vergaß sie an der Kasse. Sie dachte an die junge Frau in New Jersey. Wer kaufte für sie ein, wer kümmerte sich um den Haushalt, wer betreute ihre Kinder? Als sie ihre Wohnungstür aufschloss, hörte sie ein Klingeln, erst nach dem fünften Mal begriff sie, dass das Telefon wieder funktionierte, und rannte ins Schlafzimmer.

«Steven?»

«Nora! Mein Gott! Seit Tagen versuche ich durchzukommen!»

Es war nicht Steven. Aber sie erkannte die Stimme, ihren heiseren, tiefen, fordernden Ton, und sie fühlte, wie ihre Hand, die den Hörer hielt, feucht wurde. Ihr Herz klopfte schnell.

«Nora? So antworte doch!»

Sie legte auf und floh aus der Wohnung. Sie lief den Broadway hinunter, versuchte sich ihre Mutter vorzustellen. Wie sie jetzt wohl aussah? Eine kleine, drahtige Frau mit eisernem Willen, die wahrscheinlich jedem, der es hören wollte, vorstöhnte: *Diese tagelange Unsicherheit! Es war ja kein Durchkommen, man kann sich gar nicht vorstellen, wie furchtbar das ist!* Dreiundzwanzig Jahre, und noch immer konnte sie die Macht dieser Stimme aus der Fassung bringen!

Eine unheimliche Stille lastete auf der Stadt. Kaum Verkehr. Die Menschen gingen langsam und hielten die Köpfe gesenkt. An der 96. Straße bog sie zum Central Park ab und setzte sich dort mit Blick auf den gegenüberliegenden Häuserblock auf eine Bank. Langsam wurde sie ruhiger. Ihre Augen fixierten seinen Hauseingang, bis sie anfingen zu schmerzen. Nach etwa eineinhalb Stunden sah sie ihn auf die Tür zugehen. Schnell überquerte sie die Straße, die Ampel schaltete auf Rot. Sie erwartete Hupen, aber die Autofahrer blieben geduldig.

«Steven!»

Überrascht blieb er stehen. Sein Anzug war verknittert, und seine Krawatte hing lose um seinen Hemdkragen. Sie musste alle Kraft aufbieten, um ihm nicht um den Hals zu fallen. Er blickte rasch über die Schulter, die Tür zur Lobby stand offen. Der Doorman saß hinter seinem Empfangspult.

«Nora! Wo warst du?»

Sie interpretierte die Frage so, wie jeder es in diesem Augenblick getan hätte.

«Zu Hause. Vor dem Fernseher. Und du?»

«Auf dem Weg zum Gericht, in der Subway. Melanie war in Washington», fügte er hastig hinzu, und es versetzte ihr einen Stich. «Sie hat es erst gestern Nacht nach Hause geschafft. Die Telefone funktionierten nicht, ich hab dauernd versucht …»

Er brach ab. Wen hatte er zuerst zu erreichen versucht? Sie oder Melanie?

«Ich vermisse dich», sagte sie plötzlich und befürchtete, in der nächsten Sekunde den letzten Rest Zurückhaltung zu verlieren.

Er öffnete den Mund, sein Zögern hing in der Luft und machte ihr schmerzhaft bewusst, wie verletzlich ihre Beziehung war. Die Ehe, dachte sie, ist eine Institution, die erst während einer Krise ihre wahre Macht entfaltet. Über ihre Schulter sah er prüfend in die Lobby. Sie folgte seinem Blick. Der Doorman war mit einer Lieferung beschäftigt. Der Anblick dieses vertrauten, alltäglichen Vorgangs brachte sie aus der Fassung. Schnell drehte sie sich um. Steven hielt sie zurück.

«Könntest du im Park auf mich warten?»

Seine Stimme klang, als spräche er unter Wasser. Sie entwand sich ihm und ging mit raschen Schritten über die Straße zurück zum Park. Auf den Bänken am Eingang schliefen der Länge nach ausgestreckt zwei Penner. Unschlüssig blieb sie stehen. Ein junger Mann führte einen schmutzig weißen Mischlingshund spazieren, der Hund hielt abrupt an, drehte sich ein paar Mal im Kreis, machte einen Buckel, legte die Ohren an und schiss. Der junge

Mann hob den Haufen mit einem Stück Zeitung auf und warf ihn in den Papierkorb. Sie hatte plötzlich das Gefühl, dieselbe wie unter einer Lupe vergrößerte Sinnlosigkeit und die gleichzeitig gesteigerte Bedeutung von Alltagsverrichtungen schon einmal erlebt zu haben. Als hinge das Leben davon ab! Und vielleicht war es ja so, vielleicht würde die Summe ihrer banalen Handlungen – das Einkaufen, Subwayfahren, Telefonieren, sogar das Bezahlen der Rechnungen – sich irgendwann wieder bruchlos zu einem Alltagsgebäude zusammenfügen, zur Illusion des richtigen Lebens. Darunter aber gähnte der Abgrund, das große Loch, die Erinnerung an die Verwundbarkeit. Hundescheiße aufheben durfte von nun an zu den Handlungen gehören, mit denen man der Einschüchterung trotzte. Sie spürte, wie sie zitterte. Die Septemberluft war immer noch warm, trotzdem fror sie unter ihrer leichten Jacke. Eine schwarze Kinderfrau schob einen doppelsitzigen Wagen an ihr vorbei, zwei Mädchen, etwa drei und zwei Jahre alt, schliefen friedlich nebeneinander. Sie dachte an Amys Töchter, und ihr Herz zog sich zusammen. Steven kam von der Straße her ohne seine Aktentasche auf sie zu. Ihr fiel auf, wie grau sein Gesicht war. Er sah aus, als hätte er nächtelang nicht geschlafen.

«Wie geht es dir?», fragte sie, als er vor ihr stand. «Sind alle … Ich meine, kennst du jemanden …?»

Er schüttelte den Kopf.

«Und du? Ich habe mir Sorgen gemacht!»

Zärtlichkeit übermannte sie. Am liebsten hätte sie seine Hand genommen und wäre mit ihm durch den Park gewandert, bis sie beide einfach am Horizont verschwunden wären.

«Arbeitest du wieder?», wich sie ihm aus und deutete auf seinen Anzug. Erst jetzt fiel ihr die amerikanische Flagge auf, die in Form einer kleinen, emaillierten Brosche an seinem Jackettaufschlag steckte.

«Wir sind am nächsten Tag alle zur Arbeit gegangen. Kein einziger ist zu Hause geblieben. Nicht mal die Sekretärinnen. Als hätten wir es verabredet. Im Augenblick scheinen mir sogar die schlimmsten meiner Fälle ...»

«Seit wann trägst du das?», unterbrach sie ihn.

Er blickte verständnislos. Sie zeigte auf die Anstecknadel.

«Ach so. Ein Kollege hat jedem von uns eine gegeben.»

«Patriotismus am Revers? Das passt nicht zu dir.»

«Herrgott, Nora, es tröstet meinen Kollegen und tut niemandem weh! Also trage ich sie.»

«Entschuldige.»

Fröstelnd rieb sie sich die Arme. Er streifte seine Jacke ab und legte sie ihr um die Schultern.

«So, jetzt trägst du sie.»

Die Wärme seines Körpers hing noch im Stoff.

«Ist Melanie zu Hause?»

«Ja. Sie hält wieder Sprechstunde. Du kannst dir denken, ihre Patienten ...»

Sie nickte und bedauerte die Frage. Schweigend gingen sie nebeneinanderher.

«Meine Mutter hat angerufen», sagte sie nach einer Weile.

Sie wunderte sich, wie leicht es war. Vier Wörter, eigentlich nichts Besonderes.

«Gut. Sie war sicher beruhigt, deine Stimme zu hören.»

«Ich habe nicht mit ihr gesprochen.»

Er hob entschuldigend die Schultern.

«Die Verbindungen sind eben immer noch ...»

«Du verstehst nicht. Ich habe *mit Absicht* nicht mit ihr gesprochen.»

Verwirrt blieb er stehen.

«Warum?»

Sofort bereute sie ihre überstürzte Reaktion, sie wünschte, sie wäre zu Hause geblieben, hätte sich Zeit zum Nachdenken genommen, statt Hals über Kopf hierher zu rennen, zu ihm, dem sie vertraute und der nicht Teil ihrer Vergangenheit war, sondern zu ihrer Gegenwart gehörte. Beschämt wegen ihrer Panik und Selbstbezogenheit, zog sie seine Jacke enger um sich.

«Eine alte Geschichte», sagte sie so beiläufig wie möglich und setzte sich wieder in Bewegung. «Heute war sie jedenfalls am Telefon. Weiß der Himmel, woher sie die Nummer hat. Wahrscheinlich hat sie den Verlag verrückt gemacht.»

Er musterte sie misstrauisch.

«Hast du ihretwegen damals deine Nummer geändert?»

Sie zuckte mit den Schultern.

«Schuldig im Sinne der Anklage. Lächerlich, oder?»

Er betrachtete sie mit dem Ausdruck eines Arztes, der sich über die Diagnose nicht schlüssig ist.

«Nicht mit der eigenen Mutter zu sprechen, fällt meines Wissens noch nicht in den Bereich kriminellen Handelns. Aber egal, was deine Gründe sein mögen, bei dir würde ich immer für ein mildes Urteil plädieren.»

Sanft griff er nach ihrer Hand.

«Ich habe eine Frau im Fernsehen gesehen», sagte sie plötzlich.

«Ja ...?»

«Die Frau eines Börsenmaklers, der im World Trade Center gearbeitet hat. Ich muss immer an sie denken. Mir geht so viel durch den Kopf, Erinnerungen, alles Mögliche. Ein völliges Durcheinander! Wahrscheinlich bilde ich mir das meiste nur ein», fügte sie entschuldigend hinzu.

Doch sie wusste, dass es nicht so war. Ihre Erinnerung war so deutlich, als wäre alles erst gestern geschehen.

Wilma stand neben ihrem Bett, der Morgenmantel hing offen an ihrer großen Gestalt herab und gab ein lavendelfarbenes, rüschenbesetztes Nachthemd frei, das sich über ihrem schweren Busen spannte. *Ein Unfall.* Nora blinzelte ins Licht und richtete sich schlaftrunken auf. Beim Aufstehen stellte sie verwundert fest, dass ihre Knie weich waren und die Beine ihr nicht richtig gehorchten.

Im hell erleuchteten Wohnzimmer lag die Zeitung aufgeschlagen auf dem Sofa, wo ihr Vater nach dem Mittagessen gesessen hatte. Es war sehr still, sie hatte das Gefühl, als zerrte das Licht unbarmherzig noch die kleinsten Details aus den hintersten Ecken des Raumes hervor.

«Ich mach dir Kakao», sagte Wilma und strich ihr mit hilfloser Fürsorglichkeit über den Kopf. «Von Kaffee kann man nicht schlafen.»

Der Satz war so absurd, dass Nora an die typische Filmszene denken musste, in der es überfallartig zu einer Geburt kommt und ein energischer Helfer nach kochendem Wasser verlangt. Sie blieb in der Mitte des Zimmers stehen und rührte sich nicht vom Fleck. Wilma kehrte mit einem Becher Kakao aus der Küche zurück.

«Er ist tot», sagte Wilma, den Becher weinend festhaltend.

«Ich weiß», sagte Nora.

Sie setzte sich neben die Zeitung auf das Sofa, lauschte im Bewusstsein ihrer Bedeutung diesen beiden kurzen Sätzen nach und wartete auf einen Effekt. Aber nichts geschah, Wilma hätte ihr ebenso gut mitteilen können, was es am folgenden Tag zum Mittagessen geben würde.

«Ich glaube, du musst deine Mutter anrufen», sagte Wilma dann.

Nora ließ auch diesen Satz in sich nachklingen. Sie war bereit, ja, sie wollte sogar über den Tod ihres Vaters sprechen, allerdings hätte sie lieber eine Freundin als ihre Mutter angerufen. Nora war fünf Jahre alt gewesen, als Waltraut ihren Vater und sie verlassen hatte, und während der dreizehn Jahre, die seitdem vergangen waren, hatte es nur wenige und meist verunglückte Begegnungen zwischen ihnen gegeben. Vor einer Woche erst hatte Nora ihr Abitur gefeiert. Ihre Mutter hatte sie nicht dabeihaben wollen, nicht einmal an ihrem achtzehnten Geburtstag. Im Geiste spielte sie die verschiedenen Möglichkeiten durch. Sie konnte sagen *Papa ist tot*, doch damit hätte sie Waltraut in die Vertrautheit mit ihrem Vater eingeschlossen, die für ihre Mutter schon lange nicht mehr galt. *Günther ist tot* legte den Schwerpunkt auf seine Eigenschaft als Waltrauts geschiedenen Ehemann, würde aber von Nora eine Distanzierung von ihrem Vater verlangen, die sie nicht empfand und auch nicht andeuten wollte. *Mein Vater ist tot* war eine andere Variante, mit der sie deutlich die Grenze zwischen sich und ihrer Mutter betonen und Waltraut erneut jede Nähe zu ihrem Vater absprechen würde. Diese Möglichkeit hätte ihrem Zustand am ehesten entsprochen, beinhaltete jedoch eine Konfrontation, der sie sich nicht gewachsen fühlte. Hilflos zog sie die Knie an und hielt Wilma den Hörer hin.

Unter Waltrauts Nummer meldete sich eine verschlafene männliche Stimme, und Wilma hinterließ eine Nachricht. Dann legte sie den Hörer neben das Telefon.

«Du musst versuchen zu schlafen, Kind», sagte sie und stopfte mit heftigen, beinahe schmerzhaften Handgriffen die Decke um Nora herum fest, während ihr wieder Tränen übers Gesicht liefen. Sie ließ sich neben ihr in einen Sessel sinken, und Nora konnte ihren Atem hören, erst stoßweise, begleitet von unterdrücktem Schluchzen, dann, als sie einnickte, regelmäßig. Nora lag auf der Seite, das Kissen kratzte unter ihrer Wange, die Standuhr, ein Erbstück ihrer Großmutter, zeigte vier Uhr morgens. Wie lange war es her, dass Wilma sie geweckt hatte? Langsam ergriff die Angst von ihr Besitz. Sie lag schlaflos und starrte an die gegenüberliegende Wand, wo das Licht einer Straßenlampe immer neue Muster formend ineinander und wieder auseinander floss. Das Bild des explodierenden und brennenden Wagens und Bilder ihres Vaters schwirrten ihr zusammenhanglos durch den Kopf. Allmählich wurde ihr bewusst, dass sie allein war. Sie hatte keine Geschwister, ihre Großeltern waren tot, und ein Cousin ihres Vaters, den sie nie kennen gelernt hatte, lebte irgendwo in Kanada. Ihre Mutter war ihre einzige Angehörige. Nora erinnerte sich an die

Wochen nach ihrem Weggang, als sie täglich nach ihr fragte und sich angstvoll prüfte, ob sie ihre Mutter vielleicht durch Ungehorsam aus dem Haus getrieben hatte. Ihr Vater war allen Fragen ausgewichen. Wilma hatte ein gerahmtes Foto von Waltraut auf Noras Nachttisch gestellt und sie jeden Abend daran erinnert, dass sie für ihre Mutter beten musste. Erst viel später erfuhr sie, warum Waltraut verschwunden war. Nach ein paar Monaten hatte Nora begonnen, sich an die neuen Familienverhältnisse zu gewöhnen. Wilma war liebevoll und fürsorglich, und Waltrauts Abwesenheit kam Nora erst wieder zu Bewusstsein, als bei ihrer Einschulung alle anderen Kinder mit ihrer Mutter kamen, während sie selber Wilmas Hand hielt.

In den ersten Jahren schickte Waltraut hin und wieder Postkarten von ihren Tourneen. Einige Male tauchte sie sogar zu Noras Geburtstag auf und brachte ihr Geschenke: ein Münzarmband, eine gläserne Kugel, in der, wenn man sie schüttelte, die Silhouette einer fremden Stadt im Schneegestöber verschwand, eine Puppe in einem historischen Kostüm; einmal sogar teure Pralinen mit Weinbrandfüllung, die Wilma schweigend in einen Schrank räumte. Von ihrem Vater und von Wilma bekam sie Bücher oder Spielsachen; selbst die wechselnden Freundinnen ihres Vaters verstanden ihre kindlichen Bedürfnisse besser als ihre eigene Mutter. Einige dieser Frauen gefielen Nora, und sie hätte nichts dagegen gehabt, sie als Ersatzmutter anzunehmen. Da ihr Vater an einer weiteren Ehe nicht interessiert war, sorgte er dafür, dass seine Frauen sich nicht zu tief in seinem Leben festsetzten. Also suchte Nora weiterhin bei Wilma mütterliche Geborgenheit und tröstete sich damit, einen nachgiebigen, liebevollen Vater zu haben, der – anders als die Väter und Mütter ihrer Schulfreundinnen – niemals wegen geringer Vergehen strafte oder gar zuschlug. Insgeheim hätte sie ihre Mutterlosigkeit liebend gern gegen eine gelegentliche Ohrfeige eingetauscht. Hin und wieder, wenn sie Waltrauts absurde Geschenkesammlung betrachtete, die Wilma sorgfältig auf einem Regalbrett arrangiert hatte, befiel sie ein Phantomschmerz, ein Gefühl körperlicher Unvollständigkeit, als fehlte ihr ein Arm oder ein Bein. Aufmerksam studierte sie dann ihr Spiegelbild, konnte aber nichts Ungewöhnliches entdecken. Bei ihrer Erstkommunion erschien Waltraut ohne Vorwarnung und überraschte die Gäste mit dem Angebot, sie nach dem Essen mit Nummern aus der «West Side Story» zu unterhalten.

Als Nora vierzehn wurde, erlebte Waltraut eine Phase beruflicher und privater Enttäuschung, und sie entsann sich ihrer Tochter. Während eines einwöchigen Gastspiels in Freiburg unternahm sie mit ihr einen Ferienversuch. Nora hatte gerade ein Wochenende wilder Knutscherei mit dem Bruder ihrer besten Freundin hinter sich und war zutiefst verwirrt. Sie hoffte auf ein bisschen Mütterlichkeit, aber Waltraut klagte nur über ihren eigenen untreuen Liebhaber. Schließlich erlitt sie auch noch einen Stimmverlust, mit dem sie während der verbleibenden gemeinsamen Tage beschäftigt war. Nach dieser Erfahrung war Nora über das pubertäre Maß hinaus wochenlang reizbar und durcheinander, was ihren Vater beinahe veranlasst hätte, seiner Exfrau den weiteren Kontakt mit ihr zu verbieten. Das erwies sich aber als unnötig; Nora hatte von ihrer Mutter inzwischen genug. Auf spätere Anrufe reagierte sie nicht mehr. Einmal erhielt sie von Waltraut einen langen, seltsam exaltierten Brief voller Liebesbeteuerungen für sie und wirrer Anklagen gegen ihren Vater. Nora zerriss die Seiten mit wilder Genugtuung und hatte gleichzeitig das Gefühl, sie begehe Verrat. Seitdem hatten sie nichts mehr voneinander gehört.

Mit offenen Augen starrte Nora in die Dunkelheit, versuchte, in die Zukunft zu sehen und sich ihren Vater in der Vergangenheit vorzustellen, eine Anstrengung, unter der sie am Morgen, als Wilma ihr Kaffee brachte und den Hörer des Telefons wieder auf die Gabel legte, weinend zusammenbrach. War das die Rache? Sollte sie bezahlen für die schamlose Selbstverständlichkeit, mit der sie angenommen hatte, dass alles immer so weiterginge, zuverlässig für sie vorbereitet, eine freundliche Zukunft, die durch einen Irrtum – ganz bestimmt war es ein Irrtum, es gab keine andere Erklärung – nicht eintreten würde?

«Was soll ich denn jetzt machen?», weinte sie endlich in Wilmas Armen, und im selben Moment klingelte das Telefon. Wilma reichte ihr den Hörer, und die hysterische Stimme ihrer Mutter drang ihr ans Ohr.

«Endlich! Die ganze Nacht hab ich versucht, dich zu erreichen! Ich komme sofort!»

Sie liebte das Dramatische, es gab ihr Auftrieb, Bedeutung, Glanz. Zwischen dem Anruf und ihrem leibhaftigen Erscheinen vergingen nur ein paar Stunden, dann stand sie mit dunkler Sonnenbrille, ihr blondes Haar straff aus dem Gesicht gebunden, vor ihr. Waltraut schloss sie in die Arme; sie war, wie sie sagte, bereit, *Verantwortung zu übernehmen*. Ihre erste Maßnahme bestand darin, mit Nora in die Stadt zu fahren und sich in einem Geschäft Trauerkleidung zeigen zu lassen.

«Alle Augen werden auf dich gerichtet sein. Du musst wenigstens anständig aussehen!»

Nora, überrumpelt und in ihrer Trauer nach Trost hungernd, war willens, den strengen Ton als Fürsorge zu deuten. Während sie selber auf ihr fremdes, in Schwarz gehülltes Bild im Spiegel starrte, hörte sie hinter dem Vorhang der Umkleidekabine, wie sich Waltraut von den Verkäuferinnen als Witwe bemitleiden ließ. Mit den Worten «Schicken Sie die Rechnung an die Adresse meiner Tochter» schloss Waltraut ihre Auswahl ab und drückte Nora ein paar Tüten in die Hand. Nora folgte ihr wie in Trance zum Auto. Sie fühlte gar nichts.

...

Dämmerung hatte sich über den Park gelegt, an seinen Rändern leuchteten die Lichter hinter den Fenstern der riesigen alten Gebäude auf. In der Nähe des Wasserreservoirs kam ihnen eine Pennerin entgegen. Sie war klein und verschrumpelt, undefinierbaren Alters, und schob erhobenen Hauptes einen Einkaufswagen, in dem sich, verpackt in schwarze Müllsäcke, ihre Habe türmte. Über den Mülltüten flatterte an einem dünnen Stock eine amerikanische Flagge. Womit identifizierte sie sich? Mit der Nation? Sah sie sich als Teil der angegriffenen Gemeinschaft, oder war das jetzt ihre Gelegenheit, ihren Platz darin einzufordern? Vielleicht beides, dachte Nora. Dazugehören und als Einzelne bestehen. Geistesabwesend schlurfte Nora mit ihren Füßen durch das Laub, das sich bereits auf dem Weg sammelte. Der Herbst kam unaufhaltsam näher.

Plötzlich hatte sie das Gefühl, einen Fehler begangen zu haben. Beinahe hätte sie ihren Liebhaber ins Vertrauen gezogen, immerhin hatte sie bereits die Tür einen Spalt geöffnet, und fast hätte sie ihn in einen Teil ihrer Vergangenheit schauen lassen, den sie längst überwunden geglaubt hatte. Es war nicht nur der falsche Augenblick, sie fürchtete auch, von nun an ihrem eigenen Mitteilungsbedürfnis ausgeliefert zu sein.

«Es ist spät. Lass uns zurückgehen», sagte sie bittend.

Steven hielt weiter schweigend ihre Hand. Auf dem Rückweg überholten sie die Pennerin, die weißen Sterne der Flagge leuchteten im Licht der hereinbrechenden Dunkelheit.

vier

Aufsehen erregender, in großem Stil ausgeführter Massenmord. Keine Katastrophe. Ganz bestimmt nicht. Sie konnte es nicht begründen, sie konnte nicht einmal nachdenken, jeder Gedanke zerfaserte, kaum dass er sich gebildet hatte, aber so viel wusste sie: Eine Katastrophe war eine Katastrophe. Ein Anschlag war ein Anschlag. Ein tödlicher Anschlag war Mord.

Debbie wachte schreiend neben ihr auf und schlief erst wieder ein, als Gina kam und sie zu sich ins Bett nahm. Amy ging ins Badezimmer und holte sich ein Glas Wasser, aus dem Spiegel sah ihr ein vom Weinen und ihrem Sturz verquollenes Gesicht entgegen. Ihre Nase hatte sich in der vergangenen Woche von blau über lila zu grüngelb verfärbt, über der Lippe hatte sich Schorf gebildet, ihr Handgelenk war bandagiert und ruhig gestellt. Sie aß, was Gina kochte, und hatte wieder zu rauchen begonnen; nachts lag sie wach oder ging auf und ab, tagsüber blieb sie im Haus. Sie hatte die Zeitung abbestellt und sämtliche Fernseher verbannt.

«Ich will nicht, dass die Kinder das sehen. Ich will nicht, dass Debbie *sieht*, wie ihr Vater gestorben ist. Wie er *ermordet* wurde.»

Tom hatte die Fernseher in die Garage geschleppt. Debbie glaubte, sie würde für irgend etwas bestraft, und weinte, weil sie nicht verstand, was da vor sich ging. Also holten sie ein Gerät zurück in die Küche, wo die Kinder unter Aufsicht ihre Lieblingssendung anschauen durften. Während die Mädchen lachten, zuckte Amy bei den übertriebenen Geräuscheffekten und aggressiv albernen Stimmen der Cartoon-Figuren zusammen und versuchte vergeblich, sich in ihrer neuen, surrealen Welt widerstreitender Empfindungen zu orientieren.

Nicht eine Sekunde hatte sie daran gezweifelt, dass Richard tot war. In der Hoffnung, ihn zu finden, war ihr Bruder Tom sofort nach den Anschlägen aus seinem Büro in Midtown-Manhattan von Krankenhaus zu Krankenhaus gelaufen. Einer seiner Arbeitskollegen hatte für eine Vermisstenanzeige ihr Hochzeitsfoto vervielfältigt; seine Freunde und er klebten sie neben Tausende anderer an Krankenhäuser, Bauzäune, Bushaltestellen, Telefonzellen und Gott weiß wohin. Nach drei Tagen war Tom erschöpft mit den letzten Zetteln zu ihr nach Hause gekommen. Ein glückliches Paar lachte vom Papier, es war nicht einmal klar, wer von beiden vermisst wurde, und einen Augenblick lang hatte sie sich vorgestellt, dass sie es war. Richard würde zu Hause auf sie warten, und sie müsste nur zurückkehren, um ihn wiederzuhaben.

Nachts lag sie wach und wünschte, sie hätte bei ihm sein, seine Hand halten, mit ihm sterben können. *Und Gott erwies ihnen die Gnade und ließ sie am selben Tag einschlafen.* Aber es gab keinen Gott.

«Du musst jetzt an die Kinder denken», beschwor Gina sie am Morgen, nachdem Claire die Mädchen zur Schule abgeholt hatte, und sie schämte sich, weil sie nicht an die Kinder dachte. Die Welt war plötzlich voller Trostformeln, unendlich kombinierbar für jede Gelegenheit, Stimmung oder Tageszeit, ein großer Bauchladen, gefüllt mit einem unerschöpflichen Vorrat an *Müll*.

«Die Kinder sind dir geblieben», sagte Gina. Tom nickte.

«Und das Leben», sagte sie sarkastisch. «Das Leben ist mir auch geblieben. Aber ich will es nicht.»

«Amy!», sagte Gina erschrocken. «Das darfst du nicht sagen! Die Kinder brauchen dich. Und wir sind alle für dich da!»

Ein paar Wochen später klang bereits eine besorgte Mahnung in ihrer Stimme.

«Du musst dich um die Versicherung kümmern. Walter kann dir helfen.»

Walter war Versicherungsfachmann. Richards Firma hatte zwar einen Hinterbliebenenfonds gebildet, aber irgendwann würde sie anfangen müssen, an Geld zu denken.

«Ich weiß nicht, wo die Papiere sind. Richard hat sich immer um so etwas gekümmert», wehrte sie ab.

Ende Oktober endlich suchte und fand sie den Ordner. Sie schaffte es, ihn in die Küche zu tragen, ohne in Tränen auszubrechen. Ihre Mutter war dabei, mit einem Messer einen Kürbis zu bearbeiten. Die Schale knackte zuerst unangenehm, dann glitt die Schneide mit einem weichen Ton ins Fruchtfleisch und arbeitete sich langsam durch das obere Drittel. Amy sah dem Rauch ihrer Zigarette nach, der an die Küchendecke schwebte, eine Erinnerung aus ihrem alten Leben huschte flüchtig durch den Raum.

«Weißt du noch?», sagte sie gedankenverloren.

«Weißt du noch – was?», fragte Gina. Das Messer war wieder beim Einschnitt angekommen, und sie hob den kreisrunden Deckel ab.

«Damals. Als Tom die Kürbisse kaputtgemacht hat.»

Gina begann, mit Hilfe eines scharfen, gebogenen Werkzeugs das Fruchtfleisch herauszuarbeiten. Sie hatte Arthritis in den Händen, und es fiel ihr sichtlich schwer, aber Amy konnte sich nicht überwinden, es ihr abzunehmen.

«Natürlich», sagte Gina. «Du warst fünf Jahre alt und unglaublich zornig.»

«Geschah ihm recht. Er hat mit seinem blöden Schwert herumgefuchtelt, obwohl du ihn gewarnt hattest. Er war in seiner Schwertphase, weißt du noch? Und mein Kürbis war so schön geworden! Du hast ihm riesige Reißzähne gemacht und Augen mit Iris und Pupille und allem! Ich sehe ihn noch fallen, wie in Zeitlupe. Verrückt, dass man sich an so was so genau erinnert! Ich kann sogar das Geräusch noch hören, mit dem er zerplatzte, so ein schreckliches *Plopp*.»

Danach war es ganz ruhig gewesen, eine erschrockene Stille. Dann hatte sie gellend geschrien, es ging einem durch Mark und Bein, und nach dem einzigen übrig gebliebenen Kürbis gegriffen. Er war für Andrea gedacht, sie war noch ganz klein, nicht einmal zwei. Amy konzentrierte sich mit geschlossenen Augen und spürte wieder, wie sie mit aller Kraft und einem bis dahin unbekannten Gefühl atavistischer Mordlust den Kürbis nach ihrem Bruder schleuderte. Tom duckte sich, und sie verfehlte ihr Ziel, aber das dumpf schmatzende Seufzen, mit dem die schwere Frucht an die Wand neben dem Kühlschrank prallte und in fleischige Einzelteile zerbarst, verschaffte ihr eine tiefe Befriedigung. Zum ersten Mal in ihrem Leben hatte sie versucht sich zu rächen. Die Zerstörung, beiläufige Folge ihrer Rache, bereitete ihr jubelnde Freude.

Sie öffnete die Augen, atmete tief ein und stieß den Rauch aus.

«Hast du dich nie gefragt, was aus all den Kohlköpfen und Wassermelonen geworden ist, die damals aus dem Kühlschrank verschwanden?»

Ihre Mutter schob das Fruchtfleisch von der Arbeitsfläche in einen Plastikbehälter und drückte den Deckel darauf fest.

«Ich habe es schnell herausgefunden.»

«Du hast nie was gesagt.»

«Na ja, am Anfang war ich ziemlich beunruhigt. Dein Vater meinte, es ginge von selber vorbei, aber ich hatte Angst, du hättest vielleicht eine aggressive Störung oder so was. Damals fing man gerade erst an, für solche Dinge neue Begriffe und Krankheitsbezeichnungen zu finden. Du hast mir Leid getan, Tom war wirklich eine Pest, und du warst so hilflos.»

Mit einem Messer schnitt sie ein Zickzackmuster in die untere Hälfte der Frucht. Vorsichtig löste sie die dabei entstehenden Dreiecke aus dem Kürbis, Amy schaute ihr abwesend zu.

«Ich nannte es *Gemüse schlachten.*» Sie lachte auf. «Ich habe mir seinen Baseballschläger aus der Garage geholt, und jedes Mal, wenn er mir was kaputtgemacht hat, habe ich mir vorgestellt, wie er sich unter Schmerzen krümmt, während ich auf irgendeinen armen Blumenkohl eindrosch. An seine Sachen habe ich mich nicht rangetraut, dazu hatte ich viel zu viel Angst. Blumenkohl! Unglaublich, oder?»

Sie dachte an Jenna, ihre beste Freundin, die im Zorn Ameisen, Käfer oder andere Insekten zertreten hatte. Sie hatte versucht, Jenna von den Vorzügen der Gemüsefolter zu überzeugen, aber Jenna ekelte sich vor zerplatzenden Wassermelonen mehr als vor zerplatzenden Käferpanzern. Sie lachte wieder, ein trockenes Lachen, das eher einem Husten glich.

«Wart ihr wirklich so verständnisvoll?»

Gina ließ das Messer los, das aus dem Kürbis ragte wie die Waffe aus dem Bauch eines Mordopfers, und rieb sich die schmerzenden Hände.

«Dein Vater war ein kluger Mann.»

Sie nahm das Messer wieder zur Hand und konzentrierte sich auf den Kürbis. Das schabende, wischende Geräusch der Klinge erfüllte die Stille. *Sie vermisst ihn, obwohl er sie betrogen hat.* Wie lange würde sie Richard vermissen?

«Wen soll *ich* fragen, wenn Debbie oder Sophie verrücktes Zeug machen? Sag mir, wen *ich* fragen soll!»

Gina schrak unter Amys plötzlicher Heftigkeit zusammen.

«Oh, Liebes! Du kannst mich fragen. Oder Tom, vielleicht sogar Walter. Und du kannst …»

«Bitte! Sag jetzt nicht, *du kannst Richard fragen, er ist immer bei dir, er wird immer bei dir sein!* Das ist er nicht! Er ist nicht bei mir! Wenn noch einmal jemand sagt …»

Sie brach ab, Tränen liefen ihr die Wangen hinunter. In das Schweigen hinein konnten sie durch das geöffnete Fenster das Rauschen der Bäume hören. Amy wischte sich mit der Hand über das Gesicht. Der Kürbis hatte inzwischen eine ausgezackte Zahnreihe.

«Bei Wassermelonen funktionierte es immer am besten», sagte sie und drückte ihre Zigarette aus.

Halloween kam, und die Kinder zogen ihre Kostüme an. Debbie ging als Schmetterling, Sophie war eine Hummel. Amy umarmte sie und winkte zum Abschied.

«Beeilt euch», sagte Gina übertrieben fröhlich, hielt die Haustür auf und schwenkte einen kleinen Eimer für die Süßigkeiten. «Sonst sind alle Bonbons weg.»

«Mama soll mitkommen!»

Sophie rannte plötzlich auf sie zu, und auch Debbie riss sich von Ginas Hand los. Amy wich unwillkürlich zurück und zwang sich zu einem Lächeln.

«Ich will Papa», sagte Debbie und begann zu weinen. «Papa soll mitkommen. Er hat es versprochen.»

«Papa», echote Sophie und weinte, weil Debbie weinte.

«Oh, *fuck*!» Sie schlug die Hände vors Gesicht. «Lasst mich in Ruhe!»

Wie aus weiter Ferne hörte sie ihren Schrei, sah die erschrockenen Augen ihrer Kinder und den gepeinigten Ausdruck im Gesicht ihrer Mutter und weinte über das, was sie ihnen antat.

Zweimal öffnete sie die Tür zu seiner Hälfte des begehbaren Schranks, aber der Anblick der sorgfältig gestapelten Hemden und Sweatshirts, seiner Anzüge, Unterwäsche, Socken, Krawatten, Jeans und Schuhe war so überwältigend, dass ihre Knie nachgaben und sie die Tür sofort wieder schließen musste. Kurz vor Weihnachten unternahm sie einen weiteren Versuch. Einem Impuls folgend, zog sie die Schranktür hinter sich zu und hockte sich auf den Boden. Aus dem Schlafzimmer fiel durch die dünnen Lamellenritzen schwaches Licht ins Dunkel. Vor ihrem Gesicht hing eine Anzughose von einem Bügel, sie atmete den Geruch ein, *seinen* Geruch. *Er ist tot*, dachte sie. *Tot*. Diese drei Buchstaben verurteilten auch sie. Welche Macht ein Wort besaß! Sie hatte nie richtig darüber nachgedacht, aber in letzter Zeit spürte sie, wie sich beim Hören bestimmter Wörter alles in ihr sträubte. Nicht nur die Reporter im Fernsehen, sondern jeder, der ihr im Laufe der letzten Wochen sein Beileid ausgedrückt hatte, hatte entweder von *Katastrophe* oder *Tragödie* gesprochen. Tragödie. Hartnäckig hatte sich das Wort in ihrem Bewusstsein verhakt. In ihren langen schlaflosen Nächten hatte sie über seine Bedeutung gegrübelt, es gedreht, zerpflückt, seinem Ton nachgelauscht. Sie assoziierte Verstrickung, dachte an die griechischen Dramen ihrer Schulzeit, an das Zusammentreffen schicksalhafter Ereignisse mit entsetzlichen Folgen. Die Geschichten, erinnerte sie sich vage, liefen mit gnadenloser Unvermeidlichkeit auf ein schreckliches Ende hinaus, vielleicht spielte auch der Zufall eine Rolle? Aber bestimmt keine Absicht! Ödipus hätte niemals seinen Vater ermordet und mit seiner Mutter geschlafen, wenn er nur im Entferntesten geahnt hätte, was er tat. Wollten diejenigen, die ständig von einer Tragödie sprachen, ihr damit etwa weismachen, Richards Tod sei Schicksal gewesen? Dieses ganze sinnlose Massensterben ein Akt der Vorsehung? Soweit sie sich erinnerte, waren die Täter in einer Tragödie grundsätzlich ahnungslos; diese Männer jedoch hatten ihren Angriff kaltblütig geplant und ausgeführt, während Richard wie jeden Tag mit dem Zug in die Stadt gefahren, in die Subway gestiegen, mit dem Fahrstuhl in den 97. Stock … Sie stöhnte auf und vergrub ihr Gesicht im leichten Wollstoff seines hellgrauen Sommeranzugs, sog die schwache, unverwechselbare Mischung aus Aftershave, Büro und Pendlerzügen ein. Lange saß sie so und suchte nach einem Ausweg, nach einem Sinn, der sich ihr, wenn schon nicht jetzt, so wenigstens irgendwann in der Zukunft enthüllen würde, doch ein einfaches, unangemessen banal erscheinendes Wort stellte sich wie immer in den Weg: Mord. Ihr Mann war zusammen mit Tausenden anderer heimtückisch ermordet worden.

In der dunklen Enge des Schrankes, seine Hosenbeine umklammernd, versuchte sie, sich grausame Rache auszumalen. Aber die Mörder waren tot, wen konnte sie quälen, wenigstens in Gedanken?

Sie behielt den Sommeranzug und je eines seiner Sweatshirts für Debbie und Sophie, außerdem seine ungewaschenen Kleidungsstücke, die sie aus dem Wäschekorb gerettet hatte. Sie verstaute alles sorgfältig in einem gut verschließbaren Plastikbehälter. Den Rest ließ sie ein paar Tage vor Weihnachten für die Altkleidersammlung der Gemeinde abholen.

«Wie geht es weiter?», fragte sie Gina, als die Tür hinter den beiden christlich strahlenden jungen Leuten zugefallen und der letzte Karton herausgeschafft war. «Was müssen wir als Nächstes loswerden, damit ich mein neues, *sinnvolles Leben* beginnen kann?»

«Kind, du musst damit aufhören», bat Gina eindringlich.

Amy wunderte sich selber über ihre ungewohnte Bitterkeit.

«Ich kann nicht», sagte sie und sah ihre Mutter aus müden Augen an.

Sie erzählte ihr nicht, was sie in Richards Anzug gefunden hatte.

Sie hatte es entdeckt, nachdem sie in seinem Schrank gewesen war. Seine Anzughose auf dem Kopfkissen, hatte sie versucht einzuschlafen, als sie etwas unter ihrer Wange spürte. Die Untersuchung der Hosentaschen förderte einen mehrfach gefalteten Zettel zutage, auf dem in einer ihr unbekannten Handschrift stand: *Lieber ein Risiko eingehen, als immer so weitermachen. Sprich mit deiner Frau und entscheide dich bald – F.*

Er hatte nicht mit ihr gesprochen. Hatte er Geheimnisse vor ihr gehabt? Oder war er einfach nicht mehr dazu gekommen? Wie lange trug er den Zettel schon mit sich herum? Wer hatte ihn geschrieben? *Wer war F?* Sie kannte niemanden, dessen Name mit F anfing. Die Handschrift gehörte eher einem Mann als einer Frau; sie konnte sich natürlich täuschen. Vielleicht hatte es etwas mit seiner Arbeit zu tun. *Sprich mit deiner Frau.* Die Sätze hörten sich wie ein Ultimatum an, verzweifelt drängend, klang das nicht eher nach einer Affäre als nach einer nüchternen beruflichen Angelegenheit? Aber er hätte sie niemals betrogen, nicht Richard, das war unmöglich. Sie hatte wach gelegen, den Zettel in der Hand, während das Misstrauen in ihr zu keimen begann.

Einen Tag vor Weihnachten fuhren sie zu ihrer Schwester Andrea nach Pennsylvania. Das Baby, ein Junge, war jetzt beinahe zwei Jahre alt, und sie alle waren dankbar für die Ablenkung durch ein Kleinkind, das durchs Haus tobte und komische Sprechversuche machte. Debbie und Sophie halfen beim Baumschmücken, kitzelten ihren Cousin Sam und freuten sich, wenn er vor Vergnügen quietschte.

«Warum legst du dich nicht ein bisschen hin, Mom? Du siehst müde aus», sagte Tom mit besorgtem Blick auf Gina, die im Sessel zusammengesunken war. Sie wirkte erschöpft, als wäre alle Kraft aus ihr gewichen.

«Wir sind alle müde», sagte Gina und starrte auf ihre Hände, die auf ihrem Schoß lagen.

«Lalalaaaaaabbabbabba», brabbelte Sam. Er saß unter dem Tannenbaum und spielte mit dem luftgefüllten Noppenplastik, das Andrea zum Einwickeln des empfindlichen Baumschmucks benutzte. Debbie presste eine der Noppen zwischen Daumen und Zeigefinger und ließ sie mit einem scharfen *Popp* vor ihm zerplatzen. Amy zuckte zusammen.

«Lalaaaaalaalaaababbabbabbaaa», schrie Sam begeistert, reckte seine kleinen Arme und griff in die Zweige des Tannenbaums, seine Faust schloss sich um herabhängendes Lametta, und sie alle hörten den hellen Klang splitternden Glases, mit dem eine Baumkugel auf dem Boden zerschellte. Sam fing an zu schreien.

«Passt auf, dass er nicht in die Scherben krabbelt», rief Andrea und stürzte zu ihrem Sohn. Amy sah Tränen über das Gesicht ihrer Mutter laufen. Debbie ging zu Gina und legte den Kopf auf ihren Schoß. Gina strich ihr übers Haar, langsam und mechanisch. Amy konnte sich nicht rühren. Der Anblick der sich gegenseitig Tröstenden schnitt ihr ins Herz.

…

Am frühen Nachmittag des Heiligen Abends kämpfte sich Nora in ihrem alten Ford durch den Stau vor der Mautstation der George-Washington-Brücke von Manhattan Richtung New Jersey. Der Sprecher im Radio berichtete von den fortschreitenden Kriegshandlungen in Afghanistan. Es war jetzt fast drei Monate her, dass die Bombardements begonnen hatten, und sie besaß eine schmerzhaft genaue Erinnerung daran, wie sie in den Nachrichten zum ersten Mal davon gehört hatte. Sie wollte gerade den Müll raustragen, als im Fernsehen die Meldung kam. Sie hatte auf dem Absatz kehrtgemacht und sich, den Blick starr auf den Bildschirm gerichtet, rückwärts zum Bett getastet. Dabei war sie über die herabhängende Bettdecke gestolpert und, krampfhaft die Mülltute umklammernd, seitlich mit dem Brustkorb auf die Bettkante geknallt. *Am Tag, als die Bombardierung Afghanistans begann, brach sich Nora Elsner die Rippen*, schoss es ihr durch den Kopf, während sie keuchend nach Luft rang. Atemlos versuchte sie, den stechenden Schmerz unter Kontrolle zu bekommen.

Der US-Präsident sprach von *Ratten* und *ausräuchern*, und gleich darauf berichtete eine aufgetakelte Nachrichtensprecherin in dem Kindergärtnerinnenton, in dem den Zuschauern normalerweise die neuesten Erkenntnisse der medizinischen Wissenschaft ins Wohnzimmer geliefert wurden, vom Kriegsgeschehen. Statt «Nur *ein paar Mal* Treppensteigen am Tag hilft Ihnen, *hundert Kalorien* zu verbrennen. Das ist *fast eine ganze Dose Limo-*

nade!» hieß es nun: «Bei einem Angriff auf eine Stellung der Taliban wurden *sieben* Personen getötet, *drei* davon *Kinder*!» *Und etwa achtzig Prozent aller Unfälle passieren im Haushalt*, hätte Nora gerne noch der Expertenrunde zugerufen, deren ausschließlich männliche Teilnehmer sich anschließend in schlecht verhohlener Bedeutungssucht gegenseitig übertrumpften.

Mit der Zeit hatte der Schmerz nachgelassen, ihre Rippen waren, wie sich herausstellte, nicht gebrochen, sondern bloß geprellt. Jetzt befand sie sich auf dem Weg zu David und seiner Freundin Sharon – war sie inzwischen seine Freundin? –, die sie eingeladen hatten, die Weihnachtstage und Silvester bei ihnen auf Sharons Farm in Woodstock zu verbringen. Sie hatte die Einladung ohne lange nachzudenken angenommen. Steven war mit Melanie zu deren Eltern gefahren. Freunde und Bekannte zogen sich in ihre Familienschneckenhäuser zurück, und anders als in der Vergangenheit, in der die Gefühlsduselei der Vorweihnachtszeit traditionell mit einem nicht abreißenden Reigen aus Privat- und Firmenpartys bekämpft worden war, geisterte das Wort von der *Rückbesinnung* durch die Welt und belastete die Atmosphäre. Welche Dinge es waren, auf die sie sich *rück*besinnen sollte, blieb undeutlich. Was sollten die unumstößlichen Stützpfeiler der Gesellschaft oder wenigstens ihre ganz persönlichen sein? Familie? Wohl kaum. Religion? Schon als Kind war sie Wunderheilungen und der Unbefleckten Empfängnis mit Skepsis begegnet, und spätestens als Gott sich weigerte, ihr an einer rätselhaften Krankheit verendetes Meerschweinchen wieder zum Leben zu erwecken, hatte sich ihr Zweifel bestätigt und schließlich in Atheismus verwandelt. Allerdings war sie noch nie so oft im Konzert, im Museum, Theater oder im Kino gewesen wie in letzter Zeit. Doch der tröstende Effekt der Kunst nutzte sich ab. Bald spürte sie in ihrem Innern wieder eine brennende Kälte, als dampfe darin ein Block Trockeneis.

Sie schaute auf das graue Asphaltband, die kahlen Bäume, die entlang des Highways an ihr vorbeiflogen, und ließ ihre Gedanken mitfliegen. Wie immer während der vergangenen Wochen endeten sie bei Steven, und sie fühlte ein sehnsüchtiges Ziehen unterhalb ihres Zwerchfells. An einer Tankstelle hielt sie an, holte sich Kaffee und ein Sandwich, fuhr ein Stückchen weiter zum Parkplatz und saß dort eine Weile einfach im Wagen. Beinahe eine Woche war vergangen, seit er bei ihr gewesen war. Beim Abschied hatte er sie plötzlich mit einem fast gewalttätigen Griff fest an sich gezogen, einen wilden Ausdruck in den Augen, der sich langsam in Verstörung, dann Ungläubigkeit verwandelte, ganz so, als erkenne er sie nicht mehr, und genauso plötzlich hatte er sie wieder losgelassen. Ohne ein weiteres Wort war er gegangen.

«Mach's gut, Steven», hatte sie ihm leise hinterhergerufen. Und noch leiser: «Ich liebe dich.»

Aber die Tür war schon hinter ihm zugefallen, und Nora bezweifelte, dass er es noch gehört hatte.

Trotz genauer Wegbeschreibung verfuhr sie sich mehrmals auf der Suche nach Sharons Farm. Als der Wagen in der Dunkelheit endlich über den knirschenden Sandweg der Einfahrt holperte, spürte sie beim Anblick der beiden freundlich erleuchteten Holzgebäude – das kleinere, bauchige musste die zum Atelier umgebaute Scheune sein – den Impuls umzukehren. Jesse, Sharons Sohn, hatte aber die Autoscheinwerfer bereits gesehen und stürzte, nach Abwechslung gierend, aus dem Wohnhaus. Damit war jeder Gedanke an Flucht hinfällig. Jesse war neun Jahre alt und gehörte zu jenen wissensdurstigen Kindern, die stundenlang über einer schwierigen Frage brüten konnten, um anschließend stolz das Ergebnis ihres langen Nachdenkens zu präsentieren.

«John hat neulich in der Schule nach den Ta…, nach den Tali…», begann er, als sie beim Abendessen saßen.

«Taliban?», half David und schob eine Gabel des von Sharon zubereiteten Hühnchencurrys in den Mund.

«… den Taliban gefragt und warum wir die bombardieren, und Mr. Almond hat gesagt, weil die Fanatiker sind und das mit der Religion zu weit treiben, und dann hat Eric gesagt, dass sein Vater gesagt hat, Religion ist Opium fürs Volk, und, Mom, ihr habt doch gesagt, in Afghanistan ist alles voller Opium, wieso brauchen die Taliban dann überhaupt noch Religion?»

Die hohe Kinderstimme blieb mit triumphierendem Zittern erwartungsvoll im Raum hängen. Es entstand eine Pause, in der David sich zu Nora beugte.

«Du wurdest soeben», sagte er grinsend, «Zeugin einer umfassenden Beschreibung unserer kleinen, aber feinen Gemeinde aus zugewanderten Altkommunisten, pensionierten Hippies und den üblichen Linksliberalen. Die Eingeborenen sind übrigens stockkonservativ. Gute Frage», fuhr er zu Jesse gewandt fort, «wenn sie den ganzen Kram selber qualmen würden, würden sie jedenfalls weniger Schaden anrichten. *Das* waren noch Zeiten», seufzte er träumerisch.

«O bitte, David!» Sharon hatte bis dahin schweigend mit ihrem Weinglas gespielt und runzelte ärgerlich die Stirn. «Hör mir auf mit diesen Kiffer-Phantasien! Ein andermal, Jesse, okay?»

Nora war dankbar für ihren Einspruch. Davids Vergangenheitsverklärung erinnerte sie an ein paar unglückliche, haschischverhangene Monate in Deutschland, eine Zeit, die sie lieber vergessen hätte. Das war noch, bevor sie ihn getroffen hatte.

«Lasst uns über was anderes reden», schlug sie hastig vor. «Filme. Bücher. Musik.»

Zu spät fiel ihr auf, dass sie die Kunst ausgelassen hatte und sah verstohlen zu Sharon hinüber, aber sie schien es nicht bemerkt zu haben.

«Okay.» David rieb sich die Hände. «Womit fangen wir an?»

«Nein, ich will was spielen!»

Jesse sprang aufgeregt von seinem Stuhl, und schuldbewusst willigten sie ein. Dankbar für diesen leichten Sieg, brachte er ihnen beim Monopoly eine haushohe Niederlage bei und zog sich anschließend zu weiteren Gedankenspielen zurück.

Die Woche bis Silvester verbrachte Nora mit Lesen, Spaziergängen entlang der benachbarten Pferdekoppeln, ein paar Ausflügen zu den Antiquitätenhändlern der Umgebung. Jesse war froh, ein Opfer für seine nie versiegenden Fragen gefunden zu haben. Sie mochte ihn, er war ein merkwürdiger, unruhiger Junge, den ständig alle möglichen Dinge gleichzeitig beschäftigten, eines der Kinder, die in der Gesellschaft Erwachsener aufwachsen, in der Schule gehänselt werden und Außenseiter bleiben, bis sie die Welt schließlich unverhofft mit etwas Außergewöhnlichem überraschen. Sie beneidete ihn nicht um seine Bürde und widmete sich ihm, solange sie sein Dauerbombardement ertragen konnte.

Am Silvestertag lud Sharon sie in ihr Atelier ein, und sie saß einen ganzen Nachmittag lang schweigend bei ihr, während Prokofjews «Romeo und Julia» den hohen Raum füllte. Nora ließ sich von der Musik mittragen und beobachtete Sharon bei ihrer Arbeit. Sie malte abstrakte Bilder in kräftigen Farben, ihre Bewegungen, die Haltung ihres Körpers strahlten eine starke Sinnlichkeit aus. Es störte sie nicht im mindesten, dass Nora ihr zusah, sie schien es nicht einmal wahrzunehmen. Das schwere, haselnussbraune Haar hing ihr in dicken Strähnen ins Gesicht, an einigen Stellen war es mit Farbe verklebt; achtlos wischte sie den Pinsel an ihrer alten Bluse ab. Je weniger Sharon sich um ihre Anwesenheit kümmerte oder sich ihrer selbst bewusst war, desto deutlicher konnte Nora sich vorstellen, was einen Mann an ihr reizte. Ihre Unerreichbarkeit machte sie begehrenswert, es interessierte sie offensichtlich nichts anderes außer ihrer Malerei. Ein Mann konnte das unmöglich hinnehmen; es musste ihn verrückt machen. Nora versuchte, sich den eher mäßig leidenschaftlichen David bei seinem Verführungsversuch dieser bei ihrer Arbeit so anziehend, ja aufreizend wirkenden Frau vorzustellen und fragte sich, ob sie beim Übersetzen auch etwas von dieser Sinnlichkeit ausstrahlte. Ob Steven sie vielleicht spürte, wenn er bei seinen Besuchen in ihrer Wohnung darauf wartete, dass sie konzentriert und unnahbar den Absatz noch zu Ende brachte, bevor sie miteinander schliefen? Sie war nicht sicher. Aber wie Steven sie neulich an sich gerissen, sie festgehalten hatte – als hätte er sie unterwerfen wollen. Ihr Blick glitt über die festen Konturen von Sharons Gestalt, das anheimelnde Chaos aus Leinwänden, Farbtöpfen, Werkzeugen und Pinseln. *Gut möglich, dass David mit ihr glücklich wird. Und das Kind hat er umsonst dazubekommen.* Er war bestimmt froh, auf diese Weise doch noch Vater geworden zu sein. Am Anfang hatten sie über Kinder gesprochen und waren beide davor zurückgeschreckt; später hatte sich das Thema von allein erledigt. Sollte sie es bedauern? Wäre sie eine gute Mutter gewesen? Was war eine gute Mutter? Sharon vielleicht. Nein, sogar ziemlich sicher. Wenigstens schien sie die Eigenschaften zu besitzen, die dazugehörten: Gelassenheit, Humor, Gerechtigkeitssinn.

«Danke, dass ihr mich eingeladen habt. Es ist schön bei euch.»

Der Pinsel fuhr mit einem knalligen Gelb über die Leinwand und verschmierte einen Batzen hingespachteltes Karmesin. Sharon wandte den Blick nicht von ihrer Arbeit.

«Es war Davids Idee. Er möchte, dass sich seine Frauen verstehen. Möglichst keine Konflikte.»

«Oh …»

«Mach dir keine Sorgen. Ich hätte mich schon gewehrt, wenn es mir nicht gepasst hätte.»

Nora schwieg erschrocken. Sie war eher gelitten als erwünscht. Langsam zog sie ihre halb ausgestreckten Fühler wieder ein. Sie war ohnehin immer besser mit Männern als mit Frauen ausgekommen.

Der Januar begann bleich und freudlos. Da sie wegen des Rückreiseverkehrs nach den Feiertagen länger als üblich brauchen würde, fuhr sie schon gegen halb elf los. Sie nahm den Thruway Richtung New York. Die Catskills lagen hinter ihr. In der Vorfreude auf eine weihnachtsliederfreie Sendung schaltete sie das Radio ein. Sie kam schneller voran als erwartet und fuhr die nächsten zwei Stunden ohne Unterbrechung. Obwohl sie sich auf die Wegweiser Richtung George-Washington-Brücke konzentrierte, verpasste sie den Abzweig und bemerkte es erst, als sie sich auf einer Straße befand, an der Tankstellen, Reparaturwerkstätten, Schnellrestaurants und ein Mega-Supermarkt lagen. Kurz entschlossen bog sie in die Einfahrt von «Costco» ein. Wenn sie schon hier war, konnte sie auch gleich einkaufen. Sie suchte einen Parkplatz möglichst nah am Eingang. Die feuchte Januarluft kroch in ihre Kleidung. Es war erst zwei Uhr nachmittags, aber das Licht war bleigrau und der Himmel schwer.

Aus dem flachen Gebäude quollen in unablässiger Folge übergroße, voll beladene Einkaufswagen auf den Parkplatz. Vor ihr zog eine etwa sechzigjährige Frau einen leeren Wagen aus der Reihe, ihr flacher, breiter Hintern setzte übergangslos an der Taille an und steckte in ausgeleierten Freizeithosen, gnädig überlappt von einem schreiend pinkfarbenen Sweatshirt. Bei jedem ihrer von Schnaufen begleiteten Schritte schwankte er hin und her. Angesichts des rosa Quadratarsches stieg ein Ärger in Nora auf, der mit der ästhetischen Beleidigung durch einen übergewichtigen, aus dem Leim gegangenen Körper nicht zu rechtfertigen war. Entschlossen setzte sie zum Überholen an. Die Frau spürte die Bewegung in ihrem Rücken und wurde noch langsamer.

«Entschuldigung. Nach Ihnen, Liebes», sagte sie schwer atmend und lächelte Nora aus einem breiten, erschöpften Gesicht an, auf dem Schweißtröpfchen glänzten.

Ihr wurde heiß. Sie schämte sich.

«Danke. Entschuldigung.»

Sie lächelte zurück, die elektronische Tür öffnete sich zischend vor ihrem Einkaufswagen, während bereits neuer Unwille über den ritualisierten Austausch von Entschuldigungen in ihr aufstieg. Sie musste aufpassen. Der Aufenthalt bei David und Sharon hatte Spuren hinterlassen. Sie war neidisch auf Davids Aufgehobensein, möglicherweise war er sogar glücklich. Sie mochte Sharon, auch wenn diese ihre Sympathie nicht erwiderte. Es war das erste Mal, dass sie längere Zeit in ihrer Gegenwart verbracht hatte, und sie musste zugeben, dass David und sie und auch Jesse gut zueinander passten. Vielleicht sollte sie sich langsam aus seinem Leben verabschieden. Zum ersten Mal gestand sie sich ein, dass sie ihn während all der Jahre gebraucht hatte. Der Gedanke, dass er aus ihrem Leben verschwinden könnte, schmerzte sie, und die Aussicht auf eine Zukunft ohne ihn machte ihr Angst. Bisher hatte sie immer geglaubt, er sei derjenige, der stärker an ihrer alten Geschichte festhielt. Konnte es sein, dass er sie nur aus Mitleid eingeladen hatte? Der Gedanke traf sie unvorbereitet, und sie erschrak.

Geistesabwesend schob sie den Wagen durch die Gänge zwischen den hohen Regalen und folgte mechanisch ihrer üblichen Routine: Klopapier, Toilettenartikel, Mineralwasser, Reinigungsmittel, Bier. In der Lebensmittelabteilung griff sie nach einem übergroßen Bananenbund und legte es in den Wagen, obwohl sie wusste, dass sie niemals alles aufessen würde. Die sich langsam braun verfärbenden Schalen würden sie täglich an Verschwendung und Vergänglichkeit erinnern. An der Fischtheke bekam sie Lust auf ein Lachsfilet, aber die Familienpackungen enthielten alle mindestens vier oder fünf gewaltige Portionen. Jede einzelne hätte für sie allein gereicht. Was hatte sie in diesem Großmarkt überhaupt verloren? Mit einer plötzlichen Bewegung änderte sie die Richtung und prallte gegen den nachfolgenden Einkaufswagen. Das harte Aufeinandertreffen von Metall auf Metall erzeugte ein hässliches Geräusch.

«Entschuldigung», stieß sie automatisch hervor. Es klang eher barsch als um Verzeihung bittend.

«Ist schon gut», sagte die kurzhaarige, blonde Frau und beugte sich über das etwa fünfjährige Mädchen, das in dem riesigen, noch fast leeren Wagen stand.

«Alles in Ordnung?»

Das Kind nickte schweigend und fixierte Nora mit neugierigem Misstrauen. Aus dem Gang hinter ihr kam ein zweites, etwa siebenjähriges Mädchen zum Vorschein und schwenkte eine Großpackung Kekse, es ähnelte dem Kind im Wagen, offenbar die Schwester.

«Mom, können wir das kaufen? Biiitteee!»

Die Frau nahm dem Mädchen die Packung aus der Hand, zuckte die Schultern und lächelte Nora kurz an: *Kinder – was soll man tun?* Unbeholfen erwiderte sie das Lächeln, doch die Frau drehte ihr bereits den Rücken zu und schob ihren Wagen, gefolgt von dem bettelnden Kind, den Gang hinunter. Die Hände um den Griff ihres Einkaufswagens geklammert, starrte Nora ihr in die Tiefe der neonerleuchteten Halle nach. *Amy.*

Schockartig wurde ihr bewusst, wie vertraut sie ihr war. Während der vergangenen Wochen und Monate hatte sie das Bild dieser schlanken, hoch gewachsenen Frau, deren kurze, blonde Haare einen eigenwilligen Kontrast bildeten zu der typisch amerikanischen Mischung aus sportlichem College-Girl und junger Vorstadtmutter, inmitten alltäglicher Verrichtungen immer wieder vor Augen gesehen. Jetzt spürte sie dieselbe Anziehung, dasselbe diffuse Gefühl einer Verwandtschaft, das sie bei ihrem ersten Anblick im Fernsehen empfunden hatte. Sie stand wie gelähmt, während Amy am Ende des Ganges abbog und aus ihrem Blickfeld verschwand.

Nora löste sich aus ihrer Erstarrung. Aufgeschreckt lenkte sie ihren Wagen durch die Gänge, vor den Kühltruhen fand sie Amy wieder. Aus sicherem Abstand beobachtete sie, wie sie nach und nach Lebensmittel, Toilettenpapier, Schulhefte und Druckerpapier in ihren Wagen lud. Die Haltestange des Einkaufswagens unter ihren Händen wurde feucht; als Amy einmal unvermittelt in ihre Richtung blickte, griff Nora wahllos nach einem Zweilitergglas Mayonnaise und legte es in den Wagen. Sie stellte sich in eine zwei Reihen entfernte Kassenschlange und wartete; als Amy bezahlt hatte, ließ Nora ihren Wagen mitsamt seinem Inhalt zurück und folgte ihr nach draußen. Auf dem Parkplatz beobachtete sie aus sicherer Entfernung, wohin sie ihre Einkäufe schob, stürzte dann zu ihrem Ford und startete gerade rechtzeitig, als Amys Voyager die Straße erreichte. Sie fuhren in westlicher Richtung, eine frühe Winterdämmerung hatte eingesetzt, und Nora hielt gerade so viel Abstand, dass sie die Rücklichter im Blick behalten konnte. Immer wieder scherten andere Wagen vor ihr ein, sie musste ihre ganze Aufmerksamkeit darauf verwenden, den Voyager nicht aus den Augen zu verlieren. An einer Ampelkreuzung bemerkte sie erst im letzten Moment, dass Amy im Begriff war, links abzubiegen, während sie selber auf der Geradeausspur auf Grün wartete. Etwa zwanzig Minuten lang folgte sie den Rücklichtern, vorbei an Einkaufszentren und durch Vorortstraßen in eine baumbestandene Wohngegend mit hübschen, gepflegten Häusern, umgeben von hübschen, gepflegten Gärten. Der Voyager verlangsamte die Fahrt vor einem altmodischen, etwas windschiefen Einfamilienhaus und bog in die Einfahrt. Nora brachte den Ford in einigem Abstand am Straßenrand zum Stehen, und mit dem Geräusch des ersterbenden Motors erwachte sie aus ihrem tranceähnlichen Zustand.

Was mache ich hier? Ich muss sofort weg!

Aber sie blieb. Sie wartete regungslos, bis die Frau und die Mädchen mit dem Ausladen fertig waren und die Einkäufe ins Haus getragen hatten. Die Tür fiel hinter ihnen zu, drinnen wurde Licht eingeschaltet, und durch die Fenster des Erdgeschosses und die geschliffene Glasrosette in der Tür fiel der warme, verlockende Schein eines amerikanischen Vororthauses.

«Mom, kann ich das aufmachen?»

Debbie schwenkte die Packung mit den Keksen erwartungsvoll am hoch ausgestreckten Arm.

«Meinetwegen. Aber …»

«Ich will auch!»

Debbie schenkte Sophie einen drohenden Blick, riss den Karton auf und presste ihn gegen ihren Bauch. Sie steckte sich einen Keks in den Mund und trotzte, die Packung mit beiden Armen umschlingend, dem Angriff ihrer jüngeren Schwester.

«Mom! Mom!! Debbie gibt mir keine!»

«Debbie, was soll das? Gib Sophie einen Keks und nimm dir selber einen, und dann ist Schluss.»

«Mom!»

«Nein.»

«Mom, Sophie …»

«Also schön: Gib mir die Packung.»

«Ich will aber …»

«Gib mir die Packung!»

Sie war ruhig. Nein, stimmte nicht. Ihre *Stimme* war ruhig. Sie selbst war in Aufruhr. Wo war ihre Mutter? Sie hätte nicht darauf bestehen sollen, allein mit den Kindern von ihrem Weihnachtsbesuch bei Andrea zurückzukehren. Seit ein paar Tagen erst waren sie wieder zu Hause, und schon jetzt war sie vollkommen überfordert. Richard fehlte, überall. Debbie nutzte ihre Schwäche schamlos aus, und sie kam nicht dagegen an. Zum Teufel, sie hatte beschlossen, es allein zu schaffen, sie durfte nicht aufgeben! Noch nicht. Sie nahm Debbie die Kekspackung aus der Hand und stellte sie zu den noch nicht ausgepackten Tüten auf den Küchentresen.

«Geht nach oben, und zieht euch aus. Ihr könnt baden und eure Schlafanzüge anziehen, und wenn ihr versprecht, nicht zu streiten, dürft ihr nach dem Essen noch ein Video sehen.»

«Ein ganzes?»

Angesichts neuer Bedingungen änderte Debbie in Windeseile ihre Prioritäten und passte die Verhandlungstaktik an.

«Mal sehen.»

«Biiiitte!»

Sie würde es schaffen. Sie war auch davor schon mit ihnen allein gewesen. Richard war auf Geschäftsreisen gegangen. Er hatte sogar manchmal in der Stadt übernachtet, wenn am nächsten Tag früh eine Besprechung angesetzt war. Sie dachte an den Zettel. *Entscheide dich bald – F.* Er hatte gesagt, er hätte bei Tom geschlafen. Tom besaß ein Schlafsofa. Ein unbequemes Schlafsofa, und Richard hatte ihm sogar ein neues kaufen wollen. Sie musste Tom fragen. Sie musste …

«Mom?»

«Baden. Sofort.»

Sie hörte Debbie die Treppe hinaufschlurfen, Sophie im Schlepptau, hörte die siebte Stufe knarren, dann die elfte. Unter Richards Schritten hatten die gleichen Stufen anders geknarrt, lauter, kräftiger. Sein Echo. Sie musste endlich den Läufer legen lassen.

Der Wagen war nach einer Viertelstunde ausgekühlt, Nora hätte gern die Heizung eingeschaltet, aber sie hatte Angst, die Batterie könnte sie später im Stich lassen, und ein mit laufendem Motor geparktes Auto würde in einer ruhigen Wohnstraße Aufmerksamkeit erregen. Die Kälte hatte sie ernüchtert, sie spürte mit einem Mal eine bohrende Schuld, der Druck der Verfehlung lastete auf ihr, und dennoch wäre sie am liebsten den kurzen Fußweg neben der Einfahrt zum Haus hinaufgelaufen und hätte Sturm geklingelt. Sie hätte Amy sagen wollen, dass sie an sie gedacht hatte, immer wieder, dass sie sich gefragt hatte, wie es ihr ging, und dass etwas an ihr sie an sich selber erinnerte, wenn sie auch nicht hätte sagen können, was es war.

Sie fror inzwischen erbärmlich. Sie schaltete den Motor ein und ließ ihn kurz warm laufen, dann wendete sie den Wagen und fuhr zurück. Im Licht der Scheinwerfer glänzte ein Straßenschild auf: *Green Court.* Sie folgte der Straße bis zu einer Kreuzung und versuchte sich zu erinnern, aus welcher Richtung sie gekommen war. Sie bog nach rechts ab und passierte nach etwa einer halben Meile ein kleines Einkaufszentrum, das sie vorher nicht bemerkt hatte. Innerhalb kürzester Zeit war sie im Gewirr der Wohnstraßen rettungslos verloren, und es dauerte lange, bis sie sich endlich auf einem halbwegs vertrauten Highway in Richtung New York wiederfand.

fünf

Die Kälte schien unangenehmer als in den vergangenen Jahren, es kam ihr vor, als sei es überhaupt noch nie so kalt gewesen. Die Tür zum Balkon schloss nicht richtig, und der Wind wehte feine Sandpartikel herein, die sich wie winzige Dünen wellenförmig vor der Türschwelle ablagerten. Die Fensterfront im achten Stock des Siebziger-Jahre-Baus zeigte aufs Meer, vom Bett aus konnte sie die schweren Wolken sehen, die vom Wasser aufs Land zuflogen wie eine Hubschrauber-Armada. Sie war darauf gefasst, den Regen gleich wie Gewehrsalven gegen die Scheiben knattern zu hören. Sie war entschlossen, sich bis zum bitteren Ende zu verteidigen, auch wenn die Welt zusehends feindlicher wurde.

«Das Essen ist im Kühlschrank, Sie müssen es nur noch aufwärmen. Brauchen Sie sonst noch was, Senhora Waltraut?»

Miguel stand fertig angezogen in der Tür zum Flur, bereit zu gehen. Seine Frage war reine Formsache, doch wenn ihr schnell etwas einfiele, könnte sie ihn damit zwingen, noch zu bleiben. Das barg allerdings die Gefahr, dass sie ihn gegen sich aufbrachte, und das wiederum konnte Konsequenzen für die Zukunft haben.

«Das Fernsehprogramm …?»

«Liegt neben dem Inhalator. Auf dem Nachttisch.»

Obwohl ihr dafür eigentlich das Geld fehlte, hatte sie sich eine Satellitenschüssel installieren lassen, denn die Portugiesen hatten wirklich das schrecklichste Programm. Immer nur brasilianische *telenovelas* und ölige Fado-Sänger. Oder diese Musikvideos, in denen halb nackte Teenager sich lasziv hin und her wanden; das Ganze erinnerte eher an verunglückte Sexualakte als an Gesangsnummern.

«Dann gehe ich jetzt. Bis übermorgen.»

Übermorgen. Achtundvierzig Stunden kalter, eisgrauer Zeit. Ein kurzer Hustenanfall rasselte aus der Tiefe ihrer Bronchien.

«Die Balkontür. Kannst du diesen furchtbaren Zugwind stoppen, bevor du gehst? Es könnte gut sein, dass ich übermorgen sonst gar nicht mehr lebe.»

Er lachte. Im Grunde gab es da nichts zu lachen. Sie hatte bereits zweimal mit Lungenentzündung im Krankenhaus gelegen. Infektionen. Bekam man, wenn man chronische Bronchitis hatte, kurz vorm Emphysem stand und außerdem wie sie pro Tag zwei Schachteln Zigaretten rauchte. Das hatten jedenfalls die Ärzte gesagt. Sie hatte ihnen keuchend geantwortet, dass sie ihre Todesart wenigstens selber wählen wollte. Immer noch besser, Miguel lachte, als dass er ungeduldig wurde. Sonst würde er sich nämlich bald eine andere hilfsbedürftige Alte zum Betreuen suchen, und sie müsste sich mit dem begnügen, was dieser deutsche Wohlfahrtsverband ihr schickte. Miguel machte im Haushalt zwar nur das Nötigste, aber wenigstens verstand er ihren Humor, und das war mehr, als sie in ihrer Lage erwarten durfte.

«Okay, ich schau mal. Und ich ruf den Verwalter an.»

«Gut. Obwohl er natürlich nichts unternehmen wird.»

Er lachte wieder und verschwand im Badezimmer, kam dann mit einem Arm voller frischer, hellgelber Handtücher zurück und stopfte sie gegen die Türleiste. Die kleinen Sanddünen vermischten sich mit Schmutz, der die Handtücher verdreckte. Waltraut sagte nichts.

«Okay, Senhora Waltraut.» Er richtete sich auf. «Dann bis übermorgen.»

«Bis übermorgen.»

Sie hörte, wie seine Schritte im Flur verklangen und die Wohnungstür ins Schloss fiel.

Ein paar Minuten später setzte ein peitschender Regen ein, der die Welt draußen in bleiernem Grau versinken ließ. Es war, als triebe ihr Zimmer wie ein steuerloses Schiff in einer nassen Unendlichkeit. Mühsam richtete sie sich auf und zündete sich eine Zigarette an. Das Trommeln des Regens gegen die dünnen Fensterscheiben ließ die Stille drinnen noch unerträglicher werden. Resigniert griff sie nach der Fernbedienung: Zeichentrick, Schnulzenserien und ein Fernsehballett, das in einer Dekoration aus Tulpen und Windmühlen tanzte. Bei einem Ski-Abfahrtslauf aus Cortina d'Ampezzo blieb sie hängen. Ein Deutscher führte in der Wertung, aber irgendein Italiener war ihm auf den Fersen. Der italienische Kommentator war eindeutig auf der Seite seines Landsmanns.

«Los, zeig's ihnen», feuerte sie den Deutschen an, der zum zweiten Lauf ansetzte, und erschrak beim Klang ihrer Stimme. Hustend löschte sie ihre Zigarette und nahm sich eine neue. Die Schachtel war nur noch halb voll; sie hatte vergessen, Miguel zu dem kleinen Laden an der Straße zu schicken. Das hieß, dass sie Clara, die ein paar Türen weiter auf derselben Etage wohnte, anrufen musste. Wahrscheinlich würde wieder ihr Ekel von Mann dran sein, und sie würde freundlich sein und ihn bitten müssen. Sie hustete erneut und nahm einen Sprühstoß aus dem Inhalator. Wie sie diesen Kerl hasste! Wenn ihre verdammte Lunge nicht krank wäre, könnte sie ohne Hilfe leben. Aber so? Es nützte nichts. Auf keinen Fall würde sie auf ihre alten Tage anfangen zu jammern!

Sie legte den Inhalator zurück auf den Nachttisch und griff nach ihrem Schreibblock. Dabei stieß sie gegen den kleinen, in Kegelform geschnittenen Rosmarinstrauch, den Miguel ihr vor ein paar Wochen anstelle eines Weihnachtsbaumes mitgebracht hatte. Ein sachter Regen vertrockneter Nadeln rieselte herab, und das sanfte Kitzeln auf ihrer Haut verstärkte das Gefühl der Resignation, das sie seit Wochen beherrschte. Ungeduldig schob sie ihre Brille zurecht und studierte die zittrige Zahlenreihe auf dem Papier. Einem plötzlichen, heftigen Wunsch nachgebend, streckte sie ihren Arm aus, einen Moment lang schwebte ihre Hand über dem Telefon, dann sank sie herab. Es hatte keinen Zweck. Wahrscheinlich war Nora ohnehin nicht zu Hause, oder sie hatte wieder ihre Nummer gewechselt. Selbst wenn sie es nicht getan hatte und entgegen jeder Erwartung sogar dranginge, würde sie sich doch wieder nur eine Abfuhr holen. Dabei gebührte ihr eine Chance! Die stand schließlich jedem zu. Sogar Mörder hatten das Recht, sich zu verteidigen.

Tränen stiegen ihr in die Augen. Sie starrte auf die in endloser Reihe den Berg hinunterrasenden Skiläufer und weinte lautlos. Das harte Knirschen der Skikanten, das künstlich aufgeregte, ununterbrochene Plappern des Reporters hallten monoton von den Wänden wider, und das vom Prasseln des Regens ausgelöste Bild der eigenen, trockenen Geborgenheit erschien ihr wie ein höhnischer Kommentar zu ihrer desolaten Lage.

Dabei hätte sie es leichter haben können. Günther war bereits über fünfzig und verwitwet, als sie ihn kennen lernte. Sie war gerade zwanzig geworden. Was für eine Verschwendung! Seit ihrem sechsten Lebensjahr hatte sie im Chor gesungen und sogar Tanzunterricht bekommen, für den ihr Stiefvater bezahlte. Natürlich wollte er sich später dafür schadlos halten, aber nicht mit ihr! Sie hatte ihn vor ihrer Mutter bloßgestellt, und zum Dank hatte diese Mutter sie zu einer Tante geschickt. Was Besseres hätte ihr gar nicht passieren können: Sie musste zwar in diese grässliche Bürolehre, dafür nahm Tante Erika sie an den Wochenenden mit, wenn sie tanzen ging! Es war sowieso die beste Zeit. Verdammt, wenn sie noch ein einziges Mal so unbeschwert sein könnte. Stundenlang hatte sie BFN gehört, die ganzen wunderbaren Sängerinnen: Ella, Rosemary Clooney, Peggy Lee …

Just one of those thiiiiings …

Sie summte vor sich hin. Der Regen prasselte unvermindert gegen die Scheiben.

Mit einer kleinen Band war sie in Kneipen aufgetreten; die

Songtexte hatte sie beim Radiohören mitgeschrieben. So war das damals. Sie sang, und wie! *The little Fraullein with the big voice,* hatten die Soldaten sie genannt. Manchmal tanzte sie mit ihnen, aber zur Soldatenbraut war sie nicht geboren. Sie wollte mehr. Das Geld für Gesangsstunden verdiente sie sich als Sekretärin, und wenn sie nicht im Chefbüro von Günthers Privatklinik gelandet wäre … Er flog auf sie. Sie sah ja auch toll aus: ganz schlank, große, blaue Augen, hellblond, flotter Haarschnitt. Es hatte ihr geschmeichelt, dass dieser erfahrene und wohlhabende Mann hinter ihr her war. Wenn sie damals nur gegangen wäre!

Sie hätte ihn nicht heiraten dürfen. Als im nächsten Jahr Nora kam, war Günther außer sich vor Freude gewesen. Spätes Vaterglück! Bis dahin hatte er sie auf Händen getragen, auf einmal gab es nur noch das Kind. Sogar jetzt, in diesem Augenblick, fühlte sie wieder die Panik. Mitten in der Nacht aufstehen, Windeln wechseln, Fläschchen machen … Nora, immer nur Nora. Wilma kam ins Haus, es wurde leichter, aber es nützte nichts. Sie musste doch singen!

Als sie ging, war er fassungslos. Der arme Kerl! Nichts und niemand hätte sie damals aufhalten können. Sie war immer diszipliniert gewesen und hatte es auch geschafft. Auf der großen Bühne hatte sie gesungen und getanzt! Im Deutschen Theater in München! «West Side Story», «My Fair Lady». Chorgirl. Zwanzig Mädchen, sie ganz vorn, genau wie in «Chorus Line».

«Bam … Bampabampabampamm …»

One singular sensation every little step she takes … Es war nicht leicht gewesen, aber sie hatte sich nichts schenken lassen. Was wusste Nora schon davon? Wusste sie, wie es war, wenn die Angebote und die Gagen bescheidener und die Männer weniger aufmerksam wurden? Warum mussten Eltern immer Verständnis für ihre Kinder zeigen, warum konnten Kinder nicht wenigstens einmal versuchen, ihre Eltern zu verstehen?

Sie blätterte die Seite mit Noras Telefonnummer um und begann zu schreiben, zuerst zögernd, dann immer schneller, schließlich mit fieberhafter Eile. Nach einer Stunde hatte sie neun Seiten. Sie riss sie vom Block, faltete die Blätter, ohne sie noch einmal zu lesen, auf Briefformat und legte sie für Miguel auf den Nachttisch. Erschöpft schloss sie die Augen, und während die Zigarette in der Untertasse auf ihrem Schoß zu Asche zerfiel, sank sie in einen unruhigen, von düsteren Bildern gepeinigten Schlaf.

…

Bambam! Bam!

Amys Fäuste hieben auf den Sandsack ein.

Bambam! Bam! Bambambambambam!

Die Geräusche im Fitnesszentrum, das Stöhnen der Trainierenden und das metallisch scheppernde Nachfedern der zu Boden fallenden Gewichte begleiteten den Aufprall ihrer Schläge. Sie traf ihr Ziel mit unregelmäßiger Wucht, ein Pochen in ihrem rechten Handgelenk erinnerte sie schmerzhaft an jenen dunklen Moment in der Einsamkeit ihres Schlafzimmers. Wie lange war das her? Sie hatte jedes Zeitgefühl verloren.

Bambam! Bam! Bambambambambambam!

Keuchend hielt sie inne; der Sandsack zitterte nach wie ein schweres, sterbendes Tier und hing still. Ihre Beine fühlten sich kraftlos an, und in ihrem Handgelenk wühlte der Schmerz. Erschöpft sah sie auf die Uhr; in einer halben Stunde musste sie die Kinder bei Claire abholen. Sophie hatte jetzt immer häufiger kurze, unvorhersehbare Tobsuchtsanfälle, und Debbies unausgesetzte Fragerei – *Was sind Terroristen? Warum haben die Männer das gemacht? Warum darf ich nicht mehr allein zu Samantha zum Spielen gehen?* – wuchs sich langsam zur Inquisition aus. Amy fühlte sich von ihr verurteilt, als trage sie, und nur sie allein, die Schuld am Verlust ihres geliebten Vaters. Sie fürchtete die Abende.

Schweiß lief ihr über die Stirn, sie wischte ihn mit einem Handtuch ab und schlang es um ihre Schultern.

«Alles in Ordnung bei Ihnen?»

Einer der Trainer trat zu ihr und betrachtete sie mit wohlwollender Überlegenheit.

«Ja.»

Sie atmete noch immer schwer.

«Sie sollten es nicht übertreiben am Anfang, wissen Sie? Und trinken Sie genug.»

«Danke.» Sie versuchte, freundlich zu bleiben.

Er nickte zufrieden und wandte sich einem Mann zu, der sich ein paar Schritte weiter an den Gewichten abmühte. Sie griff nach einem Zipfel des Handtuchs und wischte sich erneut den Schweiß ab. Am liebsten wäre sie an Ort und Stelle zu Boden gesunken und hätte sich zum Schlafen eingerollt, um möglichst lange nicht mehr aufzuwachen. Am Wasserspender trank sie hastig und in großen Zügen, bis ihr Magen sich prall anfühlte und ihr erneut das Atmen schwer fiel. Ein etwa vierzigjähriger Mann in Sportkleidung wartete geduldig, bis sie fertig war.

«Scheint fast, als hätten Sie's nötig», sagte er, als sie sich aufrichtete.

«Als hätte ich *was* nötig?»

Ihre Fäuste waren beinahe zum Angriff erhoben.

«Na, na … schon gut. Ich hab Sie boxen sehen.» Er nickte in Richtung der Sandsäcke am Ende der Halle. «Noch ein bisschen unkoordiniert, aber nicht schlecht.»

«Danke.»

Sie brauchte weder gute Ratschläge noch Komplimente.

«Es gibt nicht viele Frauen hier, die boxen. Die meisten kommen wegen ihrer Figur.»

«Dann bin ich wohl die Ausnahme.»

Sie wandte sich zum Gehen.

«Warten Sie. Ich wollte nicht …»

Mit einer ausholenden Bewegung warf sie das Handtuch über ihre Schulter, sodass es beinahe sein Gesicht streifte und er zurückwich. Schnell ging sie zu den Umkleideräumen. Als sie unter der Dusche stand, wich die Spannung langsam aus ihrem Körper. Sie rieb sich Shampoo ins Haar und ließ den Schaum über ihr Gesicht laufen. Beim Abtrocknen betrachtete sie sich im Spiegel. Sie schnitt ihre Haare jetzt selber, da sie den Gedanken, dem Mitgefühl ihres Friseurs ausgesetzt zu sein, nicht ertrug. Die abstehenden Strähnen waren ungleichmäßig lang und gaben ihr einen rebellischen Ausdruck. Sie dachte an den Mann am Wasserspender. Er hatte eigentlich ein sympathisches Gesicht gehabt, mit einem Anflug von Spott in den Augen.

Auf dem Parkplatz sah sie ihn aus der Ferne auf seinen Wagen zugehen. Urplötzlich überfiel sie die Vorstellung, es sei Richard, der sich auf dem Heimweg von der Arbeit noch auf ein paar Runden Squash oder Basketball mit seinem Freund Ed traf. Ed, der mit Claire ein paar Straßen weiter wohnte, für sie Schnee schaufelte und ihr mit einem Starterkabel half, wenn ihre Autobatterie leer war. Ed, der beinahe jeden Tag vorbeikam, um zu sehen, was im Haus zu tun war; Kleinigkeiten, Dinge, die sonst Richard repariert hätte. Sie sah sie vor sich: Richard und Ed, im Sommer beim Grillen, mit den Kindern im Garten. Ihr schnürte es die Kehle zu, sie schluckte dagegen an. Der Mann war in seinen Wagen gestiegen und fuhr aus der Parklücke. Sie hätte freundlicher sein sollen.

Sie startete den Voyager und warf einen Blick in den Rückspiegel, bevor sie zurücksetzte. Ein heruntergekommener Ford fiel ihr auf, einen kurzen Moment lang schien es ihr, als habe sie ihn schon einmal gesehen. Vor Jahren hatte sie ein ähnliches Modell besessen, ihr Vater hatte ihn ihr geschenkt, als sie aufs College kam. Auf dem Heimweg sah sie ihn noch ein paar Mal im Rückspiegel und versuchte, sich an die Modellbezeichnung zu erinnern; aber es war zu lange her. Schließlich verschwand der Ford aus ihrem Blickfeld, und sie dachte nicht weiter darüber nach.

Als Amy vom Parkplatz auf die Schnellstraße bog, blieb Nora eine Weile direkt hinter dem Voyager. An einer größeren Kreuzung sprang die Ampel auf Rot, und sie bremste abrupt, um nicht aufzufahren. Sie war Amy bisher nur aus größtmöglicher Entfernung gefolgt, jetzt ertappte sie sich bei gefährlicher Sorglosigkeit. Mit klopfendem Herzen verlangsamte sie die Geschwindigkeit und ließ ein paar Autos vor ihr in die Spur einscheren. Sie musste vorsichtiger sein!

Seit es ihr mit Hilfe der Sucheingabe «Green Court» + «Glen Rock» + «New Jersey» auf einer Internetseite für Straßenkarten gelungen war, Amys Adresse zu finden, war nach und nach ein Teil ihrer Energie zurückgekehrt, die sie in den Monaten zuvor verloren hatte. Bei ihren mehrfachen Exkursionen über den Hudson nach New Jersey – jede davon an einem anderen Wochentag – hatte sie portionsweise Amys Alltag kennen gelernt. An einem Dienstag und Donnerstag zum Beispiel war sie ihr, genau wie heute, gegen Mittag von ihrem Haus zum Einkaufszentrum gefolgt, wo sie auf dem Parkplatz vor dem Sportclub eine Stunde auf ihre Rückkehr gewartet hatte. Anschließend war Amy zu einer etwa gleichaltrigen Frau gefahren, die ein paar Straßen von ihr entfernt wohnte. Die Nachbarin – selber Mutter eines Jungen und eines Mädchens im Alter von Amys Kindern – hatte offenbar auf ihre Töchter aufgepasst. Amy hatte einige Zeit bei ihr verbracht, bevor sie dann mit den Mädchen direkt nach Hause gefahren war; an einem Donnerstag hatten sie auf dem Heimweg noch bei einem Pizzarestaurant Halt gemacht. Montags, mittwochs und freitags nachmittags hatte sie die Kinder selber von der Schule abgeholt. An einem der Freitage war sie mit ihnen anschließend im *Costco*, dem Ort ihrer ersten Begegnung, einkaufen gegangen; ein anderes Mal hatten sie sich einen Film im Kino angesehen.

Nora ließ das Fenster ein wenig herunter, es war der erste Samstag, an dem sie Amys Spuren folgte, und für Ende März ungewöhnlich warm. Amy fuhr den inzwischen wohlbekannten Weg nach Hause. Dann bog sie, kurz bevor sie ihre Straße erreichte, zu den Nachbarn ein. Nora drosselte die Geschwindigkeit und hielt weit genug entfernt, um unbemerkt zu bleiben. Die Mädchen mussten auf ihre Mutter gewartet haben, denn als sie in die Einfahrt kam, öffnete sich die Haustür, die jüngere der beiden rannte ihr entgegen und kletterte ins Auto.

«Sophie!»

Die helle Stimme der Nachbarin drang bis zu Nora. Sie stand auf dem oberen Treppenabsatz vor der Haustür und schwenkte einen türkisfarbenen Kindermantel. Das ältere Mädchen tippelte mit kleinen, ein wenig gezierten Schritten an ihr vorbei die Stufen vom Haus hinunter und hielt den Blick gesenkt, während sie auf den Wagen zuging. Sie konnte sehen, dass Amy etwas zu ihr sagte und ihr mit einer liebevollen Geste über den Kopf streichen wollte, doch das Kind wich ihr aus. Ihre Hand rutschte ins Leere. Einen Augenblick stand Amy aufrecht und regungslos neben dem Wagen, und Nora verspürte den hilflosen Wunsch, sie zu trösten. Amy ging ihrer Freundin entgegen, die den Weg vom Haus herunterkam. Sie umarmten sich, Amy nahm den Mantel und kehrte zum Wagen zurück. Ein etwa fünfjähriger Junge kam aus dem Haus und wollte zum Auto rennen, aber seine Mutter hielt ihn fest. Wild strampelnd wand er sich zwischen ihren gespreizten Beinen, sein Protestgeschrei schallte über den noch winterbraunen Rasen und störte die Ruhe der Häuser. Amy und das jüngere der beiden Mädchen winkten, die Nachbarin winkte, mit der anderen Hand ihren Sohn umklammernd, zurück, dann rollte der Wagen aus der Einfahrt.

Etwa zehn Minuten später, nachdem sie zuerst an baumbestandenen Grundstücken vorbei und dann durch einen freundlichen, kleinen Ort gefahren waren, hielt Amy an einem neben einer Kirche gelegenen Spielplatz. Nora lenkte den Wagen noch weiter und beobachtete sie und die Kinder im Rückspiegel beim Aussteigen.

An der nächsten Straßenkreuzung wendete sie. Sie parkte und schlenderte zurück. Im Näherkommen erkannte sie das ältere Mädchen, das mit ihren Spielkameraden auf allen vieren über eine schwankende Hängebrücke kroch; nach einer Weile entdeckte sie auch ihre jüngere Schwester, die an ein Seil geklammert von einem Gerüst herabbaumelte. Amy saß in einiger Entfernung auf einer Bank neben zwei schwarzen Kindermädchen und hielt, ohne darin zu lesen, ein Buch auf dem Schoß.

Nora bewegte sich am Rande der Anlage zur anderen Seite der Geräte und setzte sich dort in die Nähe einer lebhaften Gruppe von Müttern und Babys. Vorsichtig blickte sie sich um, sie hatte weder mit Kleinkindern noch mit dem Verhaltenskodex auf Spielplätzen irgendeine Erfahrung und hoffte, dass dieser Mangel nicht auffiel. Von ein paar Kindermädchen abgesehen, waren die Bänke hauptsächlich von Müttern in Amys Alter bevölkert, vereinzelt sah sie ein älteres Gesicht, vermutlich das einer Großmutter. Sie selber wirkte wahrscheinlich zu alt, um zu den Müttern zu gehören, und ganz bestimmt zu jung, um als Großmutter durchzugehen. Außerdem hatte sie keines der typischen Utensilien für einen Spielplatzbesuch dabei; sie war einfach nicht vorbereitet. *Wäre ich ein Mann, würde man mich für einen pädophilen Spanner halten*, ging es ihr durch den Kopf. Wenn sie wenigstens ein Sandeimerchen oder dergleichen mitgebracht hätte, könnte sie immerhin so tun, als wenn eines der herumwuselnden Kinder zu ihr gehörte. Sie warf einen weiteren zaghaften Blick in die Runde, doch niemand schien ihr Beachtung zu schenken. Erleichtert richtete sie ihre Aufmerksamkeit wieder auf Amy. Leicht verdeckt von den Stäben des Klettergerüstes, saß sie auffällig gerade auf ihrer Bank, als müsste sie bereit sein, jeden Moment aufzuspringen. Sophie, das kleinere Mädchen, rannte ein paar Mal zu ihr und holte sich Kekse; Amy lachte über etwas, das sie ihr ins Ohr flüsterte, dann hüpfte das Kind davon und mischte sich wieder unter die Spielenden. Amy drehte suchend den Kopf, und einen kurzen

Moment lang streifte ihr Blick Nora. Er verweilte nur eine Sekunde auf ihr, Nora senkte ertappt den Kopf und hielt den Atem an. Erst nach geraumer Zeit wagte sie wieder zu ihr hinüberzusehen. Amy beobachtete jetzt mit sorgenvollem Ausdruck ihre ältere Tochter, die nicht weit von ihr allein auf dem Boden saß und mit einem Stock im Sand kratzte.

Noras Herzschlag wurde langsam ruhiger, und ihr Körper entspannte sich. Der Anblick des Buches auf Amys Schoß ließ ihre Gedanken eine andere Richtung nehmen. Auf ihrem Schreibtisch zu Hause wartete eine Reportage über das Leben auf einer Forschungsstation in einer Pinguinkolonie, ein Thema, das sie unter normalen Umständen, schon wegen seiner Ungewöhnlichkeit und weil es nach Abenteuer klang, interessiert hätte. Doch in letzter Zeit hatte sie zunehmend Schwierigkeiten, sich zu konzentrieren, und brauchte unendlich lange für jeden Satz. Fast war es, als müsste sie jedes Wort einzeln suchen, die Buchstaben zusammentrommeln wie ungehorsame Kinder, denen es Spaß machte, sich zu verstecken. Zudem musste sie die durch ihre Fahrten nach New Jersey verlorene Zeit aufholen, weshalb sie immer häufiger auch nachts arbeitete.

Sie spürte die Sonne auf ihrem Gesicht, die Wärme drang durch ihren Pullover, ihr Körper erschlaffte und sackte ein wenig zusammen, ihre Lider sanken herab. Es kam ihr vor, als gaukelten die Kinderstimmen, die frühlingshafte Luft und die ungewohnte Helligkeit einen trügerischen Frieden vor, auf den unweigerlich eine Katastrophe folgen müsste. Sie war todmüde; am liebsten wäre sie eingeschlafen. Melanie hatte ihre Praxis für eine Woche geschlossen und kümmerte sich um ihren kranken Vater in Oregon. Zum ersten Mal war Steven in der vergangenen Nacht bis zum Morgen geblieben. Ihr Verhältnis war leidenschaftlicher denn je, ihre Begegnungen hatten sich zu fieberhaft herbeigesehnten Lusträuschen entwickelt, nach deren Abebben sie verzweifelt ineinander verschlungen blieben, sich so lange wie möglich gegen den Abschied wehrend. Die explosive Mischung aus Liebessehnsucht und Schlafmangel hatte ihre Wahrnehmung geschärft, sie war hochempfindlich geworden, beinahe bis zur Schmerzgrenze. Ihre Gefühle waren aufgeladen und maßlos übersteigert. Neulich hatte sie ihn endlich zögernd nach seinen Stalker-Prozessen gefragt.

Hinter ihren geschlossenen Lidern bewegte sich Steven nackt durch ihr Schlafzimmer, sie hörte wieder das leicht Belehrende in seiner Stimme: *Das Problem bei diesen Leuten ist, dass sie nichts Ungesetzliches tun. Solange sie nicht tatsächlich auf ihr Opfer losgehen oder wenigstens ihre E-Mail anzapfen, kann man erst mal gar nichts machen. Man muss die Bedrohung nachweisen.* Sie hatte nicht gewusst, ob sie über seine Auskunft erleichtert sein oder sich aufregen sollte: Zwar fiel ihre Ausforschung von Amys Alltagsleben nach dieser Definition unter die Kategorie des Nicht-Bedrohlichen, die unerwünschten Briefe Waltrauts allerdings auch. Dass der Vergleich sich ihr überhaupt aufdrängte, erschreckte sie, aber dann rechtfertigte sie ihre eigenen Beweggründe: Waltrauts Motive konnten nur von einem Wunsch nach Wiedergutmachung oder Absolution bestimmt sein, während sie selber … Sie hatte nichts gutzumachen, sie richtete schließlich keinen Schaden an und brachte auch niemanden in Gefahr.

Man darf allerdings eines nicht vergessen: Das sind keine Spinner. Viele dieser Typen sind gefährlich, sie greifen früher oder später ihr Opfer an, und – das hatte Steven, wenigstens schien es ihr so, mit besonderer Befriedigung betont – *es ist keineswegs ein rein männliches Phänomen.*

Sie musste der Sache ins Auge sehen: Sie war eine *Stalkerin.* Automatisch suchte sie nach der deutschen Entsprechung. Ihr fiel kein passendes Wort ein. Verfolger? Spion? Belästiger? Gehörte sie nach Stevens Meinung zu den wenigen Spinnern oder zu jenen, vor denen man sich wirklich in Acht nehmen musste? Wussten Stalker überhaupt, dass sie Stalker waren? Waren sie ausnahmslos gestört oder nur einige von ihnen? Und sie selber: eine durcheinander geratene Frau, die mit der wütenden Entschlossenheit einer geistig Verwirrten ein geheimnisvolles, nur ihr bekanntes Ziel verfolgte? Sie fühlte sich vollkommen gesund! Die einzige kurze, aber schmerzhafte Erfahrung, die sie je mit einer psychischen Erkrankung gemacht hatte, war ein Nervenzusammenbruch im Alter von neunzehn oder zwanzig gewesen. Plötzlich hatte sie den heftigen Wunsch, noch einmal in das Behandlungszimmer ihres damaligen Arztes zurückkehren zu dürfen.

Sagen Sie mir: Bin ich verrückt? Ist das, was ich tue, kriminell?

Was denken Sie selber?

Ich wusste, dass Sie das sagen würden.

Also?

Ich bin mir nicht sicher. Ich kenne die Regeln nicht.

Aber Sie haben ein Gefühl.

Ja, schon. Es geht an die Grenzen. Nicht wirklich kriminell, allerdings moralisch … falsch. Dann wiederum finde ich es manchmal nicht weiter schlimm.

Sie müssen sich schon entscheiden.

Ach bitte! Ich möchte doch nur, dass diese Frau es schafft.

Wirklich? Und Sie glauben, Sie können Sie auf diese Weise unterstützen?

Ich weiß nicht, was ich glaube.

Jetzt weichen Sie aus.

Halt, nein! Gehen Sie nicht weg!

Doch. Sie brauchen mich nicht mehr.

Wollen Sie mir nicht helfen?

Sie sind erwachsen. Sie können das allein.

Aber ich werde Sie vielleicht enttäuschen!

Da müssen Sie sich wirklich etwas Besseres einfallen lassen …

Dann nennen Sie mir wenigstens die Regeln!

Es gibt keine Regeln.

Doch sie brauchte Regeln. Woran sollte sie sich sonst halten?

Wahrscheinlich war der Weg zur Hölle wirklich mit guten Vorsätzen gepflastert und das, was sie tat, am Rande der Legalität. Dennoch konnte sie nicht untätig dabei zusehen, wie diese Frau zerbrach und vor die Hunde ging. Sie selber war zu schwach gewesen, zu feige wohl auch, aber hinter Amys unbewegter, kerzengerader Fassade schimmerte ein Aufbegehren, eine ganz und gar amerikanische Bereitschaft, den Kampf aufzunehmen; sie durfte nicht scheitern!

Regungslos, die Hände auf dem geschlossenen Buch, betrachtete Amy ihre Tochter, die seit einer Viertelstunde trotzig mit einem Stock auf dem Sandboden herumkratzte. Ihre Gedanken kreisten um die eindringliche Mahnung, die Claire ihr gerade wieder während einer ihrer erstickenden Umarmungen zugeflüstert hatte: *Du musst dich wirklich um die Zukunft kümmern, schon wegen der Kinder*.

Sie wusste, worauf sie hinauswollte, und ihr wurde heiß in Erinnerung an den gestrigen Abend. Warum hatte sie sich von Claire zu dieser Hinterbliebenenversammlung schleppen lassen? Sie wollte kein Geld von irgendeinem extra eingerichteten staatlichen Hilfsfonds, und schon gar nicht wollte sie von einem Beauftragten der Regierung den Verteilungsschlüssel erklärt bekommen, nach dem der zukünftige Nettowert ihres Mannes errechnet wurde, hätte er denn eine Zukunft gehabt und bis zur Rente für seine Familie sorgen können. Sie hatte auch keine Fragen an Regierungsbeauftragte. An die Regierung schon, o ja! Aber nicht an diesen sich rechtschaffen abmühenden Mann, der den zornigen und verzweifelten Angehörigen mit stoischer Geduld und einer heldenmütigen Bereitschaft, sich beschimpfen zu lassen, gegenübertrat, als müsse er ganz persönlich Buße tun. Claire hatte Recht, sie musste sich um ihre Zukunft kümmern. Die Vorstellung allerdings, für Richards Tod Geld zu nehmen … Rasch hielt sie sich die Hand vor den Mund und versuchte, an etwas anderes zu denken. Das Bild der anderen Frauen blieb ihr hartnäckig vor Augen, sie wurde es nicht los. Einige von ihnen waren gemeinsam erschienen, Freundinnen, die sich wahrscheinlich durch die Berufe ihrer Männer schon lange vorher gekannt hatten. *Vorher*. Da war es wieder. Ihre Lebenszeit teilte sich jetzt in ein *Vorher* und in ein *Danach*, getrennt durch einen tiefen Riss. Auf der hiesigen, der Danach-Seite, war Claire der Meinung, dass es gut für sie wäre, sich diesen Frauen anzuschließen, *sich auszutauschen*, wie sie es nannte; aber alles, wozu sie in der Lage war, war stumm und verloren zwischen ihnen zu sitzen. Eine Zeit lang hatte sie sich Claire zuliebe bemüht, dem Hin und Her der Fragen und Antworten zu folgen. Die Situation war ihr zunehmend irreal erschienen. Im Laufe der Anhörung kam heraus, dass der Wert eines Polizisten im Vergleich zu dem eines Geschäftsmannes deutlich geringer bemessen wurde, was für beträchtliche Unruhe unter den Anwesenden sorgte. Eine Polizistenwitwe übertönte den Regierungsbeauftragten, der die unterschiedliche Bewertung rechtfertigen wollte, und schrie mit schriller Stimme eine Börsenmaklerwitwe an: *Mein Mann ist da REINgerannt, als alle anderen nur noch rauswollten! Und jetzt wollen Sie was Besseres sein?!* In dem nachfolgenden Tumult brach die Witwe des Börsenmaklers in Tränen aus, und sie selber wurde mit wachsendem Horror Zeugin, wie dieses absurde Bemühen um eine Wiedergutmachung in die Niederungen des Klassenkampfes abglitt. Es fiel ihr schwer, sich als eine dieser Frauen zu sehen, sich mit ihnen verbunden zu fühlen, und je mehr sie sich anstrengte, desto mehr verschwammen ihre Empfindungen, bis sie dort schließlich jedes Gefühl für sich selber verlor. Sie war aufgestanden und gegangen. Claire war ihr hinterhergerannt und hatte ihr die Antragsformulare in die Manteltasche gestopft. Dort waren sie immer noch, sie konnte durch den Stoff hindurch ihre sperrige Mahnung fühlen.

Sie blinzelte, die Sonne stand schon tief und schien ihr direkt in die Augen. Sie sah auf die Uhr, es war Zeit, Tom und Phoebe abzuholen. Vielleicht würde die Anwesenheit ihres Bruders an diesem Wochenende ja dazu führen, dass Debbie sich ein bisschen beruhigte. Sie machte sich Sorgen um sie. Sie musste aufpassen, dass sie ihr nicht völlig entglitt.

Nora erwachte aus einem kurzen Dösen und öffnete die Augen. Kindergeschrei, Lachen, die Geräusche der angrenzenden Straße holten sie nach und nach in die Welt zurück. Ihr Blick fiel auf die Bank jenseits des Klettergerüsts – sie war leer. Hastig sprang sie auf, und sofort wurde ihr schwindlig. Vor ihren Augen tanzten rote Flecken, sie atmete tief, die Flecken verschwanden langsam. Als sie wieder klar sehen konnte, entdeckte sie das ältere Mädchen am Ausgang, es trottete in einigem Abstand hinter Mutter und Schwester her. Nora erreichte ihren Wagen gerade noch rechtzeitig, um den Voyager an der Kreuzung neben der Kirche abbiegen zu sehen, doch sie musste den Gegenverkehr vorbeilassen und verlor ihn aus den Augen. Erst an der dritten Ampel konnte sie das Auto in der Ferne wieder erkennen.

Sie fuhren zum Bahnhof. Nora parkte den Wagen weit genug weg, aber so, dass sie problemlos den Bahnsteig sehen konnte. Amy und die Kinder gingen zur Plattform hinüber. Es gab nur zwei Gleise, und es herrschte wenig Betrieb. Amy beugte sich hinunter und redete ernsthaft auf die beiden Mädchen ein. Sophie hielt ihre Hand, während die Ältere sich ab und zu der Bahnsteigkante näherte und von Amy mit einer strengen Geste zurückbefohlen wurde. Aus der Ferne ertönte ein tiefer, rasch wiederholter Signalton, die Schranke neben dem Bahnhofsgebäude wurde herabgelassen, und kurz darauf fuhr der Zug ein. Nur wenige Reisende stiegen aus, darunter ein Mann von ungefähr Ende dreißig und eine etwas jüngere Frau. Aus der Art, wie die Mädchen den Mann begrüßten – sie sprangen ihm entgegen und klammerten sich an ihn –, schloss Nora, dass es sich um einen Freund der Familie oder einen Verwandten handelte, vielleicht einen Bruder mit seiner Frau oder Freundin.

Amy wartete, bis Phoebe nach dem Essen von den Mädchen zum Vorlesen ins Kinderzimmer gezerrt worden war, dann holte sie die Flasche mit dem Whisky und zwei Gläser vom Bartisch neben dem Kamin, ließ sich vor einem der Sofas auf den Boden gleiten und schenkte ein. Über den niedrigen Tisch hinweg reichte sie Tom, der es sich auf dem anderen Sofa bequem gemacht hatte, ein Glas. Ihre Hand zitterte, sie hoffte, dass er es nicht bemerken würde.

«Was habt ihr eigentlich an den Abenden gemacht, wenn Richard in der Stadt bei dir übernachtet hat?»

Er blickte kurz auf, nahm sich ein paar Pistazien aus einer Schüssel und pulte sie bedächtig aus ihren Schalen.

«Oh, meistens haben wir abends noch ein Bier getrunken. Am liebsten in der Kneipe bei mir um die Ecke. Die auf der Third Avenue, die zeigen alle Spiele. Aber das weißt du doch.»

Die perfekt-nonchalante Wiedergabe unbedeutender Ereignisse. Sie zog die Beine an und umarmte ihre Knie unterm Kinn.

«Ja, schon. Ich wollte es eben einfach nochmal hören.»

An der Art, wie er beinahe unmerklich seine Augenbrauen zusammenzog, wurde ihr der falsche, verräterische Klang ihrer Stimme bewusst.

«Ich möchte es mir besser vorstellen können», fügte sie rasch hinzu und hatte sofort das Gefühl, alles nur schlimmer zu machen. «Wie er war, wenn wir nicht zusammen waren», schloss sie lahm.

«Er war wie immer. Wie Richard.»

Herrgott, warum machte er es ihr so schwer?

«Und sonst?»

«Amykin, worauf willst du hinaus?»

Tom sah ihr jetzt direkt ins Gesicht. Sein alarmierter Ausdruck ließ zum ersten Mal echte Befürchtungen in ihr aufsteigen. Ihr wurde klar, dass sie sich gar nicht hatte vorstellen können, dass es etwas zu verbergen gäbe. Richard war Richard gewesen, der Mann, den sie seit ihrer Collegezeit kannte. Bisher hatte es sich nur um eine Idee gehandelt, eine, die so unwahrscheinlich war, dass sie sie fast nur um des Zweifels willen, der sie von allem anderen ablenkte, am Leben erhielt. Mit einem Mal spürte sie schockartig, dass es möglich war, einen Menschen nicht zu kennen, mit dem man zwölf Jahre seines Lebens verbracht hatte.

«Gibt es etwas, wonach ich nicht fragen sollte?»

Tom griff nach seinem Whiskyglas und trank bedächtig. Wollte er Zeit gewinnen?

«Amykin. Ich weiß nicht, warum du dir das antust.»

Sie wurde rot. Das erste Hindernis, und sie prallte sofort dagegen. Es war erbärmlich. Sie fummelte in ihrer Hosentasche, förderte den zerknitterten Zettel zutage und hielt ihn Tom hin.

«Ich habe das hier gefunden», stammelte sie.

Er nahm ihn mit widerwilligem Zögern. Eine heiße Schameswelle rollte durch ihren Körper, während er las. Zu spät, dachte sie. Verwirrt hob Tom den Kopf.

«Ich verstehe nicht …»

«Es war in seinem Anzug. Tom, wer ist das? Wer ist *F*?»

Er starrte sie mit einem merkwürdigen, beinahe maskenhaften Ausdruck an, als hätte sein eigentliches Gesicht sich gelöst und wäre von ihm abgefallen.

«Das kann irgendjemand sein», sagte er langsam.

«Denk nach», sagte sie, jetzt überzeugt, dass er sie belog.

«Amykin …», sagte er bittend.

«Denk nach», insistierte sie.

«Da gibt es nichts nachzudenken. Er war ein netter Kerl, er hat dich geliebt.»

«Verdammt! Ich wünschte beinahe, er hätte mich betrogen. Ich könnte ihn hassen oder wenigstens …»

Sie schlug die Hände vor den Mund und fing an zu zittern.

«Heyheyhey!»

Tom war aufgesprungen und kniete neben ihr. Mit zuckenden Schultern kauerte sie vornübergebeugt auf dem Boden, im Hintergrund näherten sich Schritte. Er machte eine Bewegung, die Schritte entfernten sich.

«Schsch, schsch.» Seine Hände lagen auf ihrem Rücken, wärmten sie. Das Zittern ließ nach.

«Es hat keinen Sinn, so was herausfinden zu wollen», flüsterte er in ihr Haar.

«Aber du verstehst es?»

«Ich glaube schon. Ja, ich verstehe es.»

Er streichelte ihren Rücken.

«Wer könnte es sein?»

Sie legte den Kopf zurück und blickte in angstvoller Erwartung zu ihm auf. Er lachte, trocken und resigniert, es schien, als überlege er angestrengt.

«Hm, lass sehen. Vielleicht sein *F*inanzberater. Immerhin ein Grund, jemandem zu raten, mit seiner Frau zu sprechen. Ein *F*reund? Zu geheimnisvoll. Was hältst du von: *F*alsche *F*ährte?»

Sein typisches Grinsen. Sie runzelte die Stirn.

«Amykin», sagte er schnell. «Hör auf, darüber nachzudenken!»

Sie richtete sich auf und wischte sich mit dem Ärmel übers Gesicht.

«Können wir irgendwas machen? Irgendwas Blödes?»

Sofort war er wieder wachsam, lauernd, abwehrbereit. Sie seufzte. Nicht was er dachte, was immer das war. Nur irgendeinen reinigenden Schwachsinn, einen Akt gnädiger Sinnlosigkeit begehen. Er legte den Kopf schief, versuchte, ihre Gedanken zu lesen.

«Dreimal nackt ums Haus rennen und dabei Gedichte brüllen? So was?»

«Ja ... Nein.» Sie lachte wider Willen. «Nicht ganz so, aber vielleicht so ähnlich.»

Sie sammelten zusammen das schmutzige Geschirr ein. Tom ließ, bevor er die Teller in die Spülmaschine räumte, Wasser darüber laufen, und sie dachte daran, dass sie es genauso mit Richard gemacht hatte. Die gleichen Handlungen, dieselben Gesten. Vor dem Küchenfenster leuchteten die länglichen Knospen der Magnolie hell gegen den Abendhimmel. Sie hatte nicht geglaubt, dass es jemals wieder Frühling werden könnte.

Als Phoebe herunterkam, holten sie die Spielkarten aus der Schublade des kleinen bemalten Tischchens, das Richard ihr einmal bei einem Trödler zum Geburtstag gekauft hatte. Sie spielten Poker, und sie betrank sich, planvoll, bis sie Stunden später unter Toms und Phoebes besorgten Blicken hemmungslos lachend auf dem Teppich vor dem Kamin lag.

Fiktion, dachte Amy, während sie nach Luft rang. *F steht für Fiktion.*

An diesem Abend, nachdem Nora bei ihrer Rückkehr zwei Blocks entfernt einen Parkplatz gefunden und im Deli an der Ecke Milch gekauft hatte, sah sie näher kommend im Licht der Straßenlampe einen Mann vor ihrem Hauseingang stehen. Sein Blick wanderte suchend an der Fassade auf und ab. Etwas an seinem Auftreten weckte ihr Misstrauen. Er verschwand im Gebäudeinnern, und als sie gleich darauf den Vorraum zur Lobby betrat, studierte er dort das Klingelschild. Sofort wandte er sich ihr zu und nutzte den kurzen Moment, den sie benötigte, um die gläserne Zwischentür aufzuschließen.

«Ach bitte, vielleicht können Sie mir helfen …»

Sein Äußeres wirkte gepflegt, aber übertrieben farbig, er trug helle Jeans und ein dunkelrotes Jackett über einem malvenfarbenen Hemd. Sein Haar war zu schwarz und seine Haut zu gebräunt. Sie schätzte ihn auf etwa sechzig. Bei dem Versuch, ein gewinnendes Lächeln zustande zu bringen, entblößte er ungewöhnlich glatte, weiße Zähne.

«Hier stehen nur die Apartmentnummern und keine Namen …»

Er sprach mit deutschem Akzent.

«Tut mir Leid.»

Sie zog den Schlüssel aus dem Schloss und zwängte sich durch einen schmalen Spalt in die Eingangshalle. Er machte einen Schritt auf sie zu. Im Hintergrund konnte sie das Geräusch des sich nähernden Fahrstuhls hören und ließ die Tür los. Mit schnellen Schritten durchquerte sie die Halle zur Treppe, die im hinteren Teil des Hauses zu den Wohnungen führte. Sie hoffte, es am Fahrstuhl vorbei zu schaffen, bevor einer ihrer freundlichen Nachbarn heraustrat und sie mit *Hi, Nora* begrüßte. Als die Fahrstuhltür sich mit dem vertrauten, leisen Quietschen öffnete, hatte sie bereits den ersten Treppenabsatz erreicht und war außer Sichtweite. Einen Augenblick lauschte sie angespannt auf den Klang von Stimmen, aber alles blieb still, der Fremde musste also noch draußen sein, oder er hatte bereits aufgegeben.

Sie lief die elf Stockwerke nach oben und war außer Atem, als sie die Tür vom Treppenhaus zu ihrer Etage öffnete. Vor ihrer Wohnungstür stand der Mann und hielt ihr lächelnd einen Umschlag entgegen.

«Nora?»

Innerlich verfluchte sie ihre hilfsbereite Hausgemeinschaft, auf die ein alter, aber gut erhaltener Schwuler nicht unbedingt verdächtig wirkte. Er lächelte immer noch.

«Erinnerst du dich nicht?»

Einen Moment lang fürchtete sie, er könnte auf sie zustürzen. Er sprach jetzt deutsch, mit einem feuchten Nuscheln. Sie starrte auf sein glänzendes Gebiss, das beim Sprechen leicht nach vorn schlüpfte und wie nach einem vereitelten Fluchtversuch mit einem leisen, enttäuschten Klicken wieder in seinen Kiefer zurücksank. Sein Mund verzog sich schmerzlich, als würde er gleich weinen.

«Mein Gott», brach es plötzlich aus ihm heraus, «so lange her!»

«Was wollen Sie?»

Sie antwortete hartnäckig auf Englisch. Er versuchte wieder zu lächeln, aber ihre Zurückweisung machte ihm sichtlich zu schaffen.

«Deine Mutter ist sehr krank. Sie schickt mich, um dir das hier zu geben.»

Wie er ihr immer noch den Umschlag entgegenstreckte – eine schweigende Petition. Und dieses lächerliche rote Jackett! *Ein Männlein steht im Walde, ganz still und stumm. Es hat von lauter Purpur ein Mäntlein um.* Beinahe hätte sie es gesummt.

Plötzlich wusste sie, wer er war. Einer der beiden Tänzer, die Waltraut bei ihrer verspäteten Solokarriere begleitet hatten. Ihre Mutter hatte sich beim Singen auf elegante Gesten beschränkt, während die beiden in irgendwelchen absurden Kostümen einen gewaltigen Zirkus aufgeführt hatten. Sie umgrätschten sie in Frack und Zylinder und wirbelten dabei Spazierstöcke. Jetzt fiel ihr sogar sein Künstlername wieder ein: Francesco Fratelli. Sie wollte ruhig bleiben, doch ihr Herz klopfte heftig.

«Woher haben Sie die Adresse?»

«Deine Mutter hatte deine Telefonnummer, aber sie hat gesagt, du würdest sicher auflegen.»

Gut, wenigstens etwas. Sie sagte nichts. Wenn sie nicht auf ihn einging, würde er vielleicht aufgeben. Er hob entschuldigend die Schultern und presste, wie zur Verteidigung, den Umschlag gegen seine Brust.

«Ich habe die Telefongesellschaft angerufen und eine Störung gemeldet. Wenn man es richtig anstellt, kann man die Leute dazu bringen, die Adresse zu erwähnen.»

Er lächelte vor Stolz, es geschafft zu haben. Sie nickte. So einfach war das.

«Du hast immer noch deine Locken», sagte er plötzlich gedankenverloren.

«Was ist da drin?», unterbrach sie ihn, deutete auf den Umschlag und konnte ihre Unbeherrschtheit selber kaum fassen. Erfreut über ihr Interesse, schüttelte er den Brief leicht.

«Ich weiß es nicht. *For your eyes only*», sagte er mit einem schelmischen, zähnefletschenden Lächeln. Als stünde er auf der Bühne und grinste in eine Kamera. *That's entertainment.*

«Was ist aus Mirko geworden?», fragte sie auf Deutsch. Sie hatte alle Zurückhaltung fahren lassen und staunte, weil ihr auch dieser Name eingefallen war.

Sein Lächeln brach ein. Unter der kalten Flurbeleuchtung wirkte er noch älter, die Tränensäcke unter seinen Augen warfen Schatten.

«Er ist gestorben. Schon vor fünfzehn Jahren.»

«Das tut mir Leid», sagte sie mit aufrichtigem Bedauern.

Mirko war sein Partner gewesen, im Tanz wie im Leben. Sie erinnerte sich an einen weinseligen Abend in ihrer gemeinsamen Wohnung, irgendwann in den Monaten nach ihres Vaters Tod, als sie bei Waltraut gelebt hatte. Sie hatten in der Küche gesessen, Platten gehört und viel getrunken. Die beiden waren Waltrauts einzige Freunde gewesen, die Nora gemocht hatte. Zu der Zeit waren ihre Abende nicht sehr lustig. Halbherzig hatte sie nach der Beerdigung Waltrauts Bemutterungsbedürfnis nachgegeben und war mit ihr nach München gefahren. Waltraut war sofort ungeduldig geworden und kritisierte ihre «Bequemlichkeit». Gemeint war, dass Nora ganze Tage im Haus verbrachte und keiner erkennbaren Beschäftigung nachging. Waltraut hatte ganz offensichtlich Pläne mit ihr, in die Nora aber nicht eingeweiht wurde. Sie genügte den Erwartungen ihrer Mutter nicht.

«Sie redet immer von dir, die ganzen Jahre über.»

Nora machte eine abwehrende Bewegung. Er schrak zurück, der kurze Augenblick vorsichtiger Annäherung war vorüber. Zögernd hielt er ihr den Umschlag hin.

«Überleg es dir», sagte er bittend.

Sie streckte die Hand aus, das Papier fühlte sich rau an, ein leicht modriger Geruch von feuchter Pappe stieg auf. Sie zog ihr Schlüsselbund aus der Jackentasche.

«Du kannst mich anrufen», sagte er rasch. «Ich lebe jetzt in Florida und bin nur manchmal zu Besuch hier. Wenn es mir da unten zu langweilig wird», fügte er lächelnd hinzu. «Ab und zu fahre ich noch nach Deutschland, aber nicht mehr oft. Zu viele Erinnerungen.»

Nora sagte nichts und steckte den Schlüssel ins Schloss.

Als die Tür hinter ihr zugefallen war, horchte sie auf seine Schritte. Durch den Spion verzerrt sah sie ihn vor dem Fahrstuhl warten. Dann das Quietschen der sich öffnenden Tür, und er verschwand in der Kabine, aufgerichtet wie bei einem Bühnenabgang.

Im Kühlschrank fand sie einen Rest Gin und kippte ihn hinunter. Dann holte sie den Karton mit Waltrauts ungeöffnetem Brief aus dem Schrank und legte das Kuvert dazu. Es war an eine Anschrift in Florida gerichtet, daneben stand eine Telefonnummer. Er wollte wohl sicher gehen, dass sie seiner Einladung auch folgen konnte. Ihr Blick wanderte von den ungewohnten Briefmarken zum Absender: *Waltraut Elsner, Armação de Pêra, Portugal.* Die Algarve! Beinahe hätte sie losgelacht. Da war sie also. Wie hatte David immer gesagt? *Everybody's got to be somewhere.*

Etwas zog sie, drängte sie, den Umschlag zu öffnen. War es Neugier? Eine plötzliche Bereitschaft zum Risiko? Algarve. Dass ihre Mutter mit ihrer wenn auch bescheidenen Gesangskarriere und ihrer Sehnsucht nach großer Welt ausgerechnet zwischen Fado-Schwermut und Korkeichenbauern landen würde! Mit trotziger Entschlossenheit nahm sie die beiden Umschläge aus der Schachtel und riss sie auf.

Aus dem ersten fielen Fotos. Bilder ihrer Eltern, vermutlich auf ihrer Hochzeitsreise. Sie standen nebeneinander vor dem Eiffelturm, ihr Vater, attraktiv ergraut, hatte einen Arm um ihre in die

Kamera strahlende Mutter gelegt und lächelte stolz. Es folgten Aufnahmen der beiden am Seineufer, in einem Restaurant, vor dem Invalidendom. Schließlich ein Foto ihrer Mutter nach Noras Geburt. Sie hielt das Baby im Arm und sah blütenrein aus. Nichts erinnerte an die gewaltige Anstrengung, die sie gerade hinter sich hatte. Auf ihrem Gesicht ein verklärtes Lächeln. Den Fotos hatte Waltraut eine CD beigelegt, *Vera Veneta – Love for Sale*, der Titel, mit dem sie als Sängerin schließlich doch noch bekannt geworden war. Nach dem Ende ihrer Musical-Zeit hatte sie wieder zu tingeln begonnen. In einem Fernsehkrimi war sie im Hintergrund zu sehen und zu hören gewesen; innerhalb einer Woche avancierte ihre Version von *Love for Sale* zum Hit. Die einzige Aufnahme, auf die Waltraut wirklich stolz gewesen war; immerhin hatte sie ihr eine bescheidene zweite Karriere ermöglicht.

Der andere Umschlag enthielt mehrere, in verwackelter Schrift dicht beschriebene, linierte Seiten. Sie strich sie glatt und legte sie vor sich auf den Tisch.

Mein liebes Kind –

Schon die Anrede löste Empörung in ihr aus. Wie konnte sie es wagen! Was gab ihrer Mutter das Recht zu dieser besitzergreifenden Intimität? Und dazu noch der herablassende Ton, der darin steckte! Sie widerstand dem heftigen Bedürfnis, das Papier auf der Stelle in kleine Fetzen zu reißen, und las weiter.

Ich weiß nicht, ob dieser Brief dich je erreichen wird. Ich habe die Hoffnung aufgegeben, mit Dir zu sprechen, oder Dich sogar noch einmal zu sehen. Aber bevor ich sterbe, sollst Du wissen, daß ich Dir niemals etwas Böses gewünscht habe!

Sie hielt inne. *Bevor ich sterbe.* Ging es noch dramatischer? Aber so war sie eben. Nun also würde das folgen, womit sie seit mehr als fünfundzwanzig Jahren gerechnet hatte: das Märchen von Waltrauts Unschuld, ihre Rechtfertigung, die in etwa so wahrhaftig ausfallen würde, wie es Waltrauts augenblicklichem Bedürfnis nach Vergebung entsprach. Fast freute sie sich darauf zu erfahren, für welche Version sie sich entschieden hatte, und doch … In ihre Erwartung mischte sich eine untergründige Furcht, ein dunkles, angstvolles Pochen, das wie die Basslinie in einem Musikstück den Hintergrund bildete, vor dem sich Waltrauts Enthüllungen entfalten würden.

Sie fuhr fort zu lesen, und während sie las, begannen ihre Gedanken zu wandern, blieben hängen in jenem Sommer vor fünfundzwanzig Jahren, als zum zweiten Mal innerhalb kürzester Zeit ihr Leben aus den Fugen geriet.

sechs

Im Hochsommer 1977, im Alter von neunzehn Jahren, besuchte Nora mit ihrem zehn Jahre älteren Freund Freddy dessen geschiedene Frau und seinen kleinen Sohn in der Nähe von Celle.

Sie fuhren über die Transitautobahn Richtung Hannover; aus dem Kassettenrecorder schrie Curtis Mayfield *«Move on up!»*. Wie immer, wenn sie die Großstadtatmosphäre Berlins verließ, überkam Nora ein ungutes Gefühl; die Aussicht auf die Fahrt durch die DDR und die Begegnung mit der Exfrau machten sie nervös. Sie konnte ihre Hände nicht stillhalten, kratzte sich an den Beinen, am Kopf, fuhr mit der Zunge zwischen den Zähnen herum, bis das Zahnfleisch schmerzte und ihre Zungenspitze wund war. Ihre Unruhe verstärkte sich noch an den Grenzübergängen, wo die Beamten quälend langsam ihren Ausweis prüften und Freddys Wagen untersuchten. Obwohl sie nichts zu verbergen hatte, drückte sie ein unbestimmtes Schuldbewusstsein, das erst nachließ, als sie Westdeutschland erreicht hatten.

Es war August. Im Vorbeifahren sah sie schmutzig braunes Heidekraut, Kiefernwälder, abgeerntete, stoppelige Felder; auf der Landstraße Erdbrocken, die sich von den großen Traktorreifen gelöst hatten; in den Dörfern abweisende Häuser, die sprossenlosen Fenster wie tote Augen. Hin und wieder verfolgte ein Bauer in Arbeitsjacke und Hut mit finsterem Blick Freddys rostigen Renault, als gehörten seine Insassen zu den Terroristen, die ein paar Tage zuvor als bisher letztes Opfer einen Bankier erschossen hatten. Die Luft stand unbewegt über den Äckern. Wenn sie hinter Braunschweig in die andere Richtung abgebogen wären, dann hätte sie in eineinhalb Stunden zu Hause in Bad Pyrmont sein können, und plötzlich sah sie sich selber als Figur festgewachsen in dieser ländlichen Alltagsszenerie: beim Wäschebügeln in einem der Häuser; im Edeka-Markt zwischen Frauen in geblümten Hauskitteln und jungen Müttern mit Kinderwagen; nach dem Schützenfest an einem Tisch im «Gasthof Walter», vor sich einen Teller mit Braten, so grau und trübe wie der Horizont jenseits der Landstraße. Im Vorüberfahren las sie ein Schild, das in eine Seitenstraße wies; «Kindergarten» stand darauf und gleich darunter «Friedhof».

Der Renault holperte über das Kopfsteinpflaster der Dorfstraße. An deren Ende bogen sie in einen asphaltierten Seitenweg ein. Beim Anblick der Siedlung, in der Freddys Familie wohnte, krampfte sich ihr der Magen zusammen. *Was wäre, wenn sie den Rest ihres Lebens hier verbringen müsste?* Seit ihr Vater vor etwas mehr als einem Jahr gestorben war, wurde sie regelmäßig von der Vorstellung heimgesucht, dass etwas sie an unsichtbaren Fäden führte. Wenn das Schicksal sie hier hingeworfen hätte, wie groß wäre die Chance, dass irgendjemand oder wenigstens Freddy sie wieder herausholte?

Automatisch begann sie, sich ein Reihenhausleben in der Heide vorzustellen, aber sie kam nicht weit, denn Freddy klingelte bereits an der Haustür. Nervös hielt sie sich ein paar Schritte von ihm entfernt und verschränkte die Arme vor der Brust. Die Wohnung lag im ersten Stock, vor dem Küchenfenster hing eine Spitzengardine. Der Summer ertönte.

«Okay», sagte Freddy munter, drückte die Tür auf und trat in den kahlen Hausflur. «Dann mal los.»

Michael, ein magerer Junge mit dunklem, fransigem Haar, beugte sich am Treppenabsatz über das Geländer und sah sie aus halb zugekniffenen Augen an. Im Hinaufgehen konnte Nora hinter der offenen Wohnungstür in der Küche Wasser laufen hören. *Lass sie nicht rauskommen. Lass sie da drin bleiben und warten, bis wir ihn eingesammelt haben und weg sind.*

«Hallo, Papa», murmelte Michael.

«Hey, Michi», grinste Freddy und tänzelte wie ein Preisboxer vor dem Kampf in die Wohnung.

«Hallo», sagte Michael plötzlich in einem Anfall von Gnade zu Nora, und sie schlang ihre Arme noch enger ineinander.

«Hey, Michi», brachte sie hervor und bedauerte sofort, ihn bei seinem Kosenamen genannt zu haben, was ihr gar nicht zustand. Hinter ihr fiel die Wohnungstür ins Schloss. Sie standen zu dritt im engen Flur; der Junge rührte sich nicht.

«Wo ist Biene?», fragte Freddy plötzlich.

In der Küche wurde das Wasser abgestellt. Nora schob ihre Hände unter die Achseln, als die Tür aufging und sie beinahe an die Wand drückte.

«Mama ...», sagte Michael warnend.

Freddy versperrte seiner Exfrau den Weg.

«Hallo, Elke.»

«Tag.»

Elke trug einen dunkelblauen Rock und Schuhe mit Absatz. Sie nickte Nora zu. Nora wünschte sich weit weg.

«Wo ist Biene?»

Freddys Stimme klang scharf. Biene war die Hündin, die Freddy beim letzten Besuch aus dem Tierheim geholt und Michi zum achten Geburtstag geschenkt hatte. Nora fühlte ihre Hände unter den Achseln feucht werden. Michael schaute zu Boden und radierte mit der Spitze seines Schuhs über den abgenutzten Teppich.

«Bei Oma. Michi geht zur Schule, und ich muss Geld verdienen, falls du das vergessen hast.»

Elke arbeitete bei der Sparkasse in Celle. Freddy war Musiker und zahlte keine Alimente. Er ignorierte Elkes Angriff, und erleichtert sah Nora, wie sich seine Züge entspannten.

«Dann holen wir Biene ab und nehmen sie mit», gab er bekannt.

Elke machte eine Bewegung, und Freddy trat beiseite. Es war vorbei. Langsam öffnete Nora ihre verschränkten Arme; die Hände schmerzten. Freddy wippte in seinen Turnschuhen.

«Also los, Michi, was ist?»

Freddy schnippte mit den Fingern. Er hatte lange Arme und einen im Verhältnis zum Rest seines Körpers zu langen Rumpf. Manchmal wirkte er auf Nora, als wäre er falsch zusammengesetzt.

Den Nachmittag verbrachten sie mit Michael und Biene am Baggersee. Zum Abschluss gingen sie in eine Teestube, der nasse Hund wartete im Auto. Die Tische waren mit Trockenblumen dekoriert, in einer Ecke stand ein hell gebeizter Kiefernschrank, hinter dessen Glastüren Trödelware aus Keramik ausgestellt war. Sie aßen hausgemachten Streuselkuchen, zum Tee gab es Kandiszucker. Nora sah aus dem Fenster, auf einer Litfaßsäule klebte ein Plakat mit Fahndungsfotos der RAF-Mitglieder. Eine alte Frau mit einer Einkaufstasche überquerte langsam den Marktplatz. Nora bemühte sich, der Unterhaltung zwischen Vater und Sohn zu folgen. Michael erzählte vom Schlagzeugunterricht.

«... er macht es umsonst, ich darf immer kommen und spielen, wann ich will. Mama hat nicht genug Geld, und Oma sagt, mehr als Fußball zahlt sie nicht. Fußball ist Scheiße.»

«Genau», sagte Freddy und strahlte ihn an. «Und sonst?»

«Schule ist blöd. Ich werd sowieso Schlagzeuger», sagte Michael mit verächtlichem Ausdruck und machte ein Wellenbad in der Teetasse.

«Klar, von mir aus.»

Der Junge sah ihn von unten herauf an. Ein paar Haarsträhnen hingen in das halb gegessene Kuchenstück auf seinem Teller.

«Echt?»

«Schule ist schon auch wichtig.»

«Warum?»

«Frag doch Mama.»

«Die alte Spießerin», sagte Michael hoffnungsvoll.

Freddy sah zufrieden aus.

Nora wandte den Blick wieder zum Fenster, die alte Frau war verschwunden, jetzt fuhr ein Kind auf einem Dreirad über den Platz. Nach einer Weile blieb es mit dem Vorderreifen im Kopfsteinpflaster stecken und fing an zu weinen. Aus dem Hintergrund näherte sich ein Mann und gab dem Dreirad einen Schubs. Das Kind strampelte ein paar Meter, dann rutschten seine Füße ab, die Pedale liefen leer, das Kind weinte ungeduldiger und ließ den Kopf auf den Lenker fallen. Der Mann, der vorausgegangen war, kehrte zurück und gab dem Kind einen ärgerlichen Klaps auf den Rücken. Das Kind schrie. Er zog es an einem Arm vom Sitz und schlug ihm, während es herabbaumelte, kräftig auf den Hintern. Dann ließ er das brüllende Kind, das sich zu Boden hatte fallen lassen, neben dem Dreirad liegen und ging davon.

«Übst du zu Hause?», sagte Nora zu Michael.

«Geht ja nicht. Ich hab kein Schlagzeug.»

«Schade.» Ihr fiel nichts mehr ein, was sie hätte sagen können.

Sie fuhren noch ein bisschen durch die Gegend, bevor sie zuerst Biene auf dem Hof bei Elkes Eltern und dann Michael vor dem Haus ablieferten.

«Tschüs, Papa. Tschüs», sagte er und ließ seine Haare nach vorn fallen, sodass sie sein Gesicht verdeckten.

«Mach kein' Scheiß», sagte Freddy und sah Michael nach, bis er im Innern verschwunden war.

Die Eingangstür des Hauses, in dem sich Freddys Wohngemeinschaft befand, stand offen, von irgendwoher hörte man laut *If You Leave Me Now*. Ein Student aus der Wohnung unter ihnen kam heraus und trug ein paar Bierkästen zu einem Kombi.

«Zwei Typen haben nach dir gefragt», sagte er zu Nora. Bevor sie nachfragen konnte, war er schon an ihr vorbei. Im Hauseingang drückte Freddy auf den Lichtschalter, aber die Birne war kaputt. Im dunklen Treppenhaus stiegen sie in den ersten Stock hinauf, Freddy steckte den Schlüssel ins Schloss.

«Verdammt …»

Freddy drehte den Schlüssel und rüttelte dabei an der Wohnungstür.

«Was ist los?» Freddys Rücken versperrte Nora den Blick.

Die Tür ließ sich erst nach mehreren Versuchen öffnen. Niemand war da, ihre Mitbewohner waren nach Griechenland gefahren oder sonst wo unterwegs. Freddy machte das Licht im Gemeinschaftszimmer an. Irgendwas stimmte nicht. Aber es sah nicht nach einem Einbruch aus. Der Schaukelstuhl stand an seinem Platz, die Kissensammlung lag unberührt, in der Ecke Freddys kostbare Boxen, seine Plattensammlung wie mit dem Lineal geordnet. Nora ging zurück und schloss die Wohnungstür. Auf dem Boden davor lagen dicke Holzspäne, die vom Türrahmen abgesplittert waren. In der Küche wischte Freddy mit der Hand Zucker vom Tisch auf den Boden. Ein paar zerquetschte Aspirintabletten lagen dort, als wäre jemand absichtlich daraufgetreten. Nora nahm einen Zettel vom Küchentisch.

Sehr geehrte Bewohner, las sie. *Rufen sie bis 18 Uhr unter beiliegender Nummer an oder halten sie sich morgen, Montag, ab 7 Uhr 30 zur Verfügung.*

Heintz, KHM

Daneben lag eine Karte mit der Telefonnummer von E. Heintz, Kriminalhauptmeister.

Obwohl sie wusste, dass es zu spät war, sah sie automatisch auf die Uhr. Die Nachricht stand in unbeholfener Schrift auf einem herausgerissenen Blatt Papier, kein Briefkopf, nichts. Ihr fiel auf, dass ihr Urheber nicht darauf geachtet hatte, die Anrede großzuschreiben. Der Student hatte von zwei Typen gesprochen, die nach ihr gefragt hätten. Nach *ihr*. Sie lehnte sich an den Küchentisch, bewegte sich instinktiv langsam, als halte eine unsichtbare

Kraft sie zurück und hindere sie an unbedachten Gesten. Ungeduldig nahm Freddy ihr den Zettel aus der Hand und las. Plötzlich schoss er auf das Regal neben dem Herd zu, riss eine Kaffeedose herunter und schüttete ihren Inhalt auf den Tisch. Entsetzt starrte er Nora an. Erneut wunderte sie sich, wie unproportioniert seine Gliedmaßen aus seinem Körper herauswuchsen.

«Verdammt, verdammt, verdammt! Diese *verdammten* Wichser!»

Erschrocken zuckte sie zusammen. Er tigerte in der großen Küche auf und ab, dann haute er plötzlich mit der flachen Hand auf den Tisch.

«Kapierst du nicht? Da war Shit drin! Vor einem Jahr haben sie hier vor der Tür meinen Dealer hochgenommen. Ich hab nur eine Verwarnung gekriegt, weil ich noch nichts gekauft hatte. Aber beim nächsten Mal geh ich in den Knast! Verdammte Scheiße!»

Von unten wummerte *Oye Como Va,* Santana. Sie spürte, wie die Vibrationen sich langsam in ihrem Körper ausbreiteten. Sie schloss die Augen, regungslos, verwirrt, und versuchte, ihrer wachsenden Angst Herr zu werden.

Viel später, als sie im Bett lag, hörte sie jemanden kommen. Aus der Küche drangen Stimmen; sie erkannte Freddy und einen seiner Musikerfreunde. Manchmal wurde gelacht. Sie hatte keine Lust auf Leute und schlief ein. Mitten in der Nacht wachte sie auf und ging in die Küche, um sich was zu trinken zu holen. Freddy saß im Gemeinschaftszimmer. Er trug große Kopfhörer, kein Ton drang aus den Boxen, nur das klickende Geräusch seiner aufs Regal trommelnden Nägel war zu hören, und sein langer Oberkörper zuckte zur lautlosen Musik. Sein auf und ab ruckendes Profil im von draußen hereinfallenden Licht der Straßenlampe war das Letzte, was sie sah, bevor sie wieder eindämmerte.

Kurz vor acht läutete es an der Tür. Freddy war nicht angezogen, und sie hatte sich die Zähne noch nicht geputzt. Freddy öffnete.

Sein Stars-and-Stripes-Bademantel klaffte ein wenig auseinander; darunter war er nackt. Die beiden Männer blieben ungerührt. Sie waren etwa Mitte dreißig, trugen Jeans und parkaähnliche Jacken.

«Sie haben unsere Mitteilung gefunden?», fragte einer von ihnen in sachlichem Ton.

«Ja», sagte Nora schnell, bevor Freddy loslegen konnte. *Ich rieche aus dem Mund*, dachte sie.

Freddy baute sich kampfeslustig vor ihnen auf.

«Haben *Sie* bei uns eingebrochen?»

«Wir haben einen Haussuchungsbefehl», sagte der andere Beamte emotionslos. Er hatte eine beginnende Glatze und melancholische Augen.

«Einen Haussuchungsbefehl?»

«Er darf auch in Abwesenheit vollstreckt werden», sagte der mit der Glatze. «Dürfen wir reinkommen?»

Freddy verbeugte sich tief und ließ die Tür mit provokativer Gastfreundlichkeit weit aufschwingen.

Die Beamten untersuchten zuerst Freddys Zimmer, in dem noch die Körperausdünstungen der vergangenen Nacht hingen. Anschließend nahmen sie sich die Zimmer der anderen vor. Als Letztes kam das Bad an die Reihe. Nora fand es obszön, dass diese Fremden den Geruch ihres Schlafes atmen und ihre Blicke an den gebrauchten Handtüchern heruntergleiten lassen durften. Freddy und Nora folgten den Männern in die Küche.

«Vielleicht möchten die Herren Tee?», fragte Freddy in seiner neuen Zuvorkommenheit.

«Da sagen wir nicht nein», gab der zweite Beamte ungerührt zurück.

Freddy deutete auf einen Stuhl und setzte Wasser auf. Dann platzierte er sich abwartend auf der Fensterbank und begann, Zigaretten zu drehen. Nora stand mit dem Rücken zum Herd und sah ihm angespannt zu. Auf dem Fußboden lagen immer noch die zertretenen Aspirintabletten. Der Beamte mit der Glatze lehnte an der Wand und betrachtete gedankenverloren die Krümel, während der andere sich auf den Stuhl setzte.

«Wer von Ihnen ist der Hauptmieter?», fragte der auf dem Stuhl.

«Keiner», sagte Freddy.

«Wohnt außer Ihnen noch jemand hier?»

«Logisch.»

«Bitte beantworten Sie unsere Fragen.»

«Ja.»

«Um wen handelt es sich?»

«Meine Freundin», sagte Freddy. «Und noch drei andere. Was soll das?»

«Ist das Ihre Freundin?» Der Beamte deutete auf Nora. Sie zuckte zusammen.

«Nein, mein Hamster», blaffte Freddy.

Der Beamte ging nicht darauf ein. Er wandte sich an Nora.

«Ihr Name?»

«Nora Elsner.»

«Sind Sie hier gemeldet?»

Sie schüttelte den Kopf.

«Wo sind Sie gemeldet?»

«In Bad Pyrmont», antwortete sie eingeschüchtert.

«Wer wohnt noch hier?»

Freddy ließ das Zigarettenblättchen sinken. «Darf man vielleicht höflich fragen …»

«Würden Sie uns bitte die Namen nennen?»

«Also, wenn's der Wahrheitsfindung dient: Bernd Siebert, Heike Möhlmann und Jürgen Stankowski.»

«Was sind Ihre Mitbewohner von Beruf?»

«Sozialarbeiter. Einer studiert Jura. Seine Freundin ist Kindergärtnerin. Mit der war ich schon in der Schule. Lauter Verbrecher», fügte er sarkastisch hinzu.

«Sonst noch jemand?»

«Michael Schmidt.»

«Wer ist das?»

«Sein Sohn», warf Nora rasch ein.

«Wie alt ist Ihr Sohn?», fragte der Beamte, der an der Wand lehnte.

Freddys Augen verengten sich.

«Acht. Jetzt reicht's …»

«Warum haben Sie einen Hausdurch…durchsuchungsbefehl?» unterbrach Nora hastig, bevor Freddy *Wichser* sagen konnte.

Der Beamte, der an der Wand lehnte, sah sie an, als bemerke er sie erst jetzt.

«Das können wir Ihnen leider nicht sagen.»

Nora spürte einen schneidenden Schmerz im Rücken, knapp über ihrem Hintern. Instinktiv machte sie einen Schritt nach vorn und fasste an die Stelle, die sich feucht anfühlte. Wasser war aus der Tülle des Kessels auf ihren Rücken gesprudelt. Sie biss sich auf die Lippen, stellte die Herdplatte ab, löffelte Tee in die Kanne und goss das Wasser darüber. Die Kanne zitterte in ihrer Hand, als sie sich umdrehte.

«Aber Sie können doch nicht so ohne weiteres hier reinkommen», sagte sie endlich.

Der Beamte auf dem Stuhl verlagerte sein Gewicht.

«Wir dürfen Ihnen leider keine Auskunft geben.»

Verständnislos sah sie ihn an. Er seufzte, als habe er es mit einem begriffsstutzigen Kind zu tun.

«Wir können Ihnen das nicht sagen.»

Ihr Blick traf sich mit den melancholischen Augen des Glatzköpfigen, in seinem Gesicht lag eine Milde, die der Situation nicht entsprach. Er machte einen Schritt auf sie zu und nahm ihr die Teekanne aus der Hand. Sie versuchte, sich zu konzentrieren.

«Unsere Informationen unterliegen der Geheimhaltung. Datenschutz», sagte der Glatzkopf, als wäre damit alles erklärt.

Freddy ließ die zu Ende gedrehte Zigarette auf seinen Schoß fallen.

«Was?» In seinem Gesicht stand reine Verblüffung. Plötzlich kam Bewegung in ihn.

«Und wer schützt uns? Sie durchwühlen unsere Wohnung und sagen uns nicht mal, warum?»

«Wir haben einen Hinweis bekommen.»

«Dass wir Terroristen sind, oder was?»

«Freddy!», flehte Nora, bevor er richtig in Fahrt kam.

«Haben Sie denn Verbindung zu diesen Leuten?», fragte der Glatzkopf sofort mit Blick auf Nora.

Ungläubig starrte sie ihn an. Sie versuchte, sich *diese Leute* vorzustellen. Sie kannte sie aus dem Fernsehen, begegnete ihnen auf den Titelseiten der Zeitungen, in jedem Postamt hingen die Fahndungsplakate. Jedes Mal, wenn sie eine Briefmarke kaufte, wurde sie auf ihre Gesichter gestoßen. Ob sie Verbindung zu ihnen hatte? Jeden Tag! Ständig!

«Natürlich nicht! Wie kommen Sie darauf?», fragte sie mit aufsteigender Panik.

«Sie sind heute ganz früh abgehauen. Ihr hättet rechtzeitig aufstehen müssen», bellte Freddy böse.

Der Beamte erhob sich von seinem Stuhl.

«Ich will jetzt wissen, wer diesen Scheiß erzählt! Das ist doch reine Denunziation!», schrie Freddy. «Da kann doch jeder kommen und einem was anhängen!»

Der Beamte zuckte mit den Schultern.

«Wir haben unsere Vorschriften.»

«Sie können ja Anzeige erstatten», schlug der Glatzköpfige vor.

«Aber wie sollen wir wissen …», begann Nora.

«Gegen unbekannt», ergänzte er hilfsbereit.

«Gegen *unbekannt*?»

«Anders geht es nicht», sagte er entschuldigend.

«Den Betäubungsmittelfund müssen wir leider melden», sagte

der zweite Beamte ohne echtes Bedauern, und Nora merkte, wie sich Freddys Gesichtszüge noch mehr verdüsterten.

Die Tür war längst hinter den Beamten zugefallen. Freddy hatte angesichts der zu erwartenden Anzeige einen Freund angerufen und eine Zeit lang fluchend in der Wohnung herumgetobt. Dann war er verschwunden. Seit über einer Stunde saß sie grübelnd am Küchentisch.

Was hatte der Glatzköpfige beim Rausgehen gesagt? *Haben Sie Feinde?* Dabei hatte er mitleidig gelächelt. Hatten sie welche? Wer konnte so bösartig sein, dass er sie zur Terroristin machte? Sie ging die Menschen ihrer näheren Umgebung durch: Im Haus gab es fast nur Wohngemeinschaften, deren Mitglieder häufig wechselten. Ganz oben wohnte noch ein Paar mit einem Kind. Der Vater verbrachte die Nächte in der Kneipe, die Frau hatte manchmal ein blaues Auge. Das Kind war eingeschüchtert und drückte sich schnell an einem vorbei. Welchen Grund hätten die haben können? Und sonst? Die Stammgäste in der Kneipe, in der sie kellnerte, eine lockere Gemeinschaft, die nachts zusammenfand und sich im Morgengrauen zerstreute. Außer denen und den Mitgliedern von Freddys Band, die manchmal auf einen Joint vorbeikamen, kannte sie in Berlin kaum jemanden. Sie war erst ein knappes Jahr hier, wie alle anderen schlief sie in den Tag hinein, hörte Musik, und nach der Arbeit ging sie in den Club, in dem Freddy nach seinem Auftritt noch weiterjammte. Schulden hatte sie auch nicht, das konnte es also nicht sein. Sie hatte natürlich wenig Geld, denn ihr Vater hatte sich gründlich verspekuliert, und nach dem Verkauf ihres Elternhauses war bis auf ein Sparkonto, an das sie bis zu ihrem siebenundzwanzigsten Lebensjahr nicht herankam, nichts übrig geblieben. Aber bisher war sie zurechtgekommen. Was also hätte jemand gegen sie haben können? Ihre Gedanken sprangen im Zickzack. Die Beamten waren doch in Zivil und unbewaffnet gekommen. Sogar mit Ankündigung. Tauchten sie nicht normalerweise ohne Vorwarnung auf? Eine Freundin war vor zwei Wochen an einer Raststätte mit vorgehaltener Waffe aus dem Auto gezerrt und kontrolliert worden. Und dieser Schotte ... Jürgen hatte sich erst neulich wieder darüber aufgeregt. Der Mann hatte nackt die Tür geöffnet, beim Anblick der Waffen gleich wieder zugemacht, und die Polizei hatte ihn durch die geschlossene Tür erschossen. Vor allem, dass er nackt war, war ihr in Erinnerung geblieben. Es schauderte sie beim Gedanken, in welcher Gefahr Freddy sich möglicherweise befunden hatte. Aber Terrorfahndung und unbewaffnete Polizisten? Waren Freddy und sie vielleicht doch nicht so gefährlich? Oder taten die Beamten nur so, damit sie beide sich in Sicherheit wiegten, und jetzt lauerte die Polizei auf das, was sie als nächstes tun würden? Vielleicht kamen sie morgen wieder und sperrten sie ein. Wo war sie gewesen, was hatte sie getan? Sie hatte nur ein einziges Mal an einer Demo teilgenommen, und Freddy ging da sowieso nicht hin. Andererseits arbeitete Elke bei der Sparkasse, und es waren schließlich schon Banken überfallen worden. Sie zermarterte sich den Kopf und kam immer wieder zu demselben Schluss: Sie musste wissen, wer sie denunziert hatte. Sie musste sich wehren!

Dabei war ihr nicht nach Auflehnung. Am liebsten wäre sie in Tränen ausgebrochen; sie sehnte sich nach Schutz, nach einer Zufluchtsstätte, einem Arm, der sich um sie legte. Von Freddy war so was nicht zu erwarten. Um ihr seine Liebe zu beweisen, hatte er sich in München nach einem Auftritt nachts um halb drei mit ausgebreiteten Armen vollkommen bekleidet in den Eisbach fallen lassen. Doch sobald er unter Druck geriet, verwandelte sich seine leichtsinnige Verrücktheit in unberechenbaren, gegen alles und jeden gerichteten Zorn. Auf der Suche nach Hilfe irrten ihre Gedanken zu ihrer Mutter. In Erinnerung an die kurze Zeit mit ihr begrub sie jede Hoffnung. Waltraut hatte dauernd davon gesprochen, ihre Tochter müsste *die richtigen Leute* kennen lernen.

Es war ihr gelungen, Waltrauts Verkupplungsversuchen auszuweichen, aber eines Abends beim Nachhausekommen hatte sie gehört, wie ihre Mutter sich am Telefon über sie beklagte: *Erst kümmert man sich, und das ist dann der Dank! So ein gut erzogener Junge, sein Vater ist Intendant – kannst du mir mal sagen, was ich mit ihr machen soll?* In diesem Moment hatte sie beschlossen, zu Freddy nach Berlin zu gehen. In einem hatte Waltraut jedenfalls Recht behalten, und der Gedanke brachte sie beinahe zum Lachen: Sie kannte offenbar wirklich nicht *die richtigen Leute.*

Sie hörte die Wohnungstür knallen und Freddys schnell näher kommende Schritte.

«Diese verdammte Fotze. Ich mach sie fertig!»

Er schäumte, als er die Küche betrat. Noch nie hatte sie ihn so wütend gesehen.

«Wen?», fragte sie erschrocken.

«Elke natürlich! Das war Elke!»

Erst langsam begriff sie.

«Das glaubst du doch selber nicht!»

«Natürlich! Die will mich fertig machen! Wegen der Scheißalimente! Der geht's doch sowieso immer nur ums Geld, und jetzt hat sie endlich was gefunden …»

«Freddy! Was hätte sie denn davon? Das trifft doch auch Michi!»

«Das ist der doch egal! Ich kenn sie. Sie will Rache. Die will, dass ich in den Knast komme!»

Seine Tiraden hallten von den Wänden, bis sie langsam verebbten, wie das Geschrei eines sich müde brüllenden Kindes.

Am Abend, nach der Arbeit, ging sie zu ihm in den Club. Sie stand im Lärm der Musik und dem Gejohle der Zuhörer. Jemand bot ihr einen Joint an, aber sie nahm ihn nicht und ließ ihn weitergehen. Während sie trank und lachte und mit den Fingern schnippte und den Musikern zurief, sah sie sich um, tastete verstohlen die Gesichter ab. Wer sah ihr zu, wer hatte es auf sie abgesehen? Sie fing Freddys Blick auf, er grinste ihr von der Bühne zu, und sie lächelte tapfer zurück.

Sie erstatteten Anzeige gegen unbekannt. Man gab ihnen ein Formular, das sie sorgfältig ausfüllten, und ein junger Beamter nahm es gleichgültig entgegen.

«Hoffentlich kriegen sie sie bald», sagte sie voll düsterer Ahnungen zu Freddy, als er bei ihrer Rückkehr das reparierte Türschloss aufsperrte. «Sonst werden sie keine Ruhe geben.»

«Klar», sagte Freddy, der sie missverstanden hatte.

Seine Gerichtsvorladung wegen Verstoßes gegen das Betäubungsmittelgesetz traf ein paar Tage später mit der Post ein. Freddy raste durch den Flur und schleuderte seine Flüche in die Welt. Nora sah aus dem Fenster auf den VW-Bus, der seit dem Besuch der Beamten unten vor dem Haus parkte. Die Scheiben waren mit bunten Gardinen verhängt, zwischen zwei Stoffbahnen klaffte ein Spalt. Sie war sicher, dass sie beobachtet wurden. Der Denunziant hatte Erfolg gehabt. Als die Mitbewohner nach und nach aus den Ferien zurückkamen, ging im Haus bereits das Gerücht, sie und Freddy wären kurzzeitig verhaftet gewesen. Freddy machte sarkastische Witze, die Freunde und Musikerkollegen lachten oder waren empört, je nach Temperament, aber sie hatte das Gefühl, als habe sich etwas zwischen sie und die anderen geschoben: eine eigenartige Mischung aus Bewunderung, Respekt und Unbehagen. Etwas hatte ihr Leben berührt, das mächtig war, mächtiger als sie alle, und unkontrollierbar. Plötzlich waren sie und Freddy nicht länger gewöhnliche Mitglieder der Gesellschaft. Das Wort *Terrorist* löste ein neues, bisher unbekanntes Gefühl des Ausgestoßenseins in ihr aus.

Sie lebten weiter, als wäre nichts geschehen. Dann, Anfang September, sahen sie in den Abendnachrichten die Bilder: zwei Autos, zerstört wie nach einem Frontalaufprall. Die Türen weit offen, die Fenster zerschossen. Auf der Straße ausgestreckte, leblose Körper.

Im Hintergrund Bäume. Spaziergängergegend. Regungslos saß sie auf der Matratze.

«Teutonische Idioten!», sagte Freddy hilflos. «Wer gibt denen das Recht, Leute abzuknallen und zu entführen? Und dieses Gelaber! ‹Kommando-was-weiß-ich›! Was für 'n Kommando? Sind wir hier beim Militär, oder was?»

Freddys Einstellung gegenüber Terroristen und ihren kämpferischen Verlautbarungen war einfach: Er schenkte ihnen dieselbe Verachtung, mit der er als Jazzer den Hardrock bedachte. In seiner Welt regierten die angenehm sanften Westcoast-Improvisationen von Paul Desmond oder Chet Baker. Seiner Meinung nach wirkte die biersatte, lautstarke Vordergründigkeit von Rockmusik auf die Menschheit genauso desensibilisierend wie die Gewalttätigkeit und das Politkauderwelsch der RAF. Nora starrte auf die mit schwarzem Plastik abgedeckten Wölbungen auf dem Asphalt und dachte an die Menschen, die zu diesen amorphen Hügeln gehörten, die Ehefrauen, Mütter, Freundinnen und Kinder.

Sie würden wiederkommen. *Semper aliquid haeret* war das nächste, was ihr durch den Kopf ging, *es bleibt immer etwas hängen*. Latein war eines ihrer Hauptfächer gewesen. Aber das half ihr jetzt auch nicht weiter.

Am nächsten Tag wurden ihre schlimmsten Befürchtungen bestätigt.

«Sag mal, was läuft da eigentlich bei dir?», beschwerte der Wirt sich bei ihr, als sie abends zur Arbeit erschien.

Ein Beamter war in ihrer Abwesenheit in der Kneipe aufgetaucht. Er hatte ihn über ihr Kommen und Gehen und ihre Anwesenheit an bestimmten Tagen ausgefragt.

«Ich weiß es nicht», antwortete sie wahrheitsgemäß.

Sie war ihm eine Erklärung schuldig, aber was hätte sie ihm sagen sollen? Dass er, weil jemand es auf *sie* abgesehen hatte, jederzeit selber Opfer einer Durchsuchung werden konnte? Voller

Schuldgefühle wünschte sie sich nur eines, dass man den Entführten und *diese Leute* finden und der Albtraum endlich aufhören würde. Sie fühlte sich ausgeliefert: staatlicher Beobachtung, dem Urteil hysterisch verängstigter Bürger und nicht zuletzt zukünftigen Terroranschlägen, durch die sie unweigerlich erneut ins Visier der Fahnder geraten würde.

Die Fahndung lief auf Hochtouren, Zeitungen, Fernsehen und Radio hatten kein anderes Thema mehr. Der VW-Bus bewegte sich nicht von der Stelle, und jeden Morgen verglich sie die Breite des Gardinenspaltes mit der vom Vortag. Sie lebte im Zustand fortgesetzter Alarmiertheit, rechnete damit, jederzeit erneut beschuldigt oder sogar verhaftet werden zu können. Sie wollte Richtigstellung, den Feind konfrontieren, zum Widerruf zwingen, die Wurzel des Übels endgültig ausreißen! Aber wie? Wohin konnte sie sich wenden? Sie brauchte einen Verbündeten, jemanden, der bereit war, ihr zu helfen! Sie musste wissen, wer sie denunziert hatte. Sie brauchte *den Namen.*

Freddy war mit der Verteidigungsstrategie für seine Verhandlung beschäftigt. Stundenlang beriet er sich mit Jürgen über seine Optionen. Nora sehnte sich selber nach Verteidigung. Immer öfter sah sie den mitleidigen Ausdruck in den Augen des glatzköpfigen Beamten vor sich. Eines Morgens, als sie schlaflos im Bett lag, fiel ihr die Karte mit der Telefonnummer ein, die die Männer nach der Haussuchung hinterlassen hatten. Sie hatte sie ohne nachzudenken in eine Küchenschublade gelegt. Neben sich hörte sie Freddy schnarchen. In einem spontanen Entschluss holte sie den Zettel und verließ leise die Wohnung.

Es war noch früh, als sie aus dem Haus trat, und ihr Herz klopfte beim Anblick des VW-Busses schneller. Sie zwang sich, daran vorbeizugehen, und lief weiter, bis sie außer Sichtweite war. An der nächsten Straßenkreuzung betrat sie eine Telefonzelle. Innen klebte wieder das Fahndungsplakat, jemand hatte mit dickem

Filzstift und wütenden Strichen die Gesichter übermalt. In ihrer Hosentasche fühlte sie den Zettel. Sie holte tief Luft, warf ein paar Münzen ein und wählte. Sie war zu nervös, um abzuwarten, was die Stimme am anderen Ende sagte, und verlangte, den Beamten zu sprechen, der vor kurzem eine Haussuchung bei ihr vorgenommen hatte. Atemlos hielt sie inne und kam sich plötzlich idiotisch vor. Es entstand eine Pause, sie überlegte, ob sie auflegen sollte.

«Wie ist Ihr Name?», sagte die Stimme unbeeindruckt.

«Nora Elsner.»

Es klickte in der Leitung, sie wartete. In ihrer Vorstellung entwickelte sich eine lächerliche Filmszene, in der Polizisten fieberhaft damit beschäftigt waren, ihren Standort auszumachen: Ein Beamter, der Kopfhörer trug, hob lauschend die Hand und gebot den anderen, still zu sein. Sein konzentrierter Gesichtsausdruck, dann der hochgereckte Daumen: *Ich hab sie!* Nicht mehr lange, und draußen würde das Einsatzkommando auftauchen und die Telefonzelle umstellen. Durch die Scheibe beobachtete sie den beginnenden Berufsverkehr. Autos und Fußgänger überquerten im rhythmischen Wechsel der Ampelschaltung die belebte Kreuzung; eine Choreographie aus Körpern und Blech, aus lebendiger und toter Materie, deren Kollision ihr nur eine Frage der Zeit zu sein schien.

Eine männliche Stimme am anderen Ende der Leitung schreckte sie aus ihren Phantasien. «Sind Sie das Mädchen aus der Gneisenaustraße?»

«Ja.»

Er erinnerte sich an sie. Ein gutes Zeichen.

«Also?»

Ungeduld lag in seiner Stimme. Sie versuchte, Zeit zu gewinnen, stellte sich sein Gesicht vor, die leicht herabhängenden Unterlider, die ihm einen bekümmerten Ausdruck verliehen hatten. Wie ein verlassener Hund.

«Ich möchte Sie etwas fragen», sagte sie.

«Wenn es um die Anzeige wegen des Rauschgiftbesitzes geht, dann …»

«Nein», sagte sie schnell.

«… die Akte ist bei Gericht, ich kann da nichts für Sie tun.»

«Darum geht es nicht.»

«Dann weiß ich nicht, was Sie von mir wollen.»

Er versuchte, sie loszuwerden. Verzweifelt klammerte sie sich an das Bild, das sie von ihm hatte. Er war die einzige Verbindung zu ihrem unbekannten Feind. Sie durfte ihn nicht verlieren!

«Ich habe Informationen für Sie.»

Überrascht lauschte sie dem Satz nach, als käme er nicht von ihr selber, sondern von einer zweiten, unsichtbaren Person.

«Was für Informationen?»

Misstrauen, vielleicht auch Amüsement schwang im Klang seiner Stimme. Sie musste es schaffen, dass er etwas für sie *empfand.*

«Ich kann das nicht am Telefon sagen. Können wir uns nicht sehen?»

«Hören Sie …»

«Bitte.»

Er nannte ihr die Adresse eines Cafés weit unten am Ku'damm. Erst viel später dachte sie darüber nach, was ihn schließlich doch bewogen haben mochte, sich mit ihr zu treffen.

Sie nahm den Bus; in den Gesichtern der in Boulevardzeitungen und Frauenblättchen vertieften Fahrgäste versuchte sie zu lesen, wer für die Todesstrafe war, für kurzen Prozess, Arbeitslager oder standrechtliches Erschießen, und wer im Ernstfall bereit sein würde, ihr Zeit zu geben zu ihrer Verteidigung und für den Beweis ihrer Unschuld.

Er behielt seine Jacke an, als er sich ihr gegenübersetzte. Alles an ihm war so, wie sie es in Erinnerung hatte: die beginnende Glatze, die Hundeaugen. Allerdings hatte sie ihn beim ersten Mal jünger geschätzt, jetzt wirkte er eher wie Anfang vierzig. Ihr fiel auf, dass er keinerlei Anstalten machte, sie nach den angekündigten Informationen zu fragen, doch sie war zu aufgeregt, um dem weitere Bedeutung beizumessen. Die Kellnerin trat an den Tisch, sie bestellten Kaffee.

«Bitte helfen Sie mir», platzte sie heraus, als die Kellnerin gegangen war.

Er sagte nichts.

«Ich muss wissen, wer uns denunziert hat», schrie sie beinahe. «Man muss sich doch wehren! Das kann doch sonst jederzeit wieder passieren!»

Entsetzt hörte sie sich den Gedanken aussprechen, den sie bisher, so gut es ging, verdrängt hatte. Er schüttelte nur leicht den Kopf und betrachtete sie. Die Kellnerin kam, stellte mit mürrischem Ausdruck den Kaffee auf den Tisch und verschwand.

«Die Sache ist erledigt. Sie haben nichts mehr zu befürchten», sagte er ruhig.

Warum log er sie an? Er musste doch wissen, was los war!

«Wie kann ich Ihnen das glauben? Jemand war in der Kneipe, in der ich arbeite! Vor ein paar Tagen ist die Polizei sogar in dem Club gewesen, in dem mein Freund gerade auftritt! Die haben da nach ihm gefragt! Wissen Sie eigentlich, wie das ist, wenn die eigenen Mitbewohner sauer sind, dass wildfremde Leute in ihrem Zimmer herumschnüffeln, und Sie sind dran schuld? Die ekeln uns raus, wenn die Polizei nochmal bei uns auftaucht!»

«Es liegt nichts mehr gegen Sie vor. Zu den Akten gelegt.»

Zorn wallte in ihr auf.

«Warum sind wir überhaupt in irgendwelchen Akten? Wir haben doch gar nichts getan! Sie *müssen* es mir sagen!»

Er schwieg, sah sie nur aus seinen Hundeaugen an. Sie brauchte einen Trumpf.

«Wenn ich Ihre Freundin … nein, wenn ich Ihre *Tochter* wäre, würden Sie mich dann auch so behandeln?»

Triumphierend sah sie ihm direkt ins Gesicht. Auch Polizisten liebten ihre Kinder! Er zögerte immer noch. Wieder dieser Ausdruck. Mitleid, es war eindeutig.

«Wenn Sie meine Tochter wären …»

Sie wartete, atemlos. Der Satz blieb hängen wie ein mitten im Schwung festgehaltenes Pendel.

«Tut mir Leid. Manche Kinder haben Pech mit ihren Eltern.»

Er stand einfach auf und ließ sie am Tisch zurück, drehte sich nicht einmal um. Das Letzte, was sie von ihm sah, war ein Stück seiner Jacke, die sich einen Moment lang in der Drehtür verfing.

Geschlagen blieb sie sitzen. Mechanisch wiederholte sie seine Worte, aber es gelang ihr nicht, einen Sinn darin zu entdecken. Sie legte den langen Weg nach Hause zu Fuß zurück. Die Autos am Straßenrand glichen überdimensionalen, bunten Blechbüchsen, ab und zu setzte sich jemand in eine hinein und fuhr davon, und ein anderer Mensch in einer anderen Büchse nahm seinen Platz ein, es schien ihr ein seltsamer Brauch.

Zu Hause empfing sie Freddys übliches Wüten und trieb ihr wie ein scharfes Gewürz die Tränen in die Augen. Erschrocken wich sie ihm aus und suchte Zuflucht in der Musik.

«You know sometimes we're not prepared for adversity.»

Cannonball Adderleys weicher Singsang beruhigte den Tumult in ihrem Innern, leise bewegte sie die Lippen zu seinen Worten, die sie auswendig kannte.

«When it happens sometime' we're caught short.
We don't know exactly how to handle it when it comes up.»

«O yeah!»

«Sometimes we don't know just what to do
When adversity takes over.»

«That's right!»

«And I have advice for all of us.»

«Mercy! … Mercy! … Mercy!», erbettelte sie von der Welt hinter dem Fenster: von ihrem unbekannten Feind, der sie mit seiner Lüge dem Staat und seinen Spionen im VW-Bus auslieferte, und von denen, die kein Erbarmen kannten und das Leben so vieler in einen Albtraum verwandelt hatten.

«Dadaaadadadadadadadaaada!»

Sie brüllte den Saxophonriff gegen die Fensterscheibe, als wollte sie sie zerschmettern. Der warme, metallene Klang des Instruments füllte den Raum, und für die Dauer eines Musikstücks schöpfte sie die Hoffnung, es werde doch noch alles gut.

Dann entführten die Terroristen ein voll besetztes Passagierflugzeug. Über Tage hinweg verfolgte sie im Fernsehen seinen Weg von Mallorca über Rom, Zypern, Dubai und Jemen, wo die Entführer schließlich den Flugkapitän erschossen und aus der Maschine auf die Landebahn stießen. Nora verkroch sich ins Bett und zog die Decke über den Kopf.

Mitten in der Nacht klingelte das Telefon. Als sonst niemand dranging, stolperte sie mit klopfendem Herzen auf den Flur und nahm den Hörer von der Gabel.

«Nora, Gott sei Dank!»

Erleichtert erkannte sie Wilmas Stimme, aber noch bevor sie zu einer überschwänglichen Begrüßung ansetzen konnte, versank Wilma in einen pausenlosen Redestrom, und erst langsam erschloss sich Nora der Inhalt ihrer Worte. Soweit sie verstand, hatte Wilma ein paar Minuten zuvor einen Anruf von Waltraut bekommen, den sie nun aufgeregt zusammenfasste: Nora sei mit ihrem nichtsnutzigen Freund untergetaucht und auf der Flucht. Waltraut rufe als Mutter und aus Sorge an, um sie zu warnen. Immerhin sei es ja vor kurzem erst passiert, dass ein Mädchen sich habe vorschicken lassen, die Sache mit dem Bankier, die Nichte war es, oder nein, noch schlimmer, *das eigene Patenkind!* Mit Blumen habe sie geklingelt, dann wurde einfach drauflos geschossen! Dann die Entführung, und jetzt auch noch diese schreckliche

Flugzeuggeschichte, man wisse ja gar nicht mehr, was als Nächstes käme! Zum Glück habe wenigstens ihr armer toter Mann das alles nicht mehr erleben müssen!

Wilma machte eine Pause und atmete tief. Waltraut habe auch darüber geklagt, dass Nora mit ihr, Wilma, Kontakt gehalten habe, während sie selber, die eigene Mutter, nicht einmal Noras Telefonnummer besaß.

«Aber ich habe sie ihr nicht gegeben, es ist ja drei Uhr nachts», fuhr sie in ihrer praktischen Art fort, «und überhaupt, sag mal, stimmt was nicht mit deiner Mutter?»

Langsam sank Nora in die Knie, unfähig zu antworten. Fast hätte sie gelacht bei Wilmas trocken sachlichem Ton. Die Wand in ihrem Rücken fühlte sich kalt an. Wieder ertönte Wilmas Stimme. Sie klang verändert, besorgter.

«Ich musste dir das doch sagen, oder? Du hast doch nichts … Nora? Bist du noch da?»

Die Worte versickerten in hilflosem Schweigen. Immer noch sprachlos, saß sie gegen die Wand gepresst und umklammerte den Hörer. Etwas aus Wilmas Redestrom echote in ihr, es schien ihr wichtig, aber bevor sie danach greifen konnte, war es ihr schon entglitten.

Als Heike am Morgen aufstand, um zur Arbeit zu gehen, fand sie auf dem Weg ins Badezimmer Nora auf dem Fußboden, Gesicht und Bauch flach gegen die Wand gedrückt. Ein Teil der Raufasertapete war abgelöst und lag in kleinen Fetzen um sie herum. Beim Eintreffen des Notarztes waren ihre Augen geschlossen, und sie stieß wimmernde Laute aus, während ihr unaufhörlich Tränen über Gesicht und Hals liefen. Der Arzt, ein kleiner, grauer Mann in einem von Regen durchnässten Mantel, stellte seine Tasche ab und kniete neben ihr nieder. *Mir tut nichts weh,* wollte sie sagen, *nur, bitte, lassen Sie mich in diese Wand kriechen,* doch sie brachte keinen Ton hervor. Sie spürte Hände, die ihr unter die Arme griffen und sie hochzogen. Ihre Füße rutschten über den Boden, während Jürgen und Freddy sie halb zum Bett trugen, halb schleiften. Es war ihr peinlich, solche Umstände zu machen. Gemeinsam hoben sie Nora auf die Matratze, dann sah sie das Gesicht des Arztes über sich gebeugt und hörte seine ruhige, freundliche Stimme, die danach fragte, was passiert sei.

«Ich … kann … nicht … aufhören …», keuchte sie.

Die Tränen liefen in nicht enden wollendem Strom aus ihr heraus, ihr war, als würde ihr Körper sich langsam verflüssigen, bis nur noch eine Pfütze von ihr übrig bliebe, eine nasse Stelle in Freddys Bett. Auch die würde bald trocknen, dann würde nichts mehr an sie erinnern, und das war gut so. Der Arzt fragte nach ihrem Hausarzt. Sie war nie krank gewesen. Schutzimpfungen beim Kinderarzt kamen ihr in den Sinn, und dass sie Angst vor den Nadeln gehabt hatte. Sie schüttelte den Kopf. Wahrscheinlich hatte ihre Mutter einen Hausarzt. Seit sie bei Freddy lebte, hatten sie sich nur zweimal getroffen, als Nora ihn zu einem Auftritt nach München begleitet hatte. Nach dem zweiten Mal hatte Waltraut eine beeindruckende Schau abgezogen: *Diese verkrachte Existenz! Du kannst doch nicht mit so einem deine Zeit verplempern! Kümmer dich lieber darum, dass was aus dir wird!* Wie hatte sie das vergessen können! Plötzlich wünschte sie sich, mit dem Arzt allein zu sein. Er erinnerte sie an den Beamten, der gleiche, beinahe väterliche Blick, dann fiel ihr wieder ein, dass darauf kein Verlass war.

Der Arzt sagte, er werde ihr eine Beruhigungsspritze geben, und diktierte Freddy die Adresse eines Kollegen, zu dem sie gehen sollte. Ein Plan. Er hatte einen Plan für sie gemacht. Eine Spritze, dann schlafen, dann zum Arzt gehen. Sie fühlte, wie ihre Hände beim Anblick der Nadel feucht wurden, spürte den Einstich in der Armbeuge und sah seine konzentrierten Augen hinter den Gläsern seiner altmodischen Brille. Der schwache Duft von Desinfektionsmittel ging von ihm aus, er zog die Nadel heraus und winkelte ihren Arm an. Einen Augenblick lang genoss sie den warmen

Druck seiner Hände und wünschte, er würde bleiben, sie hörte die leere Ampulle in den Papierkorb fallen, das klickende Geräusch beim Schließen der Arzttasche und dass er im Aufstehen etwas zu Freddy sagte, aber sie verstand nicht mehr, was es war.

Am Nachmittag, als die Wirkung der Spritze ein wenig abgeklungen war, hörte sie in den Nachrichten, das Flugzeug befinde sich jetzt in Mogadischu, einer Stadt in Afrika, deren weicher, melodischer Name sie an sanfte Wellen und exotische Düfte denken ließ. Dort, auf einem Rollfeld, warteten die Passagiere auf die Entscheidung der Entführer. Sollte der Staat sich weigern, ihre Kameraden aus dem Gefängnis freizulassen, würden sie alle in die Luft fliegen.

Freddy brachte Nora in die Praxis des Internisten. Ohne ein Wort und noch bevor er sie untersuchen konnte, brach sie in Tränen aus. Der Arzt griff zum Telefon und sagte etwas über eine junge Frau, die dringend Hilfe brauche. *Das bin ich*, dachte sie erstaunt. Ihr Leben war ein großes graues Laken, das ausgebreitet vor ihr lag. Er schrieb etwas auf einen Zettel, *schon der zweite, ich werde eine Sammlung von Arztzetteln haben*, schoss es ihr durch den Kopf; die Sprechstundenhilfe hielt ihr eine Packung Papiertaschentücher hin und strich ihr übers Haar.

«Es wird schon wieder», sagte sie mit einer hilflosen Weichheit, die den Zweifel in ihrer Stimme noch betonte.

Sie war noch nie bei einem Psychiater gewesen und fühlte eine leichte Erregung, als sie die Abteilung des Krankenhauses betrat. Sie wusste nicht genau, was sie erwartete. Brabbelnde Wesen in verknoteten Zwangsjacken vielleicht oder nach innen gekehrte, ziellos herumwandernde Gestalten, doch sie sah nichts dergleichen. Am Ende eines mit hellem Linoleum ausgelegten Flures thronte ein Gummibaum vor einem Fenster, dem die Griffe fehlten. Die Tür zu dem Raum daneben stand offen. Eine ältere, gepflegte Frau saß an einem Schreibtisch und forderte sie mit einer Handbewegung auf einzutreten.

«Haben Sie einen Termin?»

Sie war nicht unfreundlich, aber auch nicht gerade einladend. *Sie ist neutral, um das Ergebnis der Behandlung nicht zu beeinflussen,* dachte Nora. Die Frau gab ihr ein Formular, und Nora beantwortete mechanisch Fragen nach ihrem Namen, Geburtsdatum und überstandenen Krankheiten.

«Guten Tag. Kommen Sie bitte in mein Sprechzimmer.»

Sie hatte ihn nicht eintreten hören. Er sprach leise, kaum moduliert und rollte das R mit einem leichten, slawischen Akzent. Er war sehr groß, *vierschrötig*, ging ihr ein Wort durch den Kopf, von dem ihr nicht bewusst war, dass sie es jemals benutzt hatte. Mit langsamen, bedächtigen Schritten, als fiele es ihm schwer, ging er vor ihr her. Während sie ihm den Gang hinunter folgte, dachte sie darüber nach, wie das Wort in ihr Unterbewusstes gelangt und warum es ausgerechnet jetzt hervorgespült worden war; gleichzeitig fragte sie sich, wie er es schaffte, sich bei seiner Größe beinahe geräuschlos zu bewegen. Der Anblick seines weißen Kittels beruhigte sie ein wenig. Er ließ ihr beim Betreten des Behandlungszimmers den Vortritt und schloss die Tür hinter ihr. Aus dem breiten Fenster konnte sie die Parkanlage überschauen, die direkt hinter dem Krankenhausgelände begann. Er wies auf den Sessel vor seinem Schreibtisch.

«Bitte» – er sagte *bittä* – «nehmen Sie Platz.»

Seine Hand, die auf den Sessel deutete, zitterte, und bei diesem Anblick brach sie erneut in Tränen aus.

Zwei Stunden lang, während deren sie ohne Unterbrechung weinte, saß ihr der Arzt schweigend gegenüber. Er hielt den schweren, fast kahlen Schädel leicht gesenkt, seine Augen über die Lesebrille hinweg auf sie gerichtet, einen Notizblock auf den Knien, doch er schrieb keine einzige Zeile. Sein schmaler Mund öffnete sich nur einmal.

«Die Zeit ist leider um. Möchten Sie bleiben oder nach Hause gehen und morgen wiederkommen?»

Sie sah in seine kleinen, wasserblauen Augen unter der hohen, sehr breiten Stirn. *Ein Schädel wie Frankensteins Monster, es fehlen nur die Nähte*, dachte sie unwillkürlich. Sie hörte auf zu weinen.

«Ich möchte lieber nach Hause.»

Er stand auf und ging zu einem Schrank, hinter dessen Glasfenstern sie Medikamente erkannte. Kurze Zeit suchte er darin herum, sie glaubte einen Anflug von Ungeduld zu erkennen – ein alter Mann, der etwas verlegt hat –, dann wandte er sich um und gab ihr eine Schachtel Tabletten.

«Nehmen Sie die nach Anweisung.»

Sie griff danach wie nach einem Rettungsring.

Die Zeit bis zu ihrer zweiten Sitzung verbrachte sie schlafend oder im Dämmerzustand. In der Nacht wurden die Geiseln aus dem Flugzeug befreit, und als sie spät am nächsten Vormittag aus ihrem Tablettennebel erwachte, hörte sie in den Nachrichten, die Terroristen, die freigepresst werden sollten, hätten sich im Hochsicherheitstrakt ihres Gefängnisses umgebracht. Sie empfand nichts. Freddy schlich mit vorsichtigen Bewegungen um sie herum, als gehe eine unberechenbare Bedrohung von ihr aus.

Sobald sie das Behandlungszimmer zum zweiten Mal betrat, fühlte sie sich weniger gefährdet. Der Arzt gab ihr seine erstaunlich weiche, zitternde Hand und wies auf denselben Sessel wie schon am Tag zuvor.

«Wie geht es Ihnen?», fragte er in seiner seltsam tonlosen Art.

«Ich weiß es nicht», antwortete sie wahrheitsgemäß.

«Gibt es etwas, worüber Sie sprechen möchten?»

Sie sah ihn hilflos an.

«Gut. Dann erzählen Sie, wie Sie leben.»

Sie begann langsam und wirr. Doch dann flossen die Sätze aus ihr heraus, ein schneller, wirbelnder Strom; sie sprach hastig und mit immer drängender werdender Bereitwilligkeit.

«Wir werden eine Weile zu tun haben», gab er ihr mit auf den Weg, als die Sitzung vorbei war.

Einen Tag später entdeckte man den Entführten erschossen im Kofferraum eines Wagens. Kurz darauf fanden die Beerdigungen der Terroristen und ein Staatsakt für den Ermordeten statt. Nora nahm kaum etwas davon wahr. Die Stunden und Tage zwischen ihren Sitzungen verschwammen zu einer formlosen Masse aus zementgrauer Zeit, in der wie ein heller, leuchtender Fleck das Zimmer des Arztes schwebte. Am Ende ihrer zwölften Sitzung fragte er sie, ob sie die Behandlung fortsetzen wolle.

«Ich weiß es nicht», sagte sie, wie schon so oft. «Was denken Sie?», setzte sie hinzu, inzwischen ahnend, wie seine Antwort lauten würde.

«Das müssen Sie entscheiden», sagte er erwartungsgemäß.

Sie hatte Angst weiterzumachen. Sie hatte ihm von ihrem Leben erzählt, vom Tod ihres Vaters und wie sehr sie ihn vermisste, seinen Witz und seine ruhige Art. Sie hatte von Freddys Wüten und der Denunziation gesprochen. Aber die eine, die schrecklichste aller Erfahrungen hatte sie ihm verschwiegen. Wenn sie jetzt davon spräche, von dem, was sich – zusammengesetzt aus Wilmas Bericht, dem Verhalten des Beamten und dem Ausbruch ihrer Mutter gegen Freddy – zu dem Verrat fügte, den Waltraut an ihr begangen hatte … Sie wagte nicht, es auszusprechen, dem immer noch Unvorstellbaren Waltrauts Namen zu geben.

«Ich glaube nicht.»

«Gut.»

Sie versuchte, Kritik oder Enttäuschung herauszuhören, doch er blieb undurchdringlich.

«Darf ich Sie etwas fragen?»

«Bitte.»

«Als Sie mich nach der ersten Sitzung wählen ließen, ob ich bleibe oder gehe …»

«Ja?»

«Hätte es nicht sein können, dass ich mir etwas antue?»

«Sicher.»

«Aber sie haben mich gehen lassen.»

«Ja.»

«Ich hätte mich also umbringen können. Vielleicht sogar mit den Tabletten, die Sie mir gegeben haben.»

«Das ist das Risiko.»

«Ein ziemlich hohes Risiko.»

«Man muss den freien Willen achten, solange er existiert.»

Einen kostbaren Augenblick lang schien er sie in sein Inneres schauen zu lassen. Sie hätte ihm um den Hals fallen können.

«Möchten Sie wissen, warum ich nicht bleiben wollte?»

«Hm.»

«Ich hatte Angst, ich würde angesteckt, wenn ich auf der Station bliebe.»

«Das ist durchaus möglich», sagte er, tonlos und undurchdringlich, und reichte ihr zum Abschied seine weiche, zitternde Hand.

Viel später erfuhr sie von dem Internisten, der sie überwiesen hatte, dass ihr Psychiater Tscheche war und unter Parkinson litt. Sie erfuhr auch, dass er während der Besetzung durch die Nazis untergetaucht war, und sie stellte ihn sich als einen jüngeren, aber ebenso mächtig gebauten, bedächtigen Mann mit riesigem Schädel vor, der um die Freiheit seines Willens kämpfte.

sieben

Auf dem Fernsehschirm stolperten mit Fußketten gefesselte und von Bewachern geführte Männer in orangefarbenen Overalls durch eine Art Käfiggehege. Ihre Gesichter waren von schwarzen Kapuzenhüten verdeckt, die in ihrer spitzen Form an die bizarren Verkleidungen des Ku-Klux-Klan erinnerten. *Guantánamo* stand eingeblendet unter den stummen Bildern, daneben der Name des Korrespondenten. Nora richtete sich auf und tastete auf der Bettdecke nach der Fernbedienung, metallisch schnarrend durchbrach der Fernsehton die Stille des Schlafzimmers. Neben ihr regte sich Steven, kühles Bildschirmlicht tauchte sein von der Liebe noch weiches Gesicht in schwaches Blau.

«Was ist los?»

«Können die das einfach so machen?»

Er stützte sich mit einer Hand auf die Matratze und fuhr sich mit der anderen durchs Haar.

«Was?»

«Leute da festhalten. Ohne Anklage.»

Aufgeregt deutete sie auf den Bildschirm. Er ließ sich gegen ihre Schulter sinken und hörte eine Weile dem Bericht zu, in dem davon die Rede war, dass mutmaßliche Terroristen seit geraumer Zeit in einer amerikanischen Militärbasis auf Kuba gefangen gehalten würden. Sie schüttelte den Kopf. Noch bis vor kurzem hatte sie nicht einmal gewusst, dass es diesen Stützpunkt überhaupt gab!

«Von Rechts wegen, oder weil sie die Macht haben?», fragte er schließlich.

Ungeduldig überhörte sie seine Ironie.

«Von Rechts wegen, natürlich.»

«Also, man *kann* das natürlich anfechten, aber bis das geklärt ist und einer von denen eine Gerichtsverhandlung kriegt, können Jahre vergehen. Ein Traumzustand für einen Staatsanwalt», setzte er mit seinem typischen, gelegentlich aufflackernden Zynismus hinzu.

In instinktiver Abwehr zog sie das Laken ans Kinn.

«Ich verstehe nicht, wie du darüber Witze machen kannst!»

Am Morgen hatte sie Waltrauts Brief ein zweites Mal gelesen und Steven danach unter einem Vorwand in seinem Büro angerufen. Er war nach der Arbeit bei ihr erschienen. Als er vor ihr stand, hatte sie nicht mehr gewusst, was sie ihm sagen wollte, und so hatten sie miteinander geschlafen. Auf dem Bildschirm lief jetzt Werbung für ein Mittel gegen Sodbrennen. Er nahm ihr die Fernbedienung ab und schaltete den Ton wieder aus. Außerhalb der in das Fernsehlicht getauchten Bettinsel lag die Wohnung im Dunkeln; es kam ihr plötzlich vor, als bewegten sie sich nur noch im Verborgenen.

«Wäre es dir lieber, wenn man diese Typen einfach weitermachen ließe?», fragte er.

«Bitte, hör auf. Ich hasse es, wenn du so bist.»

«Melanie weiß seit einem halben Jahr Bescheid», sagte er düster. «Vor einer Woche ist es herausgekommen. Sie hat die ganze Zeit nichts gesagt, weil sie mir Zeit geben wollte, selber herauszufinden, was ich will. Das Problem ist, dass ich nicht weiß, was *du* willst. Was willst du, Nora?»

Dich. Wollte er wirklich, dass sie das sagte? Wollte sie es? Was war aus ihrem einigermaßen geordneten Leben geworden! Schon einmal hatte er sie im Grunde vor dieselbe Frage gestellt, und nur weil die Anschläge alles andere in den Hintergrund gedrängt hatten, war ihr die Antwort erspart geblieben. Aber jetzt? Das Leben war weitergegangen, sie hatten ihre Affäre, ihren Betrug fortgesetzt, und er oder zumindest Melanie erwartete zu Recht eine Entscheidung. Es machte ihr Angst. Unwillkürlich wich sie zurück und glitt vom Bett beinahe ins Leere. Sein Gesicht verschloss sich. Sofort bedauerte sie ihre Reaktion, doch er schlug bereits die Decke zurück und suchte mit eckigen Bewegungen seine Sachen zusammen. Sie betrachtete seinen vertrauten, nackten Körper, dessen Berührung sie noch vor kurzer Zeit sanft und wollüstig gemacht hatte.

«Bitte, Steven ...»

Er schüttelte abwehrend den Kopf.

«Ich weiß nicht, was es ist, Nora. Ich verstehe dich nicht. Vor ein paar Stunden rufst du mich an, als hinge dein Leben davon ab, dass ich komme. Dann bin ich hier, und du willst mit mir über irgendwelche Gefangenen reden! Diese Leute sind mir im Moment ziemlich egal. *Du* interessierst mich, aber du behandelst mich, als wäre ich an allem schuld, was in diesem Land schief geht. Du vergisst dabei, dass ich die Gesetze nicht mache. Ich wende sie bloß an. Ich bin nur ein kleiner Ankläger, der versucht, die Zivilisation gegen die tägliche Barbarei zu verteidigen! Meine Kunden sind keine Terroristen, sondern Drogendealer, Vergewaltiger und Mörder, und – das kannst du mir glauben – von denen gibt es in dieser Stadt mehr als genug! Manche dieser Burschen sind so grausam, dass man das Vertrauen in die Menschheit verlieren könnte, falls man es überhaupt je hatte. Der Stoff für meine Albträume reicht jedenfalls bis ins nächste Jahrtausend, und ich habe weiß Gott andere Probleme, als mir Sorgen um irgendeinen durchgedrehten Taliban zu machen!»

Er hielt inne. *Diese Leute*. Das Ausmaß seiner Enttäuschung tat ihr weh, sie sah seine Verletzung und Wut, aber alles in ihr wehrte sich dagegen, ihn so davonkommen zu lassen.

«Interessiert es dich denn nicht, was deine Regierung im Namen der Freiheit mit dieser Zivilisation anstellt?»

«*Meine* Regierung? Seit wann bist du so bequem? Mal ehrlich, wie lange lebst du schon hier?»

Er blickte ihr direkt in die Augen.

«Mich interessiert, was aus dir und mir und Melanie wird, und dass die, die diesen Horror über uns gebracht haben, gefälligst dafür büßen müssen!»

Seine Empörung verlieh ihm trotz seiner halb nackten, sockenbekleideten Lächerlichkeit so etwas wie würdevolle Größe. Ohne Genugtuung spielte sie ihren letzten Trumpf aus.

«Aber sie sollen sich nicht verteidigen dürfen! Vorausgesetzt natürlich, dass sie überhaupt beteiligt waren.»

Sie fühlte sich zänkisch und rechthaberisch und wusste doch, dass ihr Argument traf. Sein zerknautschtes Hemd in der Hand, breitete er theatralisch die Arme aus.

«Machen wir's kurz. Nenn mir die Anklage, und ich bekenne mich schuldig.»

Diesmal fehlte seiner Schärfe jede Ironie. Resigniert schloss sie die Augen; als sie sie wieder öffnete, sah sie bedauernd, dass er jetzt vollkommen angezogen war.

«Und was ist mit Recht und Gesetz?», protestierte sie ein letztes Mal. «Wenn einem das genommen wird, hat man gar nichts mehr.»

Er antwortete nicht. Sie schlüpfte aus dem Bett und ging nackt in die Küche. Vor dem Fenster strahlten die Lichter der Stadt gegen den abendlich dunklen Himmel und färbten ihn orangegrau. Sie hatte sich nie etwas anderes vom Leben gewünscht, als Musik hören zu können und irgendwann die wahre Liebe zu finden, den Mann, an den sie sich verschwenden konnte. Sie füllte ein Glas mit Leitungswasser, in ihrem Rücken hörte sie seine Schritte näher kommen. Während sie trank, fühlte sie, wie seine Arme sich von hinten um ihre Taille schlangen. Sie ließ das Glas sinken, sein Mund war an ihrem Ohr, sie spürte seinen Atem gegen ihren Hals, gab nach und schmiegte sich an ihn.

«Warum hast du mich heute angerufen?»

Sein Anzugstoff kratzte auf ihrer Haut, sie versuchte, sich zu ihm umzudrehen, aber er zog sie fester an sich und küsste ihren Nacken. Sie ließ ihren Kopf zur Seite gegen seine Schulter sinken und bot ihm ihren Hals. Vielleicht war es ja Steven, auf den sie gewartet hatte.

«Was willst du hören?»

«Nichts als die Wahrheit.»

Sie lachte leicht und war doch auf der Hut. Sie schreckte davor zurück, ihm den Grund zu nennen, fürchtete den ungläubigen Ausdruck in seinem Gesicht, diesen Ausdruck, den sie schon früher gesehen hatte, zuerst bei Freddy, der, als er von Waltrauts Denunziation erfuhr, anfangs daran gezweifelt und ihr dann die Schuld gegeben hatte, und später bei David, der sie nie ganz ernst genommen hatte. Er hatte kleine, amüsierte Bemerkungen gemacht, über Probleme zwischen Töchtern und Müttern, über Teenagerkram, Eitelkeiten, Eifersüchteleien. Danach hatten sie nie wieder davon gesprochen; ohnehin war ihre Scham, Opfer ihrer eigenen Mutter geworden zu sein, immer größer gewesen als ihr Bedürfnis, sich jemandem anzuvertrauen.

«Womit soll ich anfangen?»

«Immer mit dem Schlimmsten.»

Sie zog ihren Zeigefinger durch eine kleine Wasserpfütze neben der Spüle und machte ein Wellenmuster auf der Arbeitsfläche.

«Weißt du, was Baader-Meinhof war?»

«Ich weiß sogar, wo Deutschland liegt.»

Sie ging über seine Stichelei hinweg.

«Meine Mutter hat mich auf dem Höhepunkt der RAF-Hysterie, als ich neunzehn war, als Terroristin denunziert. Weil ihr mein Freund nicht gefiel und ich nicht *die richtigen Leute* kennen lernen wollte.»

Und damit nicht genug, heute verfolge ich wildfremde Frauen bis zu ihrer Haustür.

Aber das konnte sie ihm unmöglich gestehen.

Das orangegraue Licht des frühen Abends war einem ockerfarbenen Leuchten gewichen, tief hängende Wolken klebten wie Dotter verdorbener Eier am nächtlichen Himmel. Steven zog sie fester an sich und wiegte sie leicht. Noch immer wandte sie ihm den Rücken zu.

«Hast du ihn jemals wiedergesehen?»

«Wen?»

«Deinen Psychiater.»

«Ja. Einmal.»

Sie lächelte, als sie daran dachte. Ungefähr ein Jahr später war sie ihm in einer Apotheke begegnet. Sie hatte sich irrsinnig gefreut und sich benommen wie ein junger Hund, der Leute anspringt. Er hatte in seiner distanzierten, höflichen Art *Gutän Tag* gesagt und nicht erkennen lassen, dass er sich an sie erinnerte. Er war sehr diszipliniert gewesen, aber sie war sicher, dass er Zuneigung zu ihr entwickelt hatte. Vor ein paar Jahren war er gestorben, ein Freund hatte es ihr geschrieben. In den Zeitungen waren Nachrufe erschienen, erst dadurch hatte sie erfahren, dass er als Koryphäe gegolten hatte.

«Er fehlt mir manchmal.»

«Schweigeminute für einen begnadeten Arzt und mitfühlenden Menschen», befahl Steven.

Eine Weile schwankten sie ineinander geschmiegt wortlos hin und her.

«Wie ging es weiter?», unterbrach er schließlich die Stille.

Sie dachte an den Tag, an dem sie nach ihrer letzten Sitzung zu Freddy und den anderen nach Hause gekommen war. Außer Wilma gab es sonst niemanden, zu dem sie hätte gehen können, aber sich bei ihr auszuheulen wäre ihr wie eine Niederlage vorgekommen.

«Ich bin aus meinem Job rausgeflogen. Ich war ja nicht nur eine ganze Weile nicht einsatzfähig, der Besitzer hatte auch keine Lust darauf, dass vielleicht alle fünf Minuten die Polizei in seinem Laden stand. Sie sind jedenfalls in allen Clubs, in denen Freddy gespielt hat, aufgetaucht, obwohl eigentlich klar war, dass da im schlimmsten Fall mal gekifft wurde. Ich glaube, sie hatten einfach Angst, dass sie was übersehen könnten. Sie haben unser Telefon überwacht und waren später nochmal in unserer WG. Die anderen hatten genug davon, sie waren kurz davor, uns rauszuekeln, und ich kann es ihnen nicht mal verübeln. Aber ich wäre sowieso ausgezogen. Ich war zuerst vollkommen durcheinander und wie gelähmt, und dazu kamen wahnsinnige Schuldgefühle gegenüber Freddy. Einer von den Stammgästen in einem der Clubs war Journalist, und der kannte jemanden, der wiederum einen Anwalt kannte. Der hat ihn rausgepaukt. *Pro Bono.* Trotzdem», sie lachte trocken, «*es bleibt immer etwas hängen,* und ich habe jahrelang das Gefühl gehabt, die Leute würden mir irgendwas ansehen. Oder ich könnte einfach so verhaftet werden.»

Sie griff nach ihrem Glas und trank ein paar Schlucke.

«Danach wollte ich nur noch weg. Ich habe zuerst Wilma besucht und mich bei ihr bedankt. Anschließend bin ich durch Europa gefahren. Überall ein bisschen gewesen. Griechenland, Spanien, Italien.»

«Und Freddy?»

«Ach, der!» Sie lachte wieder. «Ein paar Wochen nach dem Ende meiner Behandlung bin ich gegangen.»

Sie hatte es allerdings erst fertiggebracht, als er mit einer Band unterwegs war und sie sich absichtlich in einen anderen verliebte. Noch jahrelang hatte sie das Leben ohne einen Mann nicht ausgehalten, sich immer erst von einem getrennt, wenn sie einen neuen gefunden hatte. Alleinsein war nie ihre Stärke gewesen.

«Seine Frau tat mir irgendwie Leid. Wie sie da auf dem Land lebte und trotzdem in so einer scheußlichen Neubausiedlung. Nur damit sie nicht wieder bei ihren Eltern auf dem Hof wohnen musste. Was aus Michi geworden ist, weiß ich nicht.»

Sie wand sich aus seinen Armen.

«Mir ist kalt.»

Er hielt sie zurück.

«Hast du je mit deiner Mutter darüber gesprochen?»

Sie zuckte die Schultern. Begriff er nicht, dass man mit dieser Frau nicht sprechen konnte?

«Vor ein paar Tagen habe ich einen Brief bekommen, darin steht, dass sie mit all dem nichts zu tun hatte. Eine neidische Kollegin sei es gewesen. Ich habe einige kennen gelernt, und ein paar von denen waren wirklich von der bösartigen Sorte. Solche, die ganze Nächte damit verbringen, am Telefon zu tratschen und irgendwelche Gemeinheiten auszuhecken, um sie anschließend anderen anzuhängen. Hinterher tun sie entsetzt und hecheln ihre Sünden dann umso lustvoller durch. Ich glaube ihr nicht, aber darum geht es nicht. Es ist gleichgültig, ob sie jemandem nur die Waffe gegeben oder selber abgedrückt hat.»

«Übertreibst du nicht ein bisschen?»

Sie hatte befürchtet, dass er das sagen würde. Was hatte sie erwartet? Dass er sie verstünde, weil er Staatsanwalt war? Vielleicht hatte sie sich ja sogar deshalb in ihn verliebt, und ihre Affäre war eine Art Teufelsaustreibung! *Sleeping with the enemy*. Sie hätte sich in einen Strafverteidiger verlieben sollen. Oder nicht so einen Zirkus machen wegen einer Sache, die so lange zurücklag. Sie war erwachsen, es gehörte sich nicht, wie ein störrisches Kind an einer Verletzung festzuhalten. Das Furchtbare war nur, dass die Erinnerung umso plastischer wurde, je mehr Zeit verging, und dass ihre Unsicherheit dabei immer noch zunahm. Alles um sie herum, das behäbige, als Vaterlandsliebe verkleidete Recht-und-Ordnung-Gerede, die ständigen Diskussionen um Gesetzesverschärfungen, die weichen Knie der Politiker, die Witze mit Freunden am Telefon, wer einen gerade abhörte – die Atmosphäre wurde immer wattiger, gleichzeitig fühlte sie sich von etwas Unsichtbarem, Bedrohlichem eingekreist. Alles erinnerte sie mehr und mehr an damals. Sie tippte ihren Zeigefinger in den von ihrem Glas hinterlassenen, kreisförmigen Abdruck und tupfte zwei feuchte Flecken in die Mitte, gleich darunter einen aufwärts geschwungenen Halbkreis. Ein Gesicht lachte sie an und verflüchtigte sich langsam vor ihren Augen. Er nahm ihre Hand und saugte zärtlich an ihren Fingerspitzen.

«Soll ich heute Nacht hier bleiben?»

Eine einfache Frage. Er bemühte sich ganz offensichtlich, keine Hoffnung hineinzulegen. Sie durfte ihn nicht ausnutzen. Doch sie wollte auch nicht allein sein.

«Es kann so nicht weitergehen, oder?», fragte sie schuldbewusst.

«Nein.» Er lächelte. «Aber das hat ja noch niemanden gehindert.»

acht

Betäubt stand Amy in der Mitte der riesigen Halle. Der Lärm, der von der Decke widerhallte, vibrierte in ihrem Kopf. Einem Impuls folgend war sie in den Zwölf-Uhr-Zug gestiegen und vierzig Minuten später in Pennsylvania Station angekommen. Sie machte ein paar tastende Schritte; einer der sich kreuzenden Menschenströme nahm sie sofort auf.

Draußen schlugen ihr die Ausdünstungen der Stadt entgegen: warmer Asphalt, Essensgerüche, Müll. Es war Ende Mai und ungewöhnlich heiß. Seit mehr als neun Monaten war sie nicht mehr in Manhattan gewesen; der Verkehrslärm und der Chor der Stimmen, die dagegen anschrien, schienen noch lauter geworden. Jeden Morgen war er hier angekommen. Hatte er sich, außer mit Ed, im Zug mit Kollegen getroffen? In einem der Delis schnell noch einen Kaffee getrunken? Oder war er gleich mit der Subway zur Arbeit weitergefahren? Sie hatte nie gefragt. Solche Dinge waren Teil seiner Welt gewesen, zu der sie keinen Zutritt gesucht hatte, schließlich besaß auch sie einen Raum, der nur ihr gehörte. Was hatte Richard in seinem verborgen? Hatte er sich frei gefühlt, wenn er ohne sie war?

Vor ihr schaltete die Ampel auf Grün, und sie ließ sich mit der auf und nieder wippenden Welle über die Straße schwemmen. Neben ihr keuchte ein Laster, sie spürte den strengen Dieselgeruch am Gaumen und wedelte mit der Hand vor ihrem Gesicht hin und her. Eine schwarze Frau in hellblauer Rüschenbluse und dunkelblauem Rock lächelte ihr im Entgegenkommen zu – eine Büroangestellte, vielleicht Sekretärin –, dann waren sie aneinander vorbei. Was wohl aus Kyra geworden war? Hatte sie überlebt?

War sie an diesem Tag vielleicht krank gewesen? Sie hatte Richards Sekretärin nie kennen gelernt, wusste nur ihren Namen. Kyra, nicht *Franny* oder *Florence* oder *Felicity*. Sie dachte an den Zettel, der zweimal gefaltet unsichtbar im Fach hinter den Geldscheinen in ihrem Portemonnaie steckte. Es war Mittagszeit, vor den Bürogebäuden Midtowns standen Angestellte und rauchten, andere drängten sich vor den Karren der Straßenverkäufer. Sie sah ihn, seinen Rücken, über dem sich die Anzugjacke spannte, sein Haar, das sich über den Kragenrand seines Hemdes legte. *Wo bist du gewesen, ohne mich?*

Sie stellte sich ohne nachzudenken vor einem Wagen an und verlangte, als sie an der Reihe war, einen Hot Dog. Die schwarzen Augen in dem braunhäutigen Gesicht des Verkäufers musterten sie. Ein kurzgeschnittener Bart bedeckte seine Wangen und sein Kinn.

«Was möchten Sie drauf haben?», fragte er mit einem harten, bellenden Akzent.

Gebannt starrte sie ihn an.

«Lady!»

Die Kehle schwoll ihr zu, sie brachte kein Wort hervor. Der Verkäufer klappte das weiche, längliche Brot auf, machte ein Bett aus Sauerkraut und legte mit einer Zange die Wurst darauf.

«Senf?», fragte er, «Ketchup? Relish?»

Sie nickte stumm und lehnte sich gegen den Wagen. Das Metall des Karrens fühlte sich kühl an, ernüchternd. Der Verkäufer häufte alle drei Zutaten auf die Wurst, schlug den fertigen Hot Dog in eine Papierserviette ein und legte ihn in ihre ausgestreckte Hand. Sie gab ihm Geld und ging steifbeinig davon. Hatte er sich sein Mittagessen an einem dieser Karren geholt? Hatte er vielleicht einen Stammverkäufer? Plötzlich ekelte sie sich vor dem säuerlichen Geruch des Hot Dog und ließ ihn in den nächsten Papierkorb fallen.

Einen Moment lang blieb sie stehen und spürte die Menschen

an sich vorüberhasten. Was sollte das alles? Waren sie nur dazu bestimmt, ihre Gesten, ihre Bewegungen bis in alle Ewigkeit weiter zu vollführen? Wo gehörte sie hin? Und was geschah mit dem Platz, der Richard gehört hatte und der jetzt leer war? Während sie auf die Public Library an der Fifth Avenue zuging, dachte sie an Ed, der sie vor ein paar Tagen, als sie die Mädchen abholte, zurückgehalten hatte. *Du weißt, dass Richard wollen würde, dass du weiterlebst. Dass du glücklich bist. Du musst dich davon befreien.* Wie sollte sie sich von etwas befreien, das es gar nicht gab? Er hielt sie nicht fest, im Gegenteil. Sie löste sich langsam auf, ihre Substanz verteilte sich schwebenden Molekülen gleich im Raum. Sie brauchte keine Befreiung, sie brauchte etwas, jemanden, der sie zusammenhielt, zusammen*presste*, und ihr eine Form zurückgab.

Vor der Bibliothek saßen Leute auf Stühlen, Touristen mit Rucksäcken, Zeitungsleser. Sie stieg die Stufen hinauf. An der Tür wurde sie von einem Wachmann in Uniform aufgehalten, der streng auf ihre Tasche deutete. Sie hielt sie ihm hin, und seine weiß behandschuhten Finger huschten darin herum. Der Anblick ließ sie an Euterzitzen denken, und sofort kam ihr der Gedanke lächerlich vor. Er winkte sie vorbei, und sie betrat die majestätische, auf dicken Säulen ruhende Eingangshalle. Ohne Ziel stieg sie die marmorne Treppe in den ersten Stock hinauf. Außer ihr hielt sich kaum jemand in den Gängen auf, und sie fühlte sich in dem mächtigen Gebäude klein wie im Innern einer Kathedrale. Die Welt blieb schallgedämpft draußen, nur das leise Klappern ihrer Sandalenabsätze hallte von den Mauern wider.

Durch eine offene Tür sah sie im Vorbeigehen ein paar Leute an den Tischen arbeiten. In einem abgelegenen Gang stieß sie auf eine kleine Ausstellung von Zeichnungen, deren Stil ihr bekannt vorkam. Vor dem Hintergrund des in den Fluten versinkenden Manhattan trieb eine Familie auf einem Hausdach. Es regnete in Strömen, und nur die Fackel der Freiheitsstatue ragte noch aus dem Wasser. Auf einem anderen Bild waren die identischen Häuser einer Vorortsiedlung nebeneinander aufgereiht, auf jedes war in exakt derselben Position ein vom Sturm abgeknickter Straßenbaum gefallen. Auch die Bäume sahen alle gleich aus. Lange blieb sie vor der letzten Zeichnung stehen; sie zeigte einen leeren Raum, in dem jemand den Fußboden frisch gestrichen hatte und dabei in die letzte Ecke vorgedrungen war. Jetzt standen dort ein verlassener Eimer und Pinsel, der Maler war nirgends zu sehen, und da er keine Fußspuren hinterlassen hatte musste er sich aufgelöst haben. Plötzlich hatte sie das Gefühl, die Bilder hätten auf sie gewartet, um ihr etwas mitzuteilen. Aufmerksam ging sie von einem zum anderen, studierte erneut die versinkende Skyline, erkannte das hingestrichelte Empire State Building, unberührt von der Flut, die es umspülte. Bevor sie nach New Jersey gezogen waren, hatten sie hier gelebt, Tom wohnte immer noch in Manhattan und auch Phoebe. Sie dachte an Ed, der jeden Tag in die Stadt fuhr, und an Claire, die ihn abends regelmäßig zu überreden versuchte, sich einen anderen Arbeitsplatz zu suchen, am liebsten in ihrer Nähe. Sie starrte auf die Zeichnungen, und das Gefühl der Komplizenschaft verschwand; sie verstand den Zusammenhang, die Pointe, nicht mehr.

«Sind sie nicht wunderbar?», sagte eine alte Frau neben ihr und lächelte. «So voller Delikatesse. Nicht diese Holzhammerwitze, nicht wahr?»

Amy nickte stumm und machte eine unbestimmte Geste, von der sie hoffte, sie würde als Antwort genügen. Am Ende des Ganges sah sie ein Toilettenschild, im Spiegel des Waschraumes schaute sie in ihr müdes, mit winzigen Schweißperlen bedecktes Gesicht und hatte plötzlich eine genaue Vorstellung davon, wie sie mit siebzig aussehen würde. Sie dachte an ihre Mutter, die versprochen hatte, nur zweimal in der Woche anzurufen, es aber nicht abwarten konnte und jeden Tag einen anderen Grund fand, die Vereinbarung zu umgehen. Sie telefonierte immer länger mit den Mädchen, fragte sie, ob sie den neuesten Kinderfilm im Kino gesehen hatten, was sie sich zum Geburtstag wünschten, zu Weihnachten, für die Zeit während der Sommerferien. *Die Sommerferien* … Das kalte Wasser in ihrem Gesicht beruhigte sie ein wenig, doch die Hartnäckigkeit, mit der ihre Gedanken die Richtung wechselten, abbogen, umkehrten, wieder abbogen, erschöpfte sie.

Sie floh aus der Bibliothek ins Freie. Im Bryant Park dösten Menschen, ein Penner schlief in der Sonne. Das Karussell war in Betrieb, und ein junges, skandinavisch aussehendes Touristenpaar winkte seinen beiden vorbeirauschenden Kindern zu. Das ältere, ein etwa vierjähriges Mädchen, saß in einem Kutschenwagen, lachte und hielt seinen kleinen Bruder im Arm, dessen Gesicht unentschlossen zwischen Lachen und Weinen verzogen war. *So formbar*, dachte sie. Sie setzte sich auf eine Bank in der Nähe und sah ihnen zu. Waren die Mörder als Kinder Karussell gefahren? Debbies abweisendes, kleines Gesicht tauchte vor ihr auf, und ihr kam der Gedanke, sie könne sich geirrt haben. Vielleicht stand von Anfang an fest, was aus ihnen werden würde. Vielleicht erlag sie nur einer Illusion, wenn sie glaubte, sie habe Einfluss auf ihre Kinder, ihre Wohlgeratenheit, ihr *Gut*sein. *Aber ich weiß, dass man etwas tun kann!*, lehnte sie sich innerlich auf. Hatte sie nicht wie alle Eltern die Pflicht, aus kleinen, unschuldigen Barbaren zivilisierte Geschöpfe zu machen?

Es war später Nachmittag, als sie sich vor dem Haus ihres Bruders am Tompkins Square Park wiederfand. Sie streifte die Sandalen ab und rieb ihre von der Hitze geschwollenen, schmerzenden Füße. Sie wusste nicht, wie lange sie gelaufen war. Gegenüber am Parkrand wummerte aus der Stereoanlage eines Kleinbusses Hip-Hop-Musik. An dem Bus lehnten zwei junge Typen und ein Mädchen; sie waren höchstens zwanzig. Einer der Jungen stützte sich auf ein Skateboard, das Mädchen trug einen Ring im Nasenflügel und eine Tätowierung auf dem Oberarm. Der zweite Junge hatte ein rotes Tuch um den Kopf geschlungen, er war schlaksig und bewegte sich ruckartig, so als müsste er erst noch lernen, seine zu schnell gewachsenen Glieder zu beherrschen.

Traurige Sehnsucht erfüllte sie plötzlich angesichts dieser Zurschaustellung von Jugend. Ihr war, als wäre sie mit diesem ziehenden Schmerz unterhalb des Zwerchfells nackt den Augen der Welt ausgesetzt. Über die Straße hinweg spürte sie die Schwingungen der Musik, langsam bewegte sie sich zu dem herausfordernden Singsang, wiegte trotzig ihren Oberkörper, ihre Hüften. Der Junge mit dem Tuch schaute zu ihr herüber und nickte lachend unausgesetzt mit dem Kopf, als wäre er stoned. Vielleicht war er es. Sie dachte an das letzte Mal, als sie gekifft hatte. Es war an Eds Geburtstag vor beinahe einem Jahr gewesen. Einer seiner Freunde hatte ihm als Partygeschenk ein paar Joints mitgebracht, und alle außer Claire hatten geraucht. Sie selber war ganz schön high gewesen, und dann hatte Jeff Landers irgendwann die Frauen Richtung Pool geschoben und hatte angefangen, sich das Hemd auszuziehen: *Los, wir gehen schwimmen.* Sie hatte sich verdrückt, keine Lust gehabt auf schwüle Sexspiele im Pool ihrer Nachbarn. *Ich vertrag's nicht,* hatte Claire gesagt, und es war nicht ganz klar gewesen, was sie meinte, das Gras oder die Idee, sich vor ihren Freunden auszuziehen und unter Wasser befingern zu lassen, und Richard hatte sie angestoßen, spielerisch, *glaub ich nicht*, und auch bei ihm war sie nicht sicher; dieser kurze Augenblick, jetzt war er plötzlich ganz nah. Ob er Claire attraktiv gefunden hatte? Sie war hübsch, dunkelhaarig, *apart*.

Sie wand sich in den Hüften, bewegte sich im Rhythmus, ihre Augen waren geschlossen, sie drehte den Kopf zur Seite. Der Sänger feuerte die Worte hart und aggressiv zwischen die pumpenden Bässe; es tat ihr gut. Richard hatte zwei Züge genommen, und ihm war schlecht geworden. Sie hatte es nicht glauben können. Diesem gesunden, stabilen Mann, schlecht von einem lächerlichen Joint! Die Party war für sie beide vorbei gewesen, bevor die ersten ihren BH abgelegt hatten. Zu Hause hatte er die ganze

Nacht gestöhnt und sich übergeben. In den Pausen hatte sie ihm Eiswürfel auf die Stirn gelegt, und sie hatten gelacht.

Sie öffnete die Augen. Der Junge mit dem Tuch machte ein paar verrückte Tanzbewegungen, das Mädchen kicherte, lehnte sich durch das offene Fenster in den Wagen und drehte die Anlage weiter auf. Der Junge blickte zu Amy hinüber und legte sich noch mehr ins Zeug. Neben ihr hatte sich die Haustür geöffnet. Ein hübsches Mädchen mit Kopfhörern und einem kurzen Kleid, das kaum über ihren Hintern reichte, kam heraus und ging versunken an ihr vorbei die Straße hinab. Sie bemerkte, wie die Blicke der beiden Jungen ihr folgten, und ließ ihre kleinen Hinterbacken auf und ab hüpfen. Aus der Richtung des Mädchens sah Amy Tom auf sich zukommen. Er trug einen Anzug und passte nicht in die jugendliche Szene. Sie selbst war nur vier Jahre jünger als er. Kein großer Unterschied.

«Amykin», sagte er besorgt, als er vor ihr stand. «Was ist los? Wo sind die Kinder?»

Sie gab ihren Hüften einen anzüglichen Schwung.

«Findest du es unpassend, wenn ich vor deiner Haustür tanze?»

Er legte ihr den Arm um die Schultern, sie drehte sich weg. Der Blick des Jungen ruhte auf ihnen, und plötzlich fühlte sie sich alt.

«Ich habe bei einem Pakistani oder Inder oder Afghanen, oder was immer er war, einen Hot Dog gekauft, und ich konnte ihm nicht in die Augen schauen. Ich weiß, dass er wusste, was ich gedacht habe. Ich habe mich so geschämt. Ich sehe diese Leute und frage mich, was sie *denken*! Und Debbie hasst mich. Sie wiegelt Sophie gegen mich auf. Dann kommt sie trotzdem nachts zu mir ins Bett und klammert sich im Schlaf an mir fest. Am nächsten Morgen hat sie es vergessen und ist unausstehlich. Er fehlt ihr so. Ich weiß nicht, was ich machen soll, Tom, sie hat so viel Zorn in sich!»

Sie dachte an den Kürbis und den Zorn, den sie selber damals gespürt hatte, lodernd und eisig zugleich.

«Komm rein», sagte Tom. Er zog sie am Arm. Sie ließ es geschehen, sank aber nach ein paar Schritten auf die Stufe vor dem Eingang.

«Nein, lass uns hier sitzen bleiben. Bitte. Ich will Menschen, Tumult. Ich kann den Anblick der Bäume zu Hause nicht aushalten. Alles, was ich einmal geliebt habe, ist mir unerträglich. Im Haus fühle ich mich eingesperrt; es nimmt mir die Luft!»

Der Junge fuhr ratternd den Bürgersteig auf und ab, schwang sein Skateboard auf die Bordsteinkante, schlitterte darauf entlang, hielt sich im Gleichgewicht und landete dann, ohne das Board zu verlieren, auf der Straße. Tom saß neben ihr, die Tasche mit seinem Laptop stand wie ein Fremdkörper in dieser Szenerie, schwarz inmitten bunter Gegenstände, die wie Requisiten ein Bühnenbild belebten: das bemalte Skateboard mit seinen hellgrünen Rädern, das rote Tuch des Jungen, die knallig lackierten Fingernägel des Mädchens, die rosafarbenen Blüten der Sträucher im Park. Auch Tom war ein Fremdkörper. Vor Jahren hatte er bei einem alten Freund aus Collegezeiten ein Zimmer gemietet, dann war der Freund weggezogen, Tom hatte Phoebe kennen gelernt, und sie hatten die Wohnung übernommen. Sie lag im dritten Stock mit zwei Zimmern zum Park. Eines der Fenster ging auf eine Feuerleiter hinaus. Amy stellte sich vor, wie es wäre, am Sonntagmorgen, statt mit den Kindern in der Küche Waffeln zu backen, im Pyjama auf der Feuertreppe zu sitzen, Kaffee zu trinken und dem Treiben im East Village zuzusehen. Sie könnte das Haus verkaufen. Nach der Hypothek müsste was übrig bleiben. Sie hatten auch noch die Lebensversicherung, aber dann?

«Ich habe seit Ewigkeiten nicht mehr gearbeitet», sagte sie in eine unbestimmte Richtung. «Ich habe das Gefühl, jeden Tag etwas anderes zu verlernen. Keine Ahnung, ob ich da rausgehen könnte.»

Sie machte eine vage, umfassende Geste, die den Park, die Häuser und eine unsichtbare Welt der Arbeit einschloss. Tom zog ein

Stück Schokolade aus seiner Laptop-Tasche. Er riss das Papier auf, brach den Riegel auseinander und gab ihr die Hälfte. Abwesend spielte sie mit den Riemchen ihrer Sandalen. Gleich nach dem College hatte sie keinen großen Ehrgeiz mehr gezeigt. Sie hatte als Vertreterin für pharmazeutische Artikel angefangen und später mit einer Freundin einen Catering-Service aufgemacht, der ganz ordentlich gelaufen war. Richard war in der Zwischenzeit in seiner Börsenfirma nach oben geklettert. Sie war schwanger geworden, und nach Debbies Geburt hatten sie es sich leisten können, dass sie zu Hause blieb. Ihren Anteil an der Catering-Firma hatte sie an die Freundin verkauft. Es war ihr immer leicht gefallen, mit Menschen umzugehen, aber jetzt fühlte sie sich, als stecke ein Pfropfen in ihr.

«Es heißt immer, mit der Zeit wird alles besser. Das stimmt nicht», sagte sie bitter, «nichts wird besser.»

«Du musst Geduld haben», beschwichtigte Tom sie sanft.

«Ach ja?» Sie kratzte sich am Schienbein. «Ich würde gern in diese Kneipe gehen», erklärte sie plötzlich.

Sein Ausdruck wurde schlagartig wachsam.

«Warum?»

«Ich muss Claire anrufen», sagte sie, ohne auf ihn zu reagieren. «Kannst du mir dein Telefon geben?»

Er zog es aus seiner Anzugtasche. Ihres lag im Auto, am Bahnhof, und klingelte bestimmt ununterbrochen. Claire, die Kinder, ihre Mutter, sie alle riefen an, und sie war nicht erreichbar. Es gab ihr ein Gefühl unerlaubter Freiheit. Claire meldete sich.

«Ich bin's. Können die Mädchen heute Nacht bei euch schlafen? Was? Es ist sehr laut … Ich bin am Tompkins Square Park, die Bäume sind hier mindestens eine Woche weiter als bei uns. Merkwürdig, oder? Dabei sind wir gar nicht weit weg. Wahrscheinlich die Abgase, die wärmen alles auf, sogar die Pflanzen wachsen schneller. Möchtest du mit Tom sprechen? Er sitzt neben mir.»

Sie gab, ohne die Antwort abzuwarten, das Telefon an ihn weiter. Er nahm es mit einer langsamen Bewegung.

«Hi, Claire.»

Er schwieg und nickte in paar Mal bedächtig mit dem Kopf. Amy beobachtete die drei auf der anderen Straßenseite, die jetzt Rauchringe in die Luft bliesen. Sie inhalierten und lehnten sich dann nach vorn, als wollten sie ausspucken, aber nur der Rauch kam aus ihrem Mund. Das Mädchen konnte es am besten.

«Okay», hörte sie Tom sagen. «Danke. Ja, ich pass auf sie auf.»

«Das brauchst du nicht», sagte sie ärgerlich, als er das Telefon ausschaltete.

Sie griff nach ihren Schuhen und ging barfuß die Straße hinunter, die Sandalen schlenkerten an ihrer Hand. Ihre hohe, schlanke Gestalt wiegte sich biegsam zur Musik, die in unverminderter Lautstärke den Park und die Häuser beschallte. Er nahm seinen Laptop und lief ihr nach.

«Lass mich wenigstens meine Tasche in die Wohnung bringen.»

Sie blieb mit trotzig verschränkten Armen stehen. Als er zurückkam, lehnte sie neben dem Jungen mit dem roten Tuch am Bus und rauchte. In ihrer ärmellosen, weißen Bluse und den wadenlangen Jeans sah sie sehr jung aus. Im weichen Sonnenuntergangslicht nahm ihre Haut die Farbe von Ahornsirup an. Nur ihr Haar brachte eine interessante Unruhe in ihre Erscheinung.

«Das ist Noah», sagte sie. «Noah, das ist mein Bruder Tom.»

Die Herausforderung in ihrem Ton verwirrte ihn, er nickte dem Jungen zu. Der Junge nahm einen Zug aus seiner Zigarette und stieß kleine Rauchringe aus.

«Hi, Noah. Also?», wandte sich Tom an Amy.

«Danke für die Zigarette», sagte sie und löste sich vom Bus.

«Klar», sagte Noah, ohne eine Miene zu verziehen. Das Mädchen und der andere Junge lehnten am Zaun und sahen ihnen nach, als sie die Straße hinuntergingen.

In der Kneipe an der Third Avenue herrschte Feierabendbetrieb. Die Tür stand weit offen, das frühsommerliche Abendlicht fiel herein und vergoldete einen Teil des düsteren Inneren. Auf allen vier Bildschirmen lief ein Baseballspiel, aus den Lautsprechern dröhnte Rockmusik. Der Tresen war umlagert von Männern, manche in Anzügen, andere in Jeans und T-Shirt. Auch einige Frauen waren darunter. Amy studierte die Szene mit wissenschaftlichem Interesse.

«Ist er direkt von der Arbeit hergegangen, oder war er zuerst bei dir?»

«Mal so, mal so. Was willst du trinken?», schrie Tom gegen den Lärm.

«Ein Bier. Die Sorte, die er bestellt hat.»

Er zögerte einen Moment, dann drängte er sich durch die Menge zum Tresen. Ihr Blick folgte ihm; wie viel schmaler er war als Richard! Neben ihr lachte eine Frau in einer Gruppe aus drei Männern um die vierzig schrill auf.

«Ich glaub's einfach nicht», kreischte sie. «Unmöglich!»

Ein Dicker in einem weißen Hemd hatte Schweißflecken auf dem Rücken; sein Jackett lag über dem Barhocker. Er brüllte etwas Unverständliches, und wieder kreischte die Frau mit gespielter Begeisterung. Über der Gruppe hing ein Bildschirm: Die Yankees spielten gegen die White Sox. Baseball war einmal ihr Lieblingssport gewesen, sie hatte alle Ergebnisse gewusst, alle Spieler gekannt. Richard hatte oft damit angegeben, dass seine Frau mehr von Baseball verstand als er selber.

Tom kam mit dem Bier zurück.

«Bass Ale», schrie er. «Prost.»

Er gab ihr ein Glas und streckte ihr seines entgegen. Sie stießen an und tranken, erst jetzt merkte sie, wie durstig sie war. Mit einem kollektiven Aufschrei wurde ein Homerun der Yankees bejubelt.

«So war es also», sagte sie emotionslos in den kurzen Aufruhr.

Schweigend standen sie nebeneinander, Tom betrachtete den Schaum seines Bieres.

«Hat er manchmal Kollegen mitgebracht? Oder ist er allein gekommen?», fragte sie in sachlichem Verhörton.

«Ich weiß es nicht, ich war nicht immer dabei. Ich habe manchmal was mit ihm getrunken, aber – hast du überhaupt was gegessen?», fragte er ablenkend.

Sie reagierte nicht.

«Hey, Tom! Lange nicht gesehen!»

Ein Mann von etwa Mitte dreißig schlug ihm von hinten auf die Schulter und erhob sein Glas zur Begrüßung.

«Ah, Mark! Hi!»

Tom schaute sich ruckartig um. Er suchte den Raum ab nach weiteren Überraschungen.

«Ein alter Freund», sagte er und wich ihrem Blick aus. «Mark, das ist Amy, meine Schwester.»

Mark lächelte einen Moment zu lang. Dann streckte er sich, als hätte ihn jemand aufgefordert, sich gerade hinzustellen.

«Hi, Amy. Nett, Sie kennen zu lernen.»

«Kommen Sie oft hierher?», fragte sie ohne Umschweife. Eine angenehme Schwerfälligkeit kündigte sich in ihren Gliedern an. Sie hatte das Bier auf leeren Magen inzwischen beinahe ausgetrunken.

Tom schaute zu Boden, besann sich dann aber anders und wollte sich einmischen, als Mark ihm zuvorkam.

«Kaum. Ich gehe selten in Kneipen.»

«Und was machen Sie dann? Mit irgendwas müssen Sie sich doch die Zeit vertreiben.»

«Manchmal geh ich ins Stadion. Alles Mögliche. Spielt keine große Rolle.»

«Oh, da irren Sie sich. Alles spielt eine Rolle. Besonders, was man zum Vergnügen tut.»

Tom zerrte sein Telefon aus der Jackentasche.

«Ich muss Phoebe anrufen, bin gleich wieder da.»

Durch die Menge drängte er sich nach draußen. Mark und Amy standen nebeneinander wie zwei Hunde, die man an denselben Laternenpfahl gebunden hat.

«Kommen Sie von der Arbeit?», fragte Amy.

Ihre Zunge ließ sich schwer bewegen, ihr wurde plötzlich bewusst, dass auch Sprechen Muskelarbeit war.

«Manchmal», antwortete er ausweichend. Er machte eine Bewegung mit der Schulter. «Ich wohne hier in der Gegend.»

«Haben Sie Nackenschmerzen? Sie arbeiten sicher am Computer, so wie Sie mit der Schulter rollen.»

Er sagte nichts.

«Mein Mann hatte Nackenschmerzen. Er ist ab und zu mit Tom hier gewesen. Vielleicht haben Sie ihn sogar getroffen.»

«Vielleicht», sagte er vage. «Möchten Sie noch etwas trinken? Ich könnte Ihnen was holen.»

«Bass Ale», sagte sie.

Erleichtert ging er los. Sie betrachtete die Leute um sich herum. Die Frauen im Raum sahen sich alle merkwürdig ähnlich, sowohl die Zwanzigjährigen, die mit Gleichaltrigen herumhingen, als auch die zwischen dreißig und vierzig, die direkt von der Arbeit kamen. Sie legten sich zu sehr ins Zeug, warfen die Köpfe beim Lachen zu weit zurück, beugten sich den Männern zu weit entgegen und bemühten sich die ganze Zeit, hinter der Maske des guten, geschlechtsneutralen Kneipenkumpels die männliche Begierde nach ihrer Weiblichkeit zu erregen. Unter den Arbeitsuniformen dieser Büroangestellten lauerte lüsterne Bereitschaft. War *F* in dieser Kneipe gewesen? Konnte er sie hier getroffen haben. *Sie*?

Mark balancierte zwei volle Biergläser über die Köpfe einer Gruppe, die den Raum vor dem Tresen verstopfte. Er hielt ihr das Glas hin.

«Worauf wollen wir anstoßen?»

«Auf nichts. Nein, warten Sie. Auf diesen Abend!»

Sie hob ihr Glas und prostete Mark zu. Neben ihm tauchte Tom auf. Amy wischte sich den Schaum vom Mund und setzte das halb leere Glas ab.

«Was ist mit Phoebe?», fragte sie.

«Sie kommt her. Wir sollten was essen gehen …»

Schnell wandte sie sich Mark zu.

«Kommen Sie mit?»

Er sah Hilfe suchend zu Tom.

«Wir würden uns freuen. Oder, Tom?»

Wieder klang Herausforderung mit. Tom breitete in gespielter Ratlosigkeit die Arme aus, sie wandte sich ab und redete auf Mark ein.

«Haben Sie ein Auto? Wenn Sie ein Auto haben, könnten wir ein bisschen herumfahren. Es ist ein guter Abend dafür. Was meinen Sie?»

Mark schaute an ihr vorbei, als stünde die Antwort an der gegenüberliegenden Wand. Dann lächelte er.

«Wenn Sie gerne möchten … es ist ein schöner Abend.»

«Manche Abende eignen sich besser als andere», sagte Tom.

«Wo steht Ihr Wagen?», fragte sie, ohne auf ihn zu achten.

«Ein paar Blocks weiter nördlich. Nicht weit.»

«Gut, dann gehen wir doch. Eine schreckliche Kneipe», sagte sie, während sie nach ihrem Bier angelte. Sie stürzte den Rest hinunter und drückte Tom das leere Glas in die Hand, bevor sie sich leicht schwankend zu den Toiletten durchkämpfte.

Als sie zurückkam, war Tom verschwunden. Schlagartig löste ihre angriffslustige Unternehmungswut sich in Wohlgefallen auf. Schüchtern näherte sie sich Mark, der seinen Platz nicht verlassen hatte.

«Wo ist mein Bruder?»

«Draußen. Seine Frau hat angerufen. Wollen Sie immer noch spazieren fahren?»

In seinem Gesicht stand Zweifel. Sie holte Luft, es war wie beim Boxen, man musste vorbereitet sein und Disziplin bewahren.

«Ja.»

Tom stand vor der Tür und telefonierte.

«Warte», rief er, als er Amy entdeckte, und ließ das Telefon sinken. Sein Ausdruck war sorgenvoll. «Phoebe braucht länger.»

«Wir können doch schon losfahren», sagte Amy. «Wir rufen an und sagen Bescheid, wo wir sind.»

Bevor er etwas erwidern konnte, setzte sie sich in Bewegung. Mark warf Tom schulterzuckend einen Blick zu und folgte ihr. Schweigend gingen sie nebeneinander die Third Avenue hinauf. Nach drei Blocks zeigte er auf einen Toyota. Er hielt ihr die Tür auf; als er neben ihr auf den Fahrersitz sank, wurde ihr bewusst, dass sie das erste Mal seit Richards Tod allein neben einem Mann im Auto saß. Mit aller Kraft unterdrückte sie den Impuls, die Tür wieder aufzureißen und hinauszuspringen.

«Wohin möchten Sie?», fragte er.

«Einfach irgendwohin.»

Er fuhr bis zur nächsten Ampel, bog nach rechts ab und fädelte sich, als sie den East River erreichten, auf dem FDR Highway ein. Auf der anderen Seite des Flusses funkelten Queens und Brooklyn in der Dämmerung. Sie fuhren in südlicher Richtung, linker Hand sah sie die lichterbesprenkelten Stahlkonstruktionen der Manhattan und der Brooklyn Bridge auf sich zukommen.

«Fahren Sie bitte nicht ganz runter», bat sie plötzlich. «Lassen Sie uns über die Brücke fahren.»

Er nahm die Brooklyn Bridge, und sie schwebten über den Fluss, rechts wurde das Wasser breiter zur Mündung, floss zwischen Brooklyn und Staten Island ins Meer. In schnellem Rhythmus flogen die Brückenstreben an ihr vorbei, solides, tragfähiges Metall. Vor ihnen rückten die Hochhäuser von Downtown Brooklyn näher, der Himmel über ihnen war rauchblau, kaum

Dunst. Sie ließ den Arm aus dem Fenster hängen, die Luft war immer noch warm. Im Seitenspiegel sah sie Manhattan hinter sich wegkippen. Sie fühlte seinen Blick von der Seite und wandte den Kopf ab.

«Eine bestimmte Gegend?», fragte er leichthin.

Sie schüttelte den Kopf. «Einfach fahren.»

Gleich am Ende der Brücke bog er auf den Brooklyn Queens Expressway in westlicher Richtung. Rechts, jenseits des East River, leuchteten die Wolkenkratzer an der Südspitze Manhattans vor dem jetzt dunklen Himmel. Ein Ausflugsboot pflügte durch die glitzernden, sich kräuselnden Wellen. An der Atlantic Avenue verließ er den Expressway, bog in eine parallel zu den Piers verlaufende Straße und hielt neben einem mit Containern vollgestellten Gelände. Aus seiner Hemdtasche zog er eine Zigarettenschachtel, schüttelte den Inhalt nach vorn und bot ihr eine an. Als er ihr Feuer gab, sah sie den Ring an seinem Finger. Sie sog den Rauch ein, öffnete die Wagentür und stieg aus. Langsam ging sie Richtung Wasser, ein paar Container verstellten den Blick, dann lag die erleuchtete Südspitze Manhattans vor ihr. Sie hielt dem Anblick stand, links die baumbestandenen Ufer von Governor's Island, gegenüber die amputierte Stadtsilhouette. Im Hintergrund schlug die Autotür, einen Augenblick später stand er neben ihr.

«Seit wann kennen Sie meinen Bruder?»

Der Rauch seiner Zigarette wehte an ihr vorbei. In die Stille hinein drang das elektronische Fiepen einer Maschine, die irgendwo zwischen den Containern herumfuhr, ein Geräusch, als riefe sie zaghaft um Hilfe.

«Seit ein paar Jahren. Wir haben mal zusammen in derselben Firma gearbeitet. Er hat von Ihnen erzählt.»

Sie ließ den Zigarettenstummel zu Boden fallen und trat ihn aus. Er spielte mit einem kleinen Stein vor seinen Füßen und kickte ihn fort.

«Es muss schön sein, wenn man eine so eng verbundene Familie hat», sagte Mark vorsichtig.

Sie antwortete nicht.

«Wirke ich kalt auf Sie?», fragte sie unvermittelt.

Überrascht sah er sie an. Sie hatte das gleiche Gefühl wie schon im Auto – als habe sein Blick ein reales Gewicht und lastete schwer auf ihrer Haut.

«Warum fragen Sie das?»

«Weil Sie mich nicht kennen. Sie sind neutral. Leute, die mich kennen, sagen, ich sei kühl geworden. Und wenn sie es nicht sagen, dann weiß ich zumindest, dass sie es denken.»

«Und? Sind Sie kalt?»

Sie antwortete nicht und schaute zu Boden, ihr Fuß fand einen Stein und kickte ihn seinem hinterher. Das Geräusch keckerte einsam durch die von leisem Wasserrauschen untermalte Stille.

«Wir sollten was essen. Hier in der Gegend gibt es ein paar interessante neue Lokale.»

«Ich will in kein neues Lokal», sagte sie scharf. «Ich möchte lieber fahren», fügte sie etwas sanfter hinzu.

«Kann ich noch eine Zigarette haben?», bat sie, als sie im Auto saßen.

Er fuhr weiter, sie waren allein auf der Straße, nur einmal kam ihnen ein Wagen entgegen. Hin und wieder glänzte an einer geputzten Fassade ein frisches Restaurantschild, dann wurde die Gegend schäbiger, sie ließen verwahrloste Wohnhäuser hinter sich, bis die Straße nur noch von Lagergebäuden begrenzt wurde. Asphaltstücke ragten aus dem geborstenen Pflaster, der aufgerissene Boden weckte in ihr Assoziationen an Bilder von Erdbebengebieten, aus dem Bürgersteig wuchs in hohen Büscheln Unkraut. Der Anblick der vernachlässigten Umgebung übte eine befreiende Wirkung auf sie aus. Mit der Entspannung kam die Übelkeit, sie hatte nur Bier im Magen, und die Zigaretten machten sie schwindelig.

«Bitte halten Sie an», sagte sie, und er fuhr rechts an den Bordstein.

Sie riss die Tür auf und übergab sich in eine zu einem Busch geschwollene Unkrautinsel. Die Tür des gegenüberliegenden Lagerhauses war mit Sperrholz vernagelt, der Boden vor ihr mit Glasscherben übersät. Mark stieg aus, blieb aber diskret auf seiner Seite des Wagens.

«Ist es jetzt besser?»

Langsam richtete sie sich auf, Schweiß stand ihr auf der Stirn, sie fühlte sich erschöpft.

«Wo sind wir hier?»

«Red Hook. Die Gegend mit Zukunft.» Er lächelte.

«Ich glaube, ich brauche wirklich was in den Magen.» Sie stieg wieder ein. «Tut mir Leid. Jetzt stinke ich auch noch.»

Er reichte ihr ein paar Kleenextücher, mit denen sie sich übers Gesicht wischte.

«Macht nichts. Passt doch zum Ambiente.»

Sie lachte schwach. «Wo wohnen Sie eigentlich?»

«Bei einer Freundin in der dreizehnten Straße. Meine Frau hat mich rausgeschmissen, bis auf weiteres kann ich da bleiben.»

«Warum?»

«Sie mich rausgeschmissen hat? Sie hat einen Typen kennen gelernt, der sich Bildhauer nennt. Ein Künstler! In Wirklichkeit macht er nur Möbel. Sie hat ihn auf einer Party aufgegabelt und beschlossen, dass er die Liebe ihres Lebens ist – ein prätentiöses Arschloch mit einem Loft in Tribeca. Er baut Zigarrenkisten für reiche Typen, die eingeschmuggelte Havannas rauchen. Natürlich keine einfachen Kisten, sondern Humidors. Er hat sich sogar umgetauft in Salvador Diaz und macht auf Kubanisch. Dabei ist er Ire und heißt wahrscheinlich Malachy Moynahan oder so. Und auf so was fällt sie rein!»

Er lachte, aber es klang bitter, und seine Hände umkrampften das Lenkrad. An einer Straßenecke tauchte eine Kneipe auf, über und über mit bunten Lichterketten und allem möglichen Firlefanz dekoriert.

«Wir könnten da reingehen», sagte sie schnell.

Irritiert bremste er, der Wagen holperte in ein Schlagloch.

«Sieht nicht gerade einladend aus.»

«Ich möchte mich nur kurz waschen.»

«Also gut. Ich hoffe nur, der Wagen ist nicht aufgebrochen, wenn wir wiederkommen.»

Verwundert registrierte sie seine Ängstlichkeit. Was kam es schon auf ein blödes Auto an! Beim Aussteigen trat sie mit ihrer Sandale in einen Asphaltriss und brach sich den kleinen Absatz ab. Auch gut. Vielleicht *war* das ja die Nacht der Demolierungen.

Von außen leuchtete die Kneipe hell, innen war sie ein schmales, finsteres Loch mit einem endlos langen Tresen. Sie humpelte auf das Neonschild zu, das über der Tür zur Toilette hing. Drinnen brauchte sie eine Weile, bis sie den Schalter fand; im Licht einer nackten Glühbirne wusch sie sich und spülte den Mund aus. Der Papierhandtuchspender war leer, sie trocknete sich das Gesicht mit Klopapier ab und überprüfte das Resultat im Spiegel. Es war besser als erwartet. Immerhin sah sie sich nicht mehr als Siebzigjährige, sondern erkannte das feinknochige Gesicht, an dessen Anblick sie gewöhnt war. Dieselben Sommersprossen, dieselbe glatte, hohe Stirn. Nur die Augen, die sie kühl aus dem Spiegel heraus taxierten, waren die Augen einer Fremden. Mit einem Mal konnte sie sich nicht mehr erinnern, was sie am Morgen getan hatte. Sie musste die Kinder geweckt und zur Schule gebracht haben. Anschließend … was war anschließend geschehen? War sie gleich zum Bahnhof gefahren? Sie fühlte eine weitere Übelkeitswelle aufsteigen und erbrach sich erneut. Von draußen drang jetzt der Lärm einer elektrischen Gitarre herein. Noch einmal spritzte sie sich Wasser ins Gesicht. Die Beine zitterten ihr, als sie die Tür öffnete. Mark stand am Tresen und sah sie kommen. Sofort stürzte er ihr entgegen.

«Setzen Sie sich. Sie sehen ja furchtbar aus!»

Er drückte sie vor einem klebrigen Holztisch auf einen Stuhl.

«Danke», sagte sie ironisch.

Hinter dem Tresen hing ein Plakat mit dem Foto einer bekannten Rockgruppe an der Wand, aber der Name fiel ihr nicht ein. Auf der Bühne am Ende des schlauchartigen Raumes stand ein Gitarrist, der unverständliche Texte in ein Mikrophon sang, zu seinen Füßen saß hechelnd und mit angelegten Ohren, die Augen halb geschlossen, ein großer Mischlingshund. Der Gitarrist kämpfte mit sich steigernder Inbrunst um die Aufmerksamkeit der wenigen Kneipenbesucher, die ihm pflichtschuldig gelegentlich die Köpfe zuwandten und sich gleichzeitig weiter unterhielten.

«Bleiben Sie da sitzen», befahl Mark und ging zurück zum Tresen. Nach kurzer Zeit kehrte er mit einer Schale Tortillachips zurück.

«Hier, essen Sie. Was anderes haben die nicht. Sie müssen was in den Magen bekommen.»

«Salzstangen und Cola.» Sie verzog amüsiert den Mund und nahm einen Chip.

Er sah sie verständnislos an.

«Das gibt man Kindern, wenn sie's mit dem Magen haben. Ich hab das von meiner Mutter, und so mach ich es mit meinen Töchtern auch.»

Warum erzählte sie ihm das? Was interessierten ihn die Hausmittel der Familie? Ihr fiel plötzlich ein, dass sie nicht mit Claire verabredet hatte, wer die Kinder am Morgen zur Schule fahren würde.

«Ich muss nach Hause», sagte sie und stand unvermittelt auf.

Mark drückte sie zurück auf ihren Sitz.

«Halt, nicht so schnell. Erst müssen Sie wieder auf den Damm kommen.»

«Ich muss nach Hause», wiederholte sie hartnäckig, dann sackten ihre Schultern nach vorn, ihre Arme fielen schlaff in ihren Schoß, und sie starrte auf ihre Hände.

«Glauben Sie, dass man das lernen kann? Nichts zu empfinden?»

Er schwieg. Sie riss plötzlich den Kopf hoch und sah ihm mit zornig funkelnden Augen direkt ins Gesicht.

«Dieser Blödsinn, dass man taub wird! Man wird nicht gefühllos. Man wird so empfindlich, dass man ununterbrochen schreien könnte!»

Der Gitarrist massakrierte jetzt einen Dylan-Song, *Just Like a Woman*; sein Hund hatte sich mit geschlossenen Augen vor ihm zusammengerollt. Mark beugte sich ihr entgegen und formte die Worte langsam und überdeutlich, als spräche er zu einer Schwerhörigen oder einem Kind.

«Ich habe Ihren Mann gekannt. Tom hat ihn ein paar Mal mitgebracht, wir haben was zusammen getrunken und ein Yankees-Spiel angeschaut. Er war ein netter Kerl.»

Sie nahm sich Zeit und betrachtete ihn eingehend, studierte sein Gesicht, das lockige, braune Haar, die etwas zu eng beieinander stehenden Augen, den vollen Mund. Etwas an ihm erinnerte sie an ein Pferd.

«Hat Tom Sie angerufen? Hat er Ihnen gesagt, dass wir auf dem Weg in die Kneipe waren?»

Er richtete sich auf, beinahe wirkte er empört.

«Sie irren sich. Amy …»

Sie sah sich selber, wie sie mit dem Jungen vor dem Haus rauchte, während Tom seinen Laptop in die Wohnung hochbrachte. Noah hatte ihren Arm berührt und sie nach ihrem Namen gefragt. Sie musterte Mark ohne besondere Regung. *Ein netter Kerl.*

«Vielleicht sollte ich Sie besser nach Hause fahren», sagte er unsicher und machte Anstalten aufzustehen.

Sie rührte sich nicht.

«Hat er Ihnen gesagt, dass er nicht weiß, was er mit seiner Schwester anfangen soll?»

Er sank zurück auf seinen Stuhl.

«Gehen wir. Sie haben eben selbst gesagt …»

Abrupt stand sie auf. Der Hund auf der Bühne hob seinen Kopf und verfolgte misstrauisch ihre Bewegungen.

«Wo kriege ich hier ein Taxi?», fragte sie die Frau hinter dem Tresen.

«Hier kommen keine vorbei. Ich kann einen Fahrdienst anrufen. Dauert ungefähr zwanzig Minuten.»

«Danke, ich brauche es aber jetzt.»

Die Barfrau zuckte bedauernd die Schultern und wandte sich ab.

Der Platz vor der Kneipe lag verlassen, auf der gegenüberliegenden Straßenseite erhob sich dunkel ein vernageltes Lagerhaus. Die Neonlampen und Lichterketten erleuchteten die Straßenecke wie eine Insel in einer Trümmerlandschaft. Von drinnen konnte Amy den Hund bellen hören. Dann stand Mark neben ihr.

«Bitte, gehen Sie. Suchen Sie sich jemand anders, dem Sie Lebenshilfe leisten können.»

Auf ihrem kaputten Absatz humpelte sie die Straße in die Richtung hinunter, aus der sie gekommen waren. Sie hatte keine Ahnung, wie spät es war und wie lange es dauern würde, bis sie in eine Gegend käme, in der Taxen fuhren. Hinter sich hörte sie Marks Schritte. Vielleicht würde sein Auto ja tatsächlich aufgebrochen. Schadenfreude stieg in ihr auf. Aus der Ferne sah sie Scheinwerfer auf sich zukommen, und instinktiv hob sie den Arm. Die Lichter kamen näher; ein Krankenwagen. Er verlangsamte die Fahrt, der Beifahrer, ein junger Mann mit dem runden Gesicht eines Schuljungen, ließ das Fenster herunter.

«Hi, was ist los?»

«Können Sie mich mitnehmen?»

Der kindlich wirkende Unfallarzt warf einen prüfenden Blick zu Mark, der im Hintergrund stehen geblieben war.

«Wo wollen Sie hin?»

«Nur zu einem Taxi», sagte sie bittend.

«Steigen Sie ein.»

Die Tür schwang auf, er streckte die Hand aus und zog sie hinein. Um ihr Platz zu machen, rückte er näher zum Fahrer. Sie schlug die Tür zu und sah im Seitenspiegel Marks besorgtes Gesicht als weißen Fleck in der Dunkelheit zurückbleiben. Auf der Henry Street fuhr ein leeres Taxi vorbei, und der Fahrer des Krankenwagens betätigte kurz die Sirene. Der Unfallarzt reichte ihr die Hand und half ihr beim Aussteigen.

«Danke», sagte Amy.

«Schon okay», grinste er. «Kommen Sie gut nach Hause.»

Im Wegfahren ließen sie grüßend das Rotlicht aufflackern.

Das Taxi überquerte die Brooklyn Bridge nach Manhattan und setzte sie an der Pennsylvania Station ab. Frierend wartete sie auf den ersten Zug. An einem Stand mit Backwaren kaufte sie sich Kaffee und einen Rosinen-Bagel. Als sie ihr Portemonnaie öffnete, sah sie hinter den Geldscheinen den Zettel. Sie nahm ihn heraus, entfaltete ihn und las ihn ein letztes Mal, dann riss sie ihn in kleine Fetzen und warf ihn in einen Papierkorb. Kurz nach dem Umsteigen in Secaucus fiel sie in unruhigen Schlaf, aus dem sie mehrmals aufschreckte. Bei der Ankunft zitterte sie vor Kälte; sie schlang die Arme um den Körper und ging schnell zu ihrem Wagen, der unverändert dort stand, wo sie ihn am Tag zuvor geparkt hatte. Die Uhr auf dem Armaturenbrett zeigte 6:35, bei eingeschalteter Heizung wartete sie, bis ihr wärmer geworden war. Zu Hause duschte sie, zog frische Sachen an und fuhr dann zu Claire, um die Kinder für die Schule abzuholen. Claire sah übernächtigt aus. Sie sagte nichts und umarmte sie fest. Amy blieb steif in ihren Armen, obwohl sie das überwältigende Bedürfnis verspürte, sich einfach fallen zu lassen. Durch die Öffnung zur Küche sah sie

Ed, der in Boxershorts und T-Shirt am Arbeitstresen stand und Orangenhälften auf den Entsafter presste.

Debbie stolzierte ohne ein Wort an ihr vorbei zum Wagen und setzte sich auf den Rücksitz, während Sophie auf dem ganzen Weg zur Schule unausgesetzt plapperte. Nachdem sie die Kinder abgeliefert hatte, fuhr sie nach Hause, legte sich angezogen aufs Bett und versuchte zu weinen.

neun

The Secret Life of Patagonian Penguins grüßte es vom Umschlag des Buches auf ihrem Schreibtisch, als Nora am frühen Abend in ihre Wohnung zurückkehrte. Nachdenklich blätterte sie durch die Seiten, als prüfe sie den Inhalt, dann startete sie ihren Computer und wartete, bis das Dokument mit der angefangenen Übersetzung auf dem Bildschirm erschien. Sie machte sich Sorgen. Seit dem späten Vormittag hatte sie in der Nähe des Hauses in New Jersey gewartet, aber von Amy war lange nichts zu sehen gewesen. Erst gegen drei Uhr nachmittags war sie schließlich herausgekommen, erschöpft und blass, mit geschwollenen Augen, als habe sie geweint. Obwohl es Dienstag war, hatte sie ihren Besuch im Fitnesszentrum ausfallen lassen und lediglich die Kinder von der Schule abgeholt. Anschließend waren sie ohne Umwege nach Hause zurückgekehrt. Die Unterbrechung ihrer gewohnten Regelmäßigkeit ließ Nora um Amys Heilungsprozess bangen.

Lustlos suchte sie im Buch nach der Stelle, an der sie die Arbeit unterbrochen hatte, und begann zu lesen; versuchsweise tippte sie ein paar Sätze, verwarf sie wieder, tippte erneut, verbesserte – langsam fand sie einen Rhythmus. Erst das Klingeln des Telefons riss sie aus ihrer Konzentration. Erschrocken sah sie auf die Uhr: Es war bereits nach Mitternacht. Seitdem klar war, dass Melanie Bescheid wusste, fürchtete sie, sie könnte irgendwann bei ihr anrufen und sie anflehen, Steven in Ruhe zu lassen. *Ich habe zu viele schlechte Filme gesehen,* dachte sie verärgert. Mit klopfendem Herzen nahm sie den Hörer ab.

«Norra?»

Die Stimme war männlich und jung und sprach ihren Namen

mit einem runden, rollenden R. Sie hasste die amerikanische Sitte, sich am Telefon nicht vorzustellen und darüber hinaus den Angerufenen auch noch vertraulich beim Vornamen zu nennen.

«Wer ist da?», fragte sie misstrauisch.

Sie lauschte auf die Hintergrundgeräusche am anderen Ende. Stimmen? Musik?

«*Norra,* ja? Ich rufe wegen Waltraut an», sagte die Stimme in holprigem, akzentuiertem Englisch.

Sie brauchte einen Augenblick, um die Mitteilung zu verarbeiten.

«Norra? Sind Sie da?»

«Ja.»

«Oh … Olá!»

Er schien überrascht, dass sie antwortete, ein Anflug ungläubiger Freude schwang mit. Dann veränderte sich seine Tonlage.

«Senhora Waltraut geht es schlecht. Sie wird vielleicht sterben.»

Beinahe empfand sie Respekt vor so viel Hartnäckigkeit. Sie fragte sich, was als Nächstes kam, wer vor ihrer Tür stehen oder sie zu nachtschlafender Zeit anrufen würde. Er hatte das Wort *sterben* benutzt, was unfair war, denn ein Wort wie *sterben* ließ sich nicht ignorieren. Sie nahm an, dass er darauf baute.

«Wer sind Sie überhaupt?»

Ein Rumpeln, statisches Rauschen. Dann Stimmen, lautes Quietschen. Autoreifen?

«Ach ja …» Als wäre ihm gerade ein unwichtiges Detail eingefallen. «Mein Name ist Miguel. Ich rufe aus Portugal an.»

Ein Portugiese, natürlich. Sein Akzent war kehliger als der gewohnte Latino-Singsang, der sie täglich umgab. Sie versuchte, sich vorzustellen, wie er aussah. Sie kannte keine jungen Portugiesen, an deren Beispiel sie sich orientieren konnte. Außer Antonio Banderas, und der war Spanier und nicht mehr jung.

«Ich arbeite für *Santa Casa da Misericordia.* Wir kümmern uns um alte und arme Leute», fuhr er fort. «Auch Deutsche.»

Arme Deutsche! Algarve. Beinahe hätte sie losgelacht. *Armes Deutschland!* Woher stammte eigentlich dieser blödsinnige Ausdruck? Es klang wie: *Armer Hund. Arme Waltraut!*

«Können Sie kommen?»

Später, lange nachdem sie aufgelegt hatte, zog sie eine Jacke an und verließ das Haus. Sie ging die Amsterdam Avenue hinauf. Die Straßen waren leer, hin und wieder fuhr ein Taxi von der Nachtschicht nach Hause, es roch nach feuchtem Asphalt und an den Häuserecken nach Hundepisse. Direkt über ihr zog ein Flugzeug in niedriger Höhe durch den schwarzen Himmel, die Einflugschneise nach La Guardia war längst wieder geöffnet. Die Lichter an beiden Seiten der Tragflächen blinkten, und die metallen glänzende Unterseite der Maschine wirkte verwundbar, sie erinnerte sie an die weißen Bäuche der Pinguine auf dem Umschlagfoto des Buches auf ihrem Schreibtisch.

In Portugal war es jetzt Morgen. Vielleicht machte sich Miguel gerade zu ihrer Mutter auf, zu ihrer Wohnung in dem Apartmenthaus am Strand von Armação de Pêra. Dreimal in der Woche, hatte er gesagt, ging er zu ihr, machte Einkäufe, Behördengänge, kümmerte sich um die Wäsche, manchmal kochte er auch. Sie litt seit einiger Zeit an einem Emphysem, vor ein paar Tagen hatte sich ihr Zustand verschlechtert, man musste mit dem Schlimmsten rechnen. Sie malte es sich aus: Waltraut, alt, in einem schwarzen oder violetten Paillettenanzug, mit rot lackierten Fingernägeln und blond gefärbtem Haar, und ein portugiesischer Junge vom katholischen Sozialdienst … Sie lachte. Ausgerechnet! Man konnte Waltraut einiges vorwerfen, aber bestimmt keine übertriebene Frömmigkeit. *Du musst den Pfaffen das Geld ja nicht noch frei Haus liefern!*, hatte sie, kaum war die Beerdigung vorbei gewesen, gelästert und sie gedrängt, aus der Kirche auszutreten. Ob Miguel mit ihr betete? Die Vorstellung amüsierte sie, und sie kicherte erneut.

Es begann zu nieseln. Obwohl es tagsüber beinahe schon heiß wurde, kühlte es nachts noch erheblich ab. In Portugal war es sicher auch während der Nacht schon wärmer, wahrscheinlich sogar sommerlich. Ein einsamer Bus, in dem ein einzelner Mann saß, fuhr mit dem wischenden Geräusch von Reifen auf nassem Asphalt an ihr vorbei. Erst als sie vor dem Diner in Harlem stand, in dem David früher fast täglich gegessen hatte, fiel ihr auf, wie weit sie gelaufen war. Es war kurz nach vier Uhr morgens. Das kleine Restaurant hatte vierundzwanzig Stunden lang geöffnet.

Sie merkte, dass sie hungrig war, setzte sich an das lange Ende des L-förmigen Tresens und bestellte Rühreier und Pfannkuchen. Ein junges Mädchen mit kupferfarbener Haut in eng anliegenden Jeans und einem rosafarbenen, weit ausgeschnittenen T-Shirt schenkte ihr wortlos einen Becher Kaffee ein. Durch die offene Tür zur Küche beobachtete sie eine dicke Schwarze, die sich, ein Haarnetz über den Kopf gezogen, schwerfällig zwischen Töpfen und Pfannen bewegte. Versunken schlürfte Nora an ihrem Kaffee und wärmte ihre Hände am Becher. Die Schwarze kam aus der Küche, stellte die Pfannkuchen und Eier ab und nickte ihr zu.

«Hi, Honey. Wo ist dein Mann? Schickt er dich jetzt alleine los?»

«Ja», sagte sie der Einfachheit halber und spürte die Leere auf dem Platz neben sich.

Die Dicke lachte breit und watschelte zurück. Nora träufelte Sirup auf einen Pfannkuchen. Ein älterer, hagerer Schwarzer in abgetragenen Siebziger-Jahre-Klamotten betrat mit wiegenden Schritten das Diner; mit ihm wehte kühle Nachtluft herein. Tänzelnd bewegte er sich zu der altersschwachen Musikbox und warf ein paar Münzen ein. Das Mädchen begrüßte ihn mit einem Lächeln und Kopfnicken, und er bestellte Eier und Grits. *«Stand!»*, befahl es aus der Box in die behäbige Frühstücksstille. *«In the end you'll still be you. One that's done all the things you set out to do.»* In all den Jahren, in denen sie unzählige Male mit David hier gesessen hatte, war das Musikprogramm dasselbe geblieben, sie kannte die Titel auswendig. Sie fragte sich, ob er seine Wohnung behalten oder ob er bald ganz zu Sharon ziehen würde. Vielleicht wollte er sich ja sogar irgendwann scheiden lassen.

«Stand!»

Der Schwarze klatschte laut in die Hände und schob sich am kurzen Ende des Tresens auf einen Barhocker. Aus seiner Jackentasche zog er eine zerknitterte Zeitungsseite, legte sie vor sich auf die Theke und strich sie glatt.

«Stand!», sang sie und klatschte leicht auf den Tresen. *«For the things you know are right! It's the truth that the truth makes them so uptight!»*

Miguel hatte überzeugend geklungen, dennoch hatte sie Zweifel. Ob Waltraut wirklich krank war? Was war das überhaupt, ein Emphysem? Sie musste sich erkundigen. Der Schwarze blickte von seiner Zeitung auf und schaute zu ihr herüber. Seine langen, schlanken Hände trommelten im Rhythmus auf den Tresenrand, er legte den Kopf schief und grinste sie lauernd an. Sie tat ihm den Gefallen und wartete auf ihren Einsatz.

«Stand! There's a midget standing tall. And the giant beside him about to fall.»

«Yeah», schrie er lachend. «Nicht schlecht, Lady.»

Sie hob lächelnd die Schultern und ließ sie wieder fallen. Sie konnte versuchen, den Namen von Waltrauts Arzt herauszufinden. Einen Arzt musste sie schließlich haben. Irgendjemanden, der ihr die Wahrheit sagte. Und dann? *Dir wird schon was einfallen.* Sie hörte David, seinen unerbittlichen Optimismus. Hätte er ihr Zaudern verstanden? Als sie ihn kennen lernte, hatte sie ihm kaum etwas von sich erzählt. Sie wollte nicht an die Vergangenheit erinnert werden und schämte sich zugleich, dass sie immer noch Ängste hatte, aber nicht darüber sprechen konnte. Irgendwann war der richtige Zeitpunkt versäumt, und als sie es endlich doch tat, war er von ihrer Geschichte nicht zu überzeugen. Immer hatte etwas zwischen ihnen gefehlt. Vielleicht musste man Ohnmacht erlebt haben, um sie zu begreifen, dachte sie. Das Herzklopfen, den Angstschweiß und die Hitze des Zorns. Auf das erinnernde Bewusstsein war nur bedingt Verlass, aber der Körper speicherte seine Empfindungen, er vergaß nicht. Und wenn ein Körper das nie erlebt hatte? Was konnte sie dann von seinem Bewohner erwarten? Vor kurzem erst hatte sie sich wieder mit Steven gestritten, die Harmonie zwischen ihnen war nur von kurzer Dauer gewesen.

«Natürlich haben wir nach Pearl Harbor Japaner interniert! Natürlich hat McCarthy Unzählige auf dem Gewissen! Natürlich ist das, was jetzt geschieht, schrecklich, und die meisten wissen das auch, aber verstehst du denn nicht?», hatte er gerufen und seine Landsleute verteidigt. «Es betrifft sie nicht! Was *diese Fanatiker* getan haben, macht sie wütend, und sie wollen sich dagegen wehren! Was zählen für die Leute ein paar Unschuldige in einem Lager in Kuba?»

«*Wo gehobelt wird, fallen Späne*», hatte sie auf Deutsch gesagt.

«Was?»

«Was zählt es für dich?»

«Ich bin Staatsanwalt, kein Menschenrechtsaktivist.»

«Dann wünsche ich dir Glück, solltest du jemals vor Gericht stehen und von einem Staatsanwalt wie dir beurteilt werden!»

«Different strokes for different folks», sang Slys Chor. Der Schwarze schaukelte im Rhythmus, grinste breit zu ihr herüber und trommelte immer noch auf den Tresen. Sie grinste zurück.

«I-hi… am everyday people», schmetterten sie gemeinsam. Sie sah die dicke Schwarze in der Küche lachen und das Fleisch an ihren Oberarmen zittern.

Langsam füllte sich das Diner. Die meisten, die hereinkamen, waren Schwarze oder Latinos, nur ein einziges weißes, junges Pärchen, verliebt und übernächtigt. *«It's a family affair»,* tönte jetzt Sly aus der Musikbox. Die Musikauswahl ihres Gesangspartners amüsierte sie in Anbetracht ihrer Lage. Sie blickte zu ihm hinüber, er verabschiedete sich von ihr mit einem Kopfnicken und machte einen tänzelnden Abgang. Sie war inzwischen satt, aber sie blieb sitzen, trank Kaffee und hörte durch das Geplauder der lauter werdenden Stimmen den Botschaften aus der Musikbox zu, die er für sie hinterlassen hatte:

«Mom loves the both of them,
You see it's in the blood.
Both kids are good to mama,
Blood's thicker than mud …»

Gegen sieben wurde sie schlagartig so müde, dass sie sich kaum noch aufrecht halten konnte. Sie legte Geld auf den Tresen und stolperte auf die Straße. Es hatte aufgehört zu regnen, schwaches Sonnenlicht brach durch die graue Wolkendecke.

Proud to be an American, verkündete das Schild an der Trennscheibe des Taxis, an dessen Steuer ein Sikh in einem weißen Turban saß. Irgendwo in Arizona oder Texas war ein Sikh an einer Tankstelle erschossen worden. Zu seiner Verteidigung hatte der Täter angegeben, dass er ihn für einen Araber gehalten hatte. *Mitgefangen, mitgehangen.*

«I-hi … am everyday people», sang sie leise, um auf andere Gedanken zu kommen.

…

Amy saß am frühen Abend auf den Stufen der Veranda hinter dem Haus und blickte versunken auf die sich im aufkommenden Wind wiegenden Äste der Bäume. Die Luft war schwül, ein Gewitter braute sich zusammen. Von drinnen drangen die Geräusche des Fernsehers, die Mädchen schauten sich mit Billy und Samantha ein Video an. *Es würde dir gut tun,* hatte ihre Mutter am

Telefon gesagt. *Und die Kinder wären in vertrauter Umgebung.* Sie schenkte sich Wein nach. Das Ferienhaus ihrer Familie lag in Virginia, nicht weit vom Strand, und in den letzten Jahren hatte sie sich zuerst mit Debbie und später mit beiden Kindern während der Sommermonate dort einquartiert. Richard war für die Dauer seines Urlaubs dazugekommen, den Rest der Zeit hatte sie allein mit ihrer Mutter und den Mädchen verbracht. Hin und wieder waren Tom und Phoebe oder Andrea und Walter zu einem Kurzbesuch angereist, ansonsten war die Zeit in wunderbarer, unaufgeregter Gleichförmigkeit dahingeflossen. Lange, hitzeträge Sommertage, erfüllt von Kinderlachen und dem Geräusch der Wellen. In den gemeinsamen Nächten mit Richard hatten sich ihre nackten, sonnendurchglühten Körper gefunden, noch jetzt erinnerte sie sich an den Salzgeschmack seiner Haut.

Sie streckte die Beine aus, in den kurzen Shorts leuchtete das Weiß ihrer Schenkel in der Dämmerung. *Mädchenbeine*, dachte sie, ihre knochigen Knie betrachtend. Abwesend schlug sie nach einer Mücke, die sich auf ihrem Oberschenkel niedergelassen hatte; als sie die Hand wegnahm, verwischte sie einen winzigen Blutfleck. Vielleicht sollte sie den Kindern vom Vorschlag ihrer Mutter erzählen. Vielleicht würden sie ohne ihren Vater gar nicht fahren wollen. Vielleicht ... Seit ihrer Nacht in der Stadt hatte sie das Gefühl, dass jedes Mal, wenn sie Debbie ansah, Richard zurückblickte. Prüfend, beinahe vorwurfsvoll. Hatte sie sich etwas vorzuwerfen? Hatte sie ihn verraten, ihn im Stich gelassen?

Von drinnen erklang Protestgeschrei. Sie stand auf und betrat durch die Verandatür das Haus. Ed stand im Wohnzimmer und redete auf Billy und Samantha ein.

«Biiiitte, Dad!»

Ein Chor hoher, weinerlicher Kinderstimmen bettelte um Verlängerung.

«Hi, Ed.»

Ertappt fuhr er zu ihr herum.

«Oh, hi, Amy. Entschuldige, ich wusste nicht … Ich wollte die Kinder abholen.»

Warum war er so nervös? Sie lächelte ihn an und hielt ihm die Weinflasche entgegen.

«Möchtest du?»

Er zögerte, die Kinder sahen ihre Chance und brachen in triumphierendes Gekreische aus. In gespielter Resignation hob er die Hände.

«Hast du vielleicht ein Bier?»

Sie nahm eine Dose aus dem Kühlschrank und reichte sie ihm. Er ließ den Verschluss beim Öffnen zischen, folgte ihr nach draußen und sank neben ihr auf die Verandastufen.

«Mein erstes seit einer Woche.»

Sie zog die Augenbrauen hoch, er zuckte verlegen die Schultern.

«Claire hat eine nichtalkoholische Phase, und angeblich hilft es ihr, wenn ich mitmache. Sie hat sich in den Kopf gesetzt zu entschlacken oder so was, sie nennt es innere Reinigung.» Er lachte trocken. «Jedenfalls ist kein Bier im Haus.»

Amy nahm einen Schluck Wein, verlagerte ihr Gewicht und stützte sich auf die Ellbogen.

«Im Keller sind noch ein paar Paletten von Richards letztem Großeinkauf. Du könntest rüberkommen und heimlich trinken», schlug sie vor.

Es war ein Versuch, ihn aufzumuntern, aber plötzlich fand sie Gefallen an der Vorstellung, mit Ed vor Claire sorgfältig verborgene Trinkgelage abzuhalten.

«Glaubst du, dass du ihn gut gekannt hast?», fragte sie unvermittelt und sah mit zurückgelegtem Kopf in den sich langsam verdunkelnden Himmel. Er antwortete nicht, und als er endlich sprach, klang seine Stimme düster.

«Bisher habe ich es geglaubt. Aber seit er …» Er stockte und schwieg.

Sie verstand ihn auch so. Wie oft hatte sie so gesessen und ihn vor sich gesehen, so nah, als könne sie ihn anfassen! Und wie oft hatte sie sich getäuscht gefunden. Dasselbe Gesicht, derselbe Körper, doch sobald sie die Hand nach ihm ausstreckte, griff sie ins Leere. Er entglitt ihr. Es gab Tage, an denen sie nicht *ununterbrochen* an ihn dachte.

«Vorgestern war ich im Supermarkt, und auf dem Parkplatz sammelte ein Mann Getränkedosen in eine Mülltüte. Er trug Richards Hemd und Hose. Verstehst du? Nicht einfach die gleichen Sachen, sondern *seine* Kleider.»

Während er die Müllkörbe durchwühlte, hatte sie in einem Moment glasklarer Wachheit darauf gewartet, der Heftigkeit des Schocks entsprechend zu reagieren, von Trauer übermannt oder ohnmächtig zu werden. Aber was war geschehen? Sie reagierte *überhaupt nicht*. Das war der eigentliche Schrecken gewesen: in diesem ratlosen Körper zu stecken, der einfach nicht wusste, was er tun sollte. Erst als sie zu Hause angekommen war, hatten ihre Knie plötzlich zu zittern begonnen, sie war aufs Klo gerannt, und dann war es vorbei gewesen.

Sie hörte Ed neben sich atmen, während sie dem Rauschen der Baumwipfel lauschte.

«Weißt du, ob er irgendetwas vorhatte? Pläne, von denen er dir vielleicht erzählt hat?», fragte sie zaghaft.

Sofort wünschte sie, sie hätte nichts gesagt. Mit einem Mal kam sie sich plump vor, als wäre sie im Begriff, ihn zu täuschen.

«Pläne?», fragte Ed schläfrig. «Er hat mal was erwähnt, doch, ja. Eine eigene Firma mit einem Partner oder etwas Ähnliches. Nichts Genaues. War vielleicht nur so eine Idee. Eine, von denen man täglich Dutzende hat und sie dann doch nicht ausführt.»

Sie nickte mechanisch.

«Hast du Claire schon einmal betrogen?»

«Ich habe mal daran gedacht», antwortete er nicht im mindesten überrascht, als habe er die Frage erwartet.

Sie blickte zu ihm hinüber. Er lehnte an einer der beiden Säulen, die das Verandadach hielten, sein ein wenig kindliches Gesicht zeigte im Licht der herabhängenden Lampe die ersten Merkmale des beginnenden mittleren Alters. Seine Wangen hingen ein wenig zu weich über dem runden Kiefer, sein Haar wich an den Schläfen zurück, unter den Augen bildeten sich kleine Hautsäckchen. Sie überlegte, wie alt er war. Achtunddreißig? Neununddreißig? Er war zwei oder drei Jahre älter als Richard.

«Ich muss die Kinder nach Hause bringen.» Schwerfällig stand er auf. «Wir müssen da sein, wenn Claire zurückkommt. Sie ist jetzt immer so nervös.»

Er lachte unsicher, sie sah zu ihm auf. Er hatte zugenommen. Als er noch mit Richard Squash gespielt hatte, war er ziemlich gut in Form gewesen.

«Ich würde gerne das Richtige tun», sagte sie ernsthaft. «Kannst du mir sagen, was das Richtige ist?»

Er beugte sich hinunter, streckte die Hand aus und half ihr auf. Sie stand vor ihm und blickte ihm direkt in die Augen, eine Hand lag auf ihrer Schulter, mit der anderen strich er ihr sanft über die Wange. Als er sie an sich zog, ließ sie es geschehen, seine Hand zitterte auf ihrem Rücken, und sie spürte sein Herz gegen ihre Brust klopfen. Sie konnte das sirrende Geräusch einer in der Nähe herumschwirrenden Mücke hören, als er sie küsste. Der Himmel war pechschwarz, und der Wind rauschte in den Blättern der Baume, deren Äste sich unter seiner Kraft bogen. Die ersten Tropfen fielen. Am Himmel zuckte ein Blitz, Donnergrollen folgte.

Er ließ sie los. Verlegen trat er einen Schritt zurück. Sie wandte sich ab und öffnete die Tür zum Wohnzimmer. Den Griff in der Hand, drehte sie sich noch einmal zu ihm um. Im Schein der Verandalampe und des im Hintergrund zuckenden Blitzes sah er plötzlich schmal und verletzlich aus.

…

Die Schlange vor den Sicherheitskontrollen bewegte sich zügig. Zum ersten Mal seit den Anschlägen verließ Nora das Land. Auf eine lange Wartezeit vorbereitet, war sie viel zu früh zum Flughafen gefahren; ihr blieben noch zwei Stunden bis zum Start ihrer Maschine. Sie setzte sich in die Bar der Abflughalle. Draußen über dem Rollfeld verlöschte theatralisch die Sonne und färbte hohe Wolkenschlieren rosarot und indigo. In der Ferne zeigten weiße Kondensstreifen Spuren längst verschwundener Flugzeuge, quollen auf und zerrissen zu wattigen Fetzen, bevor sie vor dem glühenden Himmel verpufften.

Neben ihr wurde deutsch gesprochen. Sie hatte einen Flug über Frankfurt gebucht und beschlossen, auf dem Rückweg ein paar Verlage zu besuchen. Wenigstens konnte sie das Ganze dazu nutzen, etwas fürs Geschäftliche zu tun. Es war mehr als drei Jahre her, seit sie das letzte Mal in Europa gewesen war. Sie dachte zurück an ihre langen Reisen gleich nach der Trennung von Freddy. Erst war sie mit ihrem neuen Freund Hannes unterwegs gewesen, aber schon nach drei Wochen hatten sie sich wieder getrennt. Sie war einfach weitergefahren, nach Frankreich, Italien, Griechenland. Zwischendurch hatte sie in Kneipen und Bars gearbeitet; die paar Sätze, auf die es dabei ankam, waren ihr heute noch in mehreren Sprachen geläufig. Am Ende hatte es sie nach Portugal verschlagen. An der Atlantikküste ging es nicht weiter, Land's End, vor ihr das Meer und hinter ihr Europa. Es war ihr vorgekommen, als säße ihr nicht nur ihre Mutter und die Polizei, sondern das ganze schwere Deutschland immer noch im Nacken. Nach zwei, drei Jahren Nomadisieren war sie endlich in New York gelandet, genau hier, auf diesem Flughafen. In ihrer unnachahmlichen Gleichgültigkeit hatte die Stadt sie wie ein herumflatterndes Blatt aufgenommen, und mit dem Gefühl, endlich nach Hause gefunden zu haben, war sie auf dem großen Haufen all der anderen Blätter niedergesunken. Sie fragte sich, wie ihr Leben verlaufen wäre, hätte Waltraut damals anders gehandelt. Vielleicht würde sie jetzt irgendwo in Deutschland leben, als mehr oder weniger glückliche Ehefrau und Mutter mehr oder weniger wohlgeratener Kinder. Ob sie trotzdem zum Übersetzen gekommen wäre? Oder wenigstens eine Arbeit gefunden hätte, die mit Sprache, Literatur oder ganz allgemein mit Gedrucktem zu tun hatte? Vielleicht hätte sie beschlossen, in der knappen Zeit, die ihr die Kinder und der Ehemann ließen, in der örtlichen Lesehalle auszuhelfen? Als Kind hatte sie sich ständig laut vorgelesen, unterschiedslos Reklameschilder, Verpackungs- oder Zeitungstexte deklamiert und sogar Lieblingswörter in einem kleinen Heft gesammelt. Sie erinnerte sich an ihre erste Eintragung, *Guadeloupe*, ein Wort, irgendwo aufgeschnappt, das sich wie ein warmer, glatter Kieselstein im Mund herumrollen ließ. Das Heftchen hatte sie sorgfältig aufgehoben, und ab und zu holte sie es hervor. Dann betrachtete sie die aufrechte, bemühte Schrift, die einmal ihre gewesen war, und versuchte, sich an das Kind zu erinnern, das diese Worte geschrieben hatte.

Während des Fluges wehrte sich ihr Körper hartnäckig gegen den Schlaf. Sie machte sich Sorgen über mögliche Versäumnisse. Von einem Tag auf den anderen war sie aufgebrochen und hatte niemanden, nicht einmal David, von ihrer Reise informiert. Sogar Steven wusste nicht, wo sie sich aufhielt, und das war vielleicht auch besser so, sie brauchten eine Pause. Viel wichtiger war, was in der Zwischenzeit mit Amy passierte, sie hatte das Gefühl, dass irgendetwas sich zusammenbraute. Grübelnd starrte sie vor sich hin, über der Armlehne des Sitzes vor ihr hing seltsam verdreht eine Hand: bleich, mit dicken Fingern, teigiger Haut und aufgequollenen Adern; wie die Hand eines Toten wurde sie von den sanften Bewegungen der Maschine hin- und hergeschaukelt. Etwas an dieser Hand forderte sie heraus, am liebsten hätte sie sie ihrem Besitzer zurück auf den Schoß gelegt. Sie schloss die Augen und versuchte, an nichts zu denken, aber die Erinnerung an das

Telefonat mit Miguel drängte sich hartnäckig dazwischen. Sie hatte nicht gefragt, er hatte von allein erzählt. Offenbar wusste er, dass sie keine Ahnung von Waltrauts Leben hatte.

Ihre Mutter war seit acht Jahren in Armação und saß dort in einer Wohnung, die ihr ein ehemaliger Bewunderer – vor dem Wort «Liebhaber» war Miguel zurückgeschreckt – ihr geschenkt hatte. Aus seinen vorsichtigen Formulierungen hörte sie heraus, dass der Geliebte ihre Mutter kennen lernte, als sie während eines Kreuzfahrt-Engagements ein paar Tage in Lissabon Station machte, und sie sogleich überredete, bei ihm in der Algarve zu leben. Während Miguel berichtete, hatte Nora sich vorgestellt, wie ein sechzigjähriger, liebestrunkener Portugiese Waltraut von ihrem Schiff entführte und ihr in schillernden Farben und mit großen, südländischen Gesten ein paradiesisches Leben an der Küste ausmalte. Er war Geschäftsmann, nur leider, wie sich zu spät herausstellte, schon verheiratet. Bereits ein Jahr nachdem Waltraut in die Wohnung eingezogen war, starb er an einem Herzinfarkt. In Deutschland war sie inzwischen aus dem Geschäft und bekam keine Engagements mehr. Außer der Wohnung hatte er ihr nichts hinterlassen; das Wenige, was noch übrig war, fiel an seine Witwe. Waltraut lebte von einer winzigen Künstlerrente und irgendwelchen Ersparnissen. Die Details kannte Miguel nicht, aber seit etwa einem Dreivierteljahr ging es ihr sowohl finanziell als auch gesundheitlich so schlecht, dass sie Hilfe beanspruchen musste. Es fiel Nora schwer, all diese Informationen zu verarbeiten, in fünf Minuten hatte sie mehr über das Leben ihrer Mutter erfahren, als sie in über zwanzig Jahren zugelassen hatte. Einen Augenblick lang wünschte sie, sie könnte es rückgängig machen, doch sie hatte sich schließlich entschlossen hinzufahren, und jetzt würde sie es auch durchstehen. Sie war müde und wäre gerne eingeschlafen, aber es dauerte mehr als drei Stunden, bis sie endlich in unruhiges Dösen versank.

Kurz vor der Landung schreckte sie auf, zerschlagen und orientierungslos. Die Rückenlehne vor ihr war hochgestellt und die Hand verschwunden. Ihr Sitznachbar, ein orthodoxer Jude, schaukelte murmelnd seinen Oberkörper in morgendlichem Gebetsritus, vor dem Fenster stand eine graue Wolkendecke. Nur hin und wieder konnte sie Ausschnitte einer von Flüssen durchzogenen Märklinlandschaft erkennen: Rechtecke aus grünen Äckern, rote Ziegeldächer. Ganz gleichgültig, wie groß der Abstand zwischen ihren Besuchen in Deutschland war, die Minuten vor dem Anflug lösten immer wieder Sehnsucht und Schrecken zugleich aus. Als sie die Wolkendecke endgültig hinter sich gelassen hatten, flogen sie bereits zu tief, sie sah nur noch Wald, der den Frankfurter Flughafen umgab, und einen Streifen Autobahn, auf dem die Pendlerautos Richtung Stadt drängten.

Im Strom der übernächtigten Passagiere trieb sie zur Ausweiskontrolle. Noch immer befiel sie angesichts der unnahbaren deutschen Beamtengesichter eine Mischung aus Schuldbewusstsein und Angst, und in instinktiver Abwehr wappnete sie sich gegen ihre prüfenden Blicke. Als sie an der Reihe war, schaute ein schmalgesichtiger Beamter, der ihr sehr jung erschien, lediglich kurz in ihren Pass und winkte sie weiter. Es geschah nicht zum ersten Mal, dass man sich bei der Einreise nicht für sie interessierte, aber selbst nach so langer Zeit misstraute sie der Tatsache, dass sie keine Bedrohung mehr darzustellen schien. Von Gesetzes wegen, dachte sie befremdet, stünde ihr als Bürgerin dieses Staates, die sie während all der Jahre geblieben war, sogar das Recht auf seinen Schutz zu.

Durch lange Gänge machte sie sich auf den Weg zu ihrem Anschlussflug. Vor der Handgepäckkontrolle stand eine ältere Frau in bunter Freizeitkleidung und umarmte einen mit Luftlöchern versehenen Plastikcontainer. Aus seinem Innern erklang das protestierende Miauen einer Katze.

«Zeigen Sie mal», forderte der Sicherheitsbeamte, ein Mann mit asiatischen Gesichtszügen, die Frau auf, die im Begriff war, die Box mitsamt Katze auf das Laufband der Durchleuchtungsschleuse zu stellen. Die Frau zögerte und hielt ihm dann den Container mit dem Tier entgegen.

«Aber nicht essen!», sagte sie warnend.

Nora hielt den Atem an. Der Mann verzog keine Miene und ließ seinen Metalldetektor mehrmals über die Box wandern.

«Wir essen nur Hunde», erwiderte er unbewegt.

Die Frau starrte ihn einen Moment lang verwirrt an, griff dann hastig nach ihrer Katze und floh. Nora biss sich vor unterdrücktem Lachen auf die Lippen; der Mann, der vielleicht von den Philippinen oder aus Sri Lanka stammte, grinste sie an und schüttelte leicht den Kopf, bevor er sie mit einer Handbewegung durch die Sicherheitsschleuse bat.

Auf dem Flug nach Faro saß sie neben einem hübschen, jungen Mädchen, das akribisch seine Fingernägel abkaute. Die Nägelabschnitte legte es ordentlich in den Aschenbecher der Armlehne und betrachtete danach zufrieden sein Werk. Dann lächelte es Nora zu und stöpselte seine Kopfhörer ein. Aus dem leise daraus hervordringenden Sirren der Musik empfing sie deutlich die Mitteilung: *Time is on my side*.

Aus großer Höhe sah Nora das Meer wie Wellblech in der Sonne glänzen. Die Maschine beschrieb eine Kurve, und die felsige Küstenlinie tauchte unter ihr auf. Sie überflogen eine Landschaft aus roter Erde, Gestrüpp und Palmen, aus der vereinzelt weiße Windmühlen herausleuchteten, sanken schneller, und nach einer erneuten Schleife schob sich eine schier endlose Reihe von Apartmenthäusern und Hotelbauten in das Bild. Irgendwo in dieser schmutzig grauen Häuserkette lebte Waltraut. Oder auch nicht. Vielleicht war es ja bereits zu spät? Was würde sie dort unten erwarten?

In der Ankunftshalle hielten die Angestellten der Reiseveranstalter Schilder mit den Namen von Hotels und Pensionen hoch.

Ein etwa fünfundzwanzigjähriger Mann kam auf sie zu, während sie Ausschau haltend neben ihrer Tasche stand.

«Norra?»

Sie erkannte ihn sofort an seiner raspelnden Stimme. Er hatte dunkle Augen und lockiges schwarzes Haar und sah – abgesehen von den dünn rasierten Koteletten, die im Stil der siebziger Jahre entlang seines Unterkiefers breit auseinander liefen – genau so aus, wie sie ihn sich schließlich vorgestellt hatte. Er trug ein am Halsausschnitt eingerissenes, weißes T-Shirt und ausgefranste Jeans. Sie nickte.

«Ich bin Miguel. Wie war die Reise?»

Er sprach deutsch mit einem weichen Sch-Laut und streckte seine gebräunten, sehnigen Arme nach ihrer Tasche aus; sie registrierte seine Zuvorkommenheit.

«Danke, gut. Lang.»

Er warf ihr einen schnellen Blick zu.

«Möchtest du gleich zu deiner Mutter?»

Sie war überrascht, dass er sie duzte. Am Telefon war ihr sein Ton schon vertraulich vorgekommen, aber er hatte englisch gesprochen, und sie hatte angenommen, dass er sie siezen würde. Auf Deutsch wurde seine freundschaftliche Distanzlosigkeit viel deutlicher. Vielleicht wirkte sie auf ihn einfach nicht gesetzt oder alt genug für eine formellere Anrede? Sie fragte sich, was Waltraut ihm über sie erzählt hatte. Was auch immer es war, es sollte ihr gleichgültig sein. Im Grunde gefiel ihr seine geschwisterliche Art.

«Könnten wir zuerst zu einem Hotel fahren?», bat sie. «Ich würde gern duschen.»

«Okay.»

Er setzte sich Richtung Ausgang in Bewegung, sie lief neben ihm her. Auf seltsame Weise wirkte er vertraut, obwohl er genauso gut irgendein hübscher junger Mann sein könnte, der sie auf dem Parkplatz niederschlagen und mit ihrem Gepäck abhauen würde. Sie schüttelte den Kopf. Was war mit ihr los? Als sie aus dem Flughafengebäude ins Freie traten, schlug ihr die staubige Hitze entgegen und löste ein kindliches Feriengefühl und Assoziationen an Sonnenöl und den Geruch verdorrender Algen in ihr aus. Miguel schob seinen Parkschein und Geld in den Automaten, schloss einen mit rotem Staub bedeckten Renault-Kastenwagen auf und hob ihre Tasche hinein. Sie ließ sich auf den heißen Plastikbezug des Beifahrersitzes fallen und sehnte sich plötzlich nach dem lähmenden Glück eines Dämmerschlafes am Strand.

«Möchtest du in ein bestimmtes Hotel?»

«Egal.»

Sollte er entscheiden. Sie schloss die Augen, die Sonne brannte auf die Windschutzscheibe und drang durch die dünne Haut ihrer Lider.

«Okay», sagte er, ließ den Motor an und setzte rückwärts aus der Parklücke. Mit jedem Meter, den sie fuhren, kamen sie Waltraut näher. Worauf würde sie gefasst sein müssen? Abrupt trat er auf die Bremse und sah sie an. Was war los? Hatte sie gestöhnt?

«Alles in Ordnung», behauptete sie entschlossen.

«Okay», sagte er wieder. Er schien nicht viele Worte zur Verfügung zu haben, oder er sprach nicht viel; sie würde sicher Gelegenheit haben, es herauszufinden. Sie konnte natürlich auch Waltraut über ihn ausfragen, die kannte ihn schließlich. Leise lachte sie auf. Wieder warf er ihr einen Blick zu, sagte aber nichts.

Sie kamen an Autoreparaturwerkstätten, Kleinbetrieben und erst teilweise verputzten, trotzdem bereits bewohnten Häusern vorbei, die aussahen, als seien sie mitten im Bau verlassen worden. Die Melancholie dieser Straßenlandschaft war überwältigend. Sie erinnerte sich an andere Orte im Süden, auch dort hatten unvollendete Gebäude, an deren Mauern sich wie zum Trotz staubbedeckte, purpurfarbene Bougainvilleen klammerten, das Bild der Städte und Dörfer bestimmt. Immer hatte über allem eine unbarmherzige Sonne gestanden, die während des Tages die Welt mit gleißender Helligkeit versengte, um sie dann gegen Abend in warmes, tröstendes Gold und eine todessüchtige Traurigkeit zu tauchen. Sie fragte sich, warum ihre Mutter sich ausgerechnet einen solchen Ort zwischen Hysterie und Vergänglichkeit zu ihrer Endstation erkoren hatte.

Miguel schob eine Kassette in den Recorder, Fatboy Slim sang: *«I'm gonna praise you like I should.»* Ihre Hände klopften automatisch den Takt auf ihren Oberschenkeln. Sie hatte das Musikvideo vor ein paar Jahren im Fernsehen gesehen: ein paar hippieähnliche Typen, die in einer Art ironischem Happening vor einem Einkaufszentrum oder so was herumtanzten. Sie betrachtete Miguel von der Seite, der eine gewisse Ähnlichkeit mit diesen Retro-Hippies hatte. Etwa eine Dreiviertelstunde lang fuhren sie schweigend, bis er auf eine Straße einbog, die am Meer entlangführte. Miguel drosselte die Geschwindigkeit und zeigte auf eine Reihe von Hotels.

«Sag mir, welches dir gefällt.»

«Das hier», sagte sie, ohne hinzusehen. Sie fühlte sich ohnehin derart fehl am Platz, dass ihr selbst die Entscheidung für ein bestimmtes Hotel sinnlos erschien. Beim Aussteigen waren ihre Beine steif und vom langen Sitzen geschwollen. Miguel lud den Koffer aus dem Wagen.

«Danke», sagte sie und stand verloren vor dem Hoteleingang herum.

«Soll ich dich abholen?»

Als sie nicht reagierte, berührte er sie am Arm, seine Hand war überraschend kühl.

«Du weißt nicht, wo sie wohnt.»

«Ja», sagte sie, machte aber immer noch keine Anstalten hineinzugehen.

«Um sechs?»

Sie nickte. Sie hatte keine Ahnung, wie spät es war, und dachte daran, dass sie ihre Uhr fünf Stunden vorstellen musste, vergaß es aber sofort wieder. Als sie in ihrem Zimmer mit Meerblick stand, fiel ihr ein, dass sie Miguel ebenso gut nach der Adresse hätte fragen können. Sie war froh, dass sie es nicht getan hatte, so würde sie nicht allein zu Waltraut gehen müssen. Sie ließ sich auf das große Bett fallen, und über dem Versuch, das durch die offene Balkontür dringende Rauschen des Atlantiks vom entfernten Brausen des Verkehrs zu unterscheiden, schlief sie ein.

Vom Klingeln des Telefons wachte sie auf, hinter ihren Schläfen pochte heftiger Kopfschmerz. Ihre Uhr zeigte zwölf Uhr fünfzig, zehn vor sechs, rechnete sie automatisch.

«Ich warte in der Halle», sagte Miguel. «Okay?»

«Okay», sagte sie und war einen Augenblick lang froh, dass er ihr Gesicht nicht sehen konnte.

Kraftlos wälzte sie sich vom Bett, ging ins Badezimmer und drehte die Dusche auf. Die Kacheln waren schmutzig altrosa, in den geborstenen Fugen saß Schimmel. Sie ließ warmes Wasser, das nach Chlor roch, über ihren schmerzenden Kopf laufen, ihr fiel ein, dass sie vergessen hatte, etwas zu essen, bevor sie eingeschlafen war. Gleichzeitig verspürte sie heftiges Verlangen nach Alkohol. Bevor sie sich anzog, nahm sie zwei Kopfschmerztabletten und steckte die Schachtel in ihre Tasche.

Aus dem Fahrstuhl trat ihr ein junges Paar mit einem Kleinkind entgegen, alle drei hatten einen Sonnenbrand, das Kind hing leblos in den Armen seiner erschöpft wirkenden Mutter. Auf dem Weg nach unten betrachtete sie sich im Spiegel der Aufzugkabine. Hatte sie Waltraut jemals ähnlich gesehen? So hieß es jedenfalls damals immer.

«Können wir vorher irgendwo was trinken?», fragte sie, eine Begrüßung überspringend, als sie Miguel in der Halle entdeckte.

Er hob die Brauen. «Es gibt eine Bar auf dem Weg.»

«Okay», sagte sie und ging ohne Umschweife zum Ausgang.

Sie fuhren die Uferstraße entlang bis zu ein paar nebeneinander gelegenen Restaurants. Obwohl die Sommerreisezeit noch nicht begonnen hatte, waren einige voller Touristen. Dazwischen befand sich eine kleine, wie vergessen wirkende Kneipe, vor der überwiegend Portugiesen saßen. Miguel parkte den Renault schwungvoll in eine Lücke zwischen zwei Mopeds ein und stieg aus. Ein junger Mann an einem der Tische, dessen Füße in staubigen Sandalen steckten und auf einem freien Stuhl lagen, hob grüßend die Hand. Er trug Jeans, die an den Knien aufgerissen waren, und ein T-Shirt mit der Aufschrift *Nice to meet you.*

«Olá», grüßte Miguel zurück.

Nora erwiderte den Blick, mit dem Miguels Bekannter sie musterte.

«Das ist João», erklärte Miguel und deutete dann auf sie. «Nora. Ich bringe sie zu ihrer Mutter.»

João warf ihm einen fragenden Blick zu und taxierte sie erneut.

«Waltraut», fügte Miguel hinzu.

«Ah», sagte João und betrachtete sie weiter. Unwillkürlich zupfte sie an ihrer Bluse.

«Setzt euch», sagte João, nahm langsam seine Füße vom Stuhl und schob ihn Nora hin.

«Danke», sagte sie und, mit einer entschuldigenden Geste: «Ich muss was essen.»

Drinnen war es schummerig, es dauerte, bis sie sich an das Dämmerlicht gewöhnt hatte. Ein paar Portugiesen standen trinkend und redend herum, ausschließlich Männer. Hinter einer Glasvitrine waren verschiedene kleine Speisen ausgestellt, der Mann hinterm Tresen nickte ihr zu, und sie zeigte auf drei Gerichte. Er reichte ihr den gefüllten Teller, und sie bestellte Weißwein. Dann zog sie sich an einen der kleinen Tische zurück. Ein leises Pochen bereitete sie auf eine Rückkehr des Kopfschmerzes vor. Sie zwang sich, ein paar Bissen zu essen, ihr Magen flatterte nervös, am liebsten wäre sie aus der Kneipe geflohen, zum Flughafen und weg von hier. Vielleicht sollte sie ihren Besuch wenigstens auf den nächsten Tag verschieben? Durch die geöffnete

Kneipentür konnte sie Miguel neben João sitzen sehen. Sie lachten. Auch Miguel hatte seine Füße auf einen Stuhl gestellt. Sie musste furchtlos sein. Furchtlos.

«Du kannst mich jetzt zu ihr bringen», sagte sie und schwankte zwischen Übermüdung und Entschlossenheit. Sie war so plötzlich neben Miguel aufgetaucht, dass er leicht zusammenzuckte. João lächelte ihr zu, mit einem Blick, von dem sie nicht sagen konnte, ob er kalt oder warm war. Er rauchte und bewegte sich dabei mit geschmeidiger Lässigkeit.

«Es ist nicht weit», sagte Miguel, als sie im Auto saßen. Im Wegfahren sah Nora João im Licht der Kneipe sitzen. Die Nacht kam hier schnell. Inzwischen war es vollkommen dunkel.

Sie fuhren etwa zehn Minuten am Ufer entlang und bogen dann in eine Seitenstraße, die zu einem Häuserkomplex führte. Ein paar schwache Lampen beleuchteten die Ansammlung zehnstöckiger Gebäude, die sich wie die Zement gewordene Verzweiflung hinter dem verlassenen Parkplatz erhoben.

«Sie wohnt im achten Stock. Apartment 8 G.»

Nora blieb sitzen und starrte mit im Schoß gefalteten Händen durch die Windschutzscheibe auf einen unbestimmten Punkt.

«Die Pflegerin wird da sein, eine Nachbarin. Clara wird dir öffnen.»

Sie rührte sich immer noch nicht. Sie fühlte sich dem, was sie erwartete, nicht gewachsen, und doch zog sie seit Miguels Anruf etwas zu Waltraut hin, ließ sie nicht los.

«Ich weiß nicht, ob ich das kann», sagte sie mit flacher Stimme.

Er reichte über sie hinweg und öffnete ihre Wagentür.

«Okay.» Er legte seine Hand auf die ihre. «Ich komme mit.»

Er zog seine Schlüssel aus der Hosentasche. Die Luft roch süß nach Jasmin, als sie auf die Haustür zugingen. In einem graffitibeschmierten Fahrstuhl fuhren sie in die achte Etage. Auf dem Schild neben der Wohnungstür las sie ihren eigenen Namen, Elsner. Waltraut hatte ihn nach der Scheidung offenbar behalten.

Eine etwa fünfzigjährige Frau öffnete auf Miguels kurzes Klingeln. Sie wechselten auf Portugiesisch ein paar Worte miteinander, dann reichte sie Nora die Hand und ging durch den im Dunkel liegenden, schmalen Flur voran ins einzige Zimmer.

Sie hatte versucht, sich den Moment vorzustellen, aber auf den Anblick, der sich ihr bot, war sie nicht vorbereitet. Ihr erster Gedanke war: *Sie ist es nicht, sie ist viel zu klein.* Sie lag im Bett, das Kopfende war hochgestellt, die Nachttischlampe brannte, und das Fernsehgerät warf unruhig flackerndes Licht. Neben dem Bett stand auf drei Beinen ein Sauerstoffgerät, von dem ein geteilter Schlauch in die Nasenlöcher führte, das Ganze wurde von zwei Bügeln, ähnlich einer Brille, hinter ihren Ohren festgehalten. Clara beugte sich hinunter und murmelte etwas mit eindringlicher, leiser Stimme. Die Gestalt im Bett rührte sich nicht, nur ihr Brustkorb hob und senkte sich in kurzen Abständen. Die Frau strich mit einer hilflosen Geste über die Decke.

«Vem cá», sagte sie, «komm, komm», und winkte Nora, die ein paar Schritte entfernt stehen geblieben war, ungeduldig zu sich heran.

Sie trat näher und blieb am Fußende des Bettes stehen. Die Person zwischen den Kissen war winzig. Das Gesicht war eingefallen und vor Anstrengung verzerrt, die Augenlider hingen halb geschlossen herab. Auf der straffen, wie von Pergament überzogenen Stirn klebte eine dünne blonde Haarsträhne, die am Ansatz grau schimmerte. Sie hat sich die Haare tatsächlich gefärbt, dachte Nora. Vom Flur hörte sie leise Stimmen, dann das Öffnen und Schließen der Wohnungstür. Sie trat noch einen Schritt näher. Waltrauts Hände lagen auf der Decke, sie erkannte den breiten, goldenen Ring mit dem großen Türkis, den ihre Mutter stets getragen hatte und der jetzt lose auf ihrem Mittelfinger saß. Erschrocken trat sie zurück. Sie starrte auf die magere Gestalt, die sich unter der Decke abzeichnete, und langsam wich der Schock des Begreifens einem zaghaften, leidenschaftslosen Interesse.

«Hallo, Waltraut», sagte sie, und trat näher ans Kopfende. Der Klang ihrer Stimme schien ihr dünn und kraftlos, und sie wünschte, es wäre nicht so. Plötzlich hoben sich Waltrauts Lider, und ihr Blick bohrte sich aus trüben, aber immer noch sehr blauen Augen in den ihren.

«Sie muss trinken», sagte Miguel aus dem Hintergrund und deutete auf ein Glas Wasser, das auf dem Nachttisch neben einer Reihe Medikamentendosen stand. Nora nahm es folgsam und stockte in der Bewegung. *Ich kann sie nicht anfassen,* dachte sie.

«Du musst ihr helfen. So.»

Miguel trat ans Bett, stützte Waltraut mit einer Hand an den Schultern und stopfte mit der anderen ein zweites Kissen hinter ihren Kopf. Fordernd streckte er die Hand aus, Nora reichte ihm das Glas. Waltrauts weit geöffnete Augen blieben auf Nora gerichtet, während er ihr den Strohhalm zwischen die Lippen schob und aus ihrem Mundwinkel Wasser über ihr Kinn den Hals hinunterlief. Das Schlucken bereitete ihr sichtlich Mühe, sie zog mit heftigen, kurzen Stößen den Atem ein. Miguel bettete ihren Kopf vorsichtig auf das Kissen zurück und nahm ihre Hand in die seine. Nora sah, wie Waltrauts Sehnen sich anspannten bei dem Versuch, seine Hand zu drücken. Ihre Augen glänzten, als hätte sie Fieber oder stünde unter Drogen.

«Sie sieht blau aus», sagte Nora.

«Das kommt vom Herzen», antwortete Miguel leise.

Sachte legte er ihre Hand zurück auf die Decke.

«Ich werde jetzt gehen», sagte er vorsichtig. «Der Arzt war heute Morgen da und hat nach ihr gesehen. Wenn du etwas brauchst – Clara wohnt in dem Apartment am Ende des Flurs. Auf dem Türschild steht Almeida. Hier ist meine Nummer. Du kannst mich anrufen.»

Er schob ihr einen Zettel in die Hand, sie nahm ihn automatisch und steckte ihn in die Hosentasche. Waltrauts Blick war unverändert auf sie gerichtet. Sie wollte ihn bitten zu bleiben, sie nicht mit dieser fremden Sterbenden allein zu lassen, aber ihr Widerstand war bereits aufgebraucht. Seine Schritte entfernten sich, die Tür fiel leise ins Schloss.

Sie betrachtete Waltrauts verfallenes Gesicht und versuchte, die Frau darin zu sehen, die sie einmal gekannt hatte. Ihre letzte Begegnung hatte in der Zeit mit Freddy stattgefunden, als Waltraut sie beide zu sich nach Hause einlud und für sie kochte. Sie war eine ebenso leidenschaftliche wie unfähige Köchin; Eigenschaften, die ihnen sogar hätten gemeinsam sein können, Nora allerdings fehlte es selbst an der Leidenschaft. Jetzt sah ihre Mutter aus, als sei sie am Verhungern. Miguel hatte etwas vom Herzen gesagt. Bisher wusste sie nur von dem Emphysem, und dass es zu Ende ging. Wie lange dauerte so etwas? Und woran starb man eigentlich genau bei einem Emphysem? Hatte Waltraut gewissermaßen die Wahl zwischen Herzinfarkt oder Ersticken? Sie hätte sich besser informieren sollen. Nun war sie hier, und es war zu spät. Sie sah sich im Raum um. Von draußen fiel ein fahler Schein durch die Balkontür, ein abnehmender Mond streute kühles Licht übers Meer. Das Zimmer lag im Halbdunkel, das Klavier an der Wand gegenüber dem Bett erkannte sie aus Waltrauts alter Wohnung wieder. Vor der Balkontür stand ein kleiner Tisch, auf dem säuberlich ein paar Flaschen aufgereiht waren. Sie nahm sich eines der daneben stehenden Gläser und schenkte sich einen Whisky ein. Waltrauts Atem ging in kurzen, gierigen Zügen, selbst ihm zuzuhören war anstrengend.

«Francesco war bei mir», sagte Nora mit dem Rücken zum Bett.

Bis auf das schwere, angestrengte Atmen war es still im Raum. Sie riss sich zusammen. Weiter.

«Erinnerst du dich? Du hast ihn zu mir geschickt.»

Sie drehte sich um. Das Gesicht leuchtete weiß aus dem Kissen. Sie hatte das Gefühl, als folge ihr Waltrauts halbtoter Blick. Sie fasste das Glas in ihrer Hand fester und hielt ihm stand.

«Es geht ihm schlecht. Mirko ist gestorben, und er ist einsam.

Ein einsamer alter Schwuler. Das Schlimmste, was einem passieren kann.»

Sie wunderte sich über den Triumph in ihrer Stimme, tatsächlich hatte ihr Francesco Leid getan.

«Als Kind war ich mal in ihn verliebt. Kannst du dir das vorstellen? Ich habe ihn mal irgendwo mit dir tanzen sehen und mich in ihn verknallt. Meine Verzweiflung muss wirklich groß gewesen sein.»

Unwillkürlich lachte sie auf. *Armer Francesco.* Sie schenkte sich Whisky nach und trat ans Fenster. Dahinter sah sie im Mondlicht schemenhaft den dunklen Strand und ein bleiernes Meer, dieselbe Aussicht wie von ihrem Hotelzimmer aus. Ein leichter Zugwind umwehte ihre Fußknöchel, sie dachte an die bevorstehenden feuchtheißen Sommernächte in New York, es kam ihr vor, als gehörten sie zum Leben einer anderen Frau. Abrupt wandte sie sich vom Fenster ab und trat mit schnellen Schritten ans Bett. Waltraut lag regungslos mit geschlossenen Augen, ihr Atem ging pfeifend. Sie nahm das Wasserglas und schob ihr die Hand in den Rücken, fühlte die schlaffe, warme Haut unter dem Nachthemd wie ein zweites, lose sitzendes Kleidungsstück. Der Strohhalm berührte Waltrauts geschlossene Lippen, plötzlich spürte sie das unbändige Verlangen, ihr den Mund gewaltsam zu öffnen und das Wasser in ihre Kehle zu schütten. Sie wartete, und das Verlangen ebbte ab. Waltraut schnappte nach Luft, etwas Wasser schwappte über die Bettdecke.

«Ich habe deine Briefe gelesen. Ich habe sie nicht weggeworfen», murmelte Nora kaum hörbar.

Täuschte sie sich, oder hörte sie einen Laut? Im Licht der Nachttischlampe und des Fernsehers sah sie Waltrauts faltigen, dünnen Hals, das an den Schläfen festgeklebte blonde Haar.

«Du sollst nicht sprechen», sagte Nora mit einem Mal weich und ließ sie vorsichtig zurücksinken. Sie nahm die Fernbedienung vom Nachttisch und schaltete den Fernseher aus. Der Raum versank in beinahe vollkommener Dunkelheit, Waltrauts Kopf lag in den Kissen wie auf einem schmutzig weißen Teller. Wenn sie außerhalb des Lichtkegels stand, hatte Nora das Gefühl, unsichtbar zu sein.

«Erinnerst du dich an Freddy?», fragte sie plötzlich. «Er war mein erster Freund. Der Mann, der mich vor dem Alleinsein retten sollte.»

Sie lauschte. Waren Waltrauts Augen wirklich geschlossen? Stellte sie sich bloß schlafend, oder schlief sie wirklich?

«Du hast ihn den ganzen Abend lang behandelt, als wäre er ein Penner. Vielleicht ist er ja sogar einer geworden. Im Schnorren war er jedenfalls immer ganz gut. Trotzdem, du hattest kein Recht dazu.»

«Chchhhhhiiiii...chh», machte sie, als zöge jemand die Öffnung eines Luftballons auseinander. Nora dachte an den restlichen Verlauf jenes Abends, der einigermaßen denkwürdig gewesen war: Waltrauts damaliger Freund, ein durchsetzungsfreudiger Geschäftsmann aus Süddeutschland, hatte vorgeschlagen, wegen des Essensgeruchs die Tür zum Schlafzimmer zu schließen – es gab Kohlrouladen, Waltraut hatte anscheinend vorgehabt, ihre Fähigkeiten bei der Zubereitung von Hausmannskost vorzuführen –, und seine freundlich gemeinte Bemerkung hatte dazu geführt, daß Waltraut eine Kohlroulade nach ihm geschmissen und dann den Rest mitsamt dem Topf vom Balkon in den Vorgarten geworfen hatte. Der Geschäftsmann, der sich bis dahin stolz in der ungewohnten Nähe zu einer Unterhaltungskünstlerin gesonnt, Waltrauts explosive Seite aber noch nicht kennen gelernt hatte, war verstört am Küchentisch zurückgeblieben, während Freddy einen Joint gerollt und ihm anschließend angeboten hatte. Sie kicherte und schüttelte leicht den Kopf. Wer hätte eine solche Szene vergessen können? Sie waren nach Berlin zurückgefahren. Die Haussuchung hatte kurz danach stattgefunden. Seitdem hatte sie nie wieder mit Waltraut gesprochen.

«Du hast Kohlrouladen geworfen», sagte sie anerkennend. «Das war gut. Direkt. Nicht hintenrum.»

Sie nahm die Packung, die neben den Flaschen lag, schüttelte eine Zigarette heraus und suchte vergeblich nach Streichhölzern. In der Küche brannte eine ringförmige Neonröhre, um die eine einsame Fliege orientierungslos herumschwirrte. Ein paar schäbige, furnierte Einbauschränke, die, so nahm sie an, noch aus der Bauzeit des Apartmenthauses stammten, bildeten die Möblierung, das Plastik der Arbeitsfläche pellte ab, eine der Schranktüren hing nur noch an einem Scharnier. Neben der Spüle standen ein paar Medikamentendosen, auf dem Tisch lag in ein Handtuch geschlagen ein Stück Brot. Der Kühlschrank summte, von draußen drang das Sirren der Zikaden zu ihr hinein, sonst war es still. Sie fand keine Streichhölzer und zündete die Zigarette am Gasherd an. Der Tabak war strohtrocken und schmeckte widerlich süßlich, wie Pfeifentabak.

Sie löschte die Zigarette unter dem Wasserhahn und ging zurück ins Zimmer. Waltrauts Augen waren immer noch geschlossen, und sie atmete schwer. Nichts erinnerte an die Frau, die sie gefürchtet hatte.

Neben dem Sekretär stand ein flaches Regal mit Schallplatten. Sie knipste eine kleine Lampe an, hockte sich auf den Teppich und blätterte die Hüllen der Reihe nach durch; das leise Aufeinanderklappen der Pappen verursachte außer Waltrauts Atem das einzige Geräusch im Raum. Als sie gefunden hatte, was sie suchte, schaltete sie den Plattenspieler ein. Er war alt. Sie musste den Tonarm mit der Hand aufsetzen. In das Knistern hinein erklang ein melancholisches Intro, sie unterschied Klavier, Bläser, der Drummer benutzte die Besen. Eine Stimme setzte ein, weiblich, rau, in swingendem Sprechgesang, und verlieh dem weichen Englisch eine harte, deutsch akzentuierte Note:

«When the only sound in the empty street
Is the heavy tread of the heavy feet
That belong to a lonesome cop
I open shop.»

Nora betrachtete die Plattenhülle, auf der eine junge Waltraut in ihrer typischen Bühnenkleidung, einem schwarzen Paillettenanzug, auf lässige Entertainerart lachend mit den Fingern schnippte. Sie streckte sich auf dem Boden vor dem Regal aus, die Platten verstreut zu ihren Füßen, und wartete auf den richtigen Moment, und als er kam, drehte sie die Lautstärke auf.

«Love for sale!
Appetizing young love for sale!
Love that's fresh and still unspoiled
Love that's only slightly soiled
Love for sale.»

Die langgezogenen Silben hallten durch das nächtliche Zimmer, Waltrauts rauchige Stimme ließ sich vom Beat des Schlagzeugs tragen. Nora wippte mit den Füßen, das Orchester war gut, doch, sie hatten sich Mühe gegeben mit dieser Aufnahme, das musste sie zugeben.

«Let the poets pipe of love
In their childish way
I know every type of love
Better far than they.»

«Gefällt es dir?», rief sie über die Musik hinweg, stand auf und ging zum Bett hinüber.

«If you want the thrill of love,
I've been through the mill of love.
Old love, new love –
Every love but true love.»

Sie lag unverändert schwer atmend, aus ihrem Nora zugewandten Augenwinkel lief eine Träne seitlich an der Schläfe herab. Weinte sie? Wahrscheinlich nicht. Es war nicht einmal sicher, dass sie in ihrem Zustand überhaupt mitbekam, dass sie hier war, dass Nora in *ihrem* Zimmer *ihre* Musik hörte. Sie beobachtete den mäandernden Weg der Träne und wartete darauf, dass sie die Ohrmuschel erreichte, aber bevor es so weit war, versiegte sie, und nur eine dünne, glänzende Spur blieb zurück.

«Love for sale!» Waltrauts gedehnter, marktschreierischer Lockruf verklang mit dem letzten Akkord. Nora ging zurück zum Plattenspieler und stöberte eine Weile durch den unordentlichen Haufen auf dem Fußboden. Dann nahm sie Waltrauts Aufnahme vom Teller und legte eine neue Platte auf.

«Autumn in New York», sang Billie Holiday. *«Why does it seem so inviting?»*

Langsam ließ sie sich auf den Rücken gleiten und lauschte der traurigen Stimme, diesem unvergleichlichen Gesang, der einem das Herz brach.

Vom Knacken des Plattenspielers und einem lauten, schnarchenden Geräusch wachte sie auf. In ihrem Blickfeld lag ein Stück Teppich und der Ausschnitt eines Regals. Sie blinzelte verwirrt, Bilderfetzen schossen ihr durch den Kopf wie ein lose verknüpftes Patchwork: der Blick aus ihrem Apartment, eine Straße in New Jersey, Stevens über sie gebeugtes Gesicht, eine bleiche Hand, blendende Helligkeit. Sie richtete sich auf. Hinter der Balkontür, durch das Gitter des Geländers sah sie die schimmernde, gekräuselte Oberfläche des Meeres. Beim Aufstehen rauschte das Blut aus ihrem Kopf, sie fühlte sich leer und leicht, beinahe wäre sie hingefallen. Vorsichtig näherte sie sich dem Bett, das Schnarchen glich eher einem Röcheln, zu tief und dunkel für Waltrauts mageren Körper, es hörte sich an, als wäre sie mit Wasser gefüllt. Ihr Mund stand offen, die Oberlippe war straff über den Zähnen gespannt, das Kinn hing herab. Sie trägt kein Gebiss, dachte Nora. Sie erinnerte sich, dass Waltraut immer gut auf ihre Zähne geachtet hatte. Vorsichtig berührte sie Waltrauts Hand. Der Ring an dem mageren Finger war vom Gewicht des Türkis zur Seite gerutscht, die Venen traten hervor. Die Stille nach dem letzten Röcheln währte unerträglich lang. Endlich holte sie Luft.

«Ich bin ja da», sagte Nora hilflos.

Sie hatte das Gefühl, mit einem Kind zu reden. Sie hörte sich mit der vorgetäuschten, beruhigenden Sicherheit sprechen, die man für aussichtslose Fälle reserviert. Die Situation schien ihr gleichermaßen dramatisch und surreal. Urplötzlich sog Waltraut mit einem aus den Tiefen ihres Körpers aufsteigenden Klagelaut die Luft ein, erschrocken zog Nora ihre Hand zurück. Nur das Knistern der festhängenden Plattennadel durchbrach rhythmisch die Stille.

«Ich verzeihe dir», stieß Nora hervor.

Gebannt starrte sie auf Waltrauts reglosen Brustkorb, fühlte, wie Schweiß sich in ihren Handflächen sammelte. Erst als ihr schwindlig wurde, merkte sie, dass auch sie den Atem anhielt. Mit einem heftigen Stoß ließ sie die Luft entweichen, vorsichtig entfernte sie sich rückwärts vom Bett und bewegte sich auf den Flur zu. Mechanisch schob sie eine Tasche in den Türspalt, bevor sie draußen Claras Namensschild suchte. Das Schrillen der Klingel hallte unangenehm laut auf dem verlassenen, neonbeleuchteten Gang. Sie wartete, dann hörte sie Schritte, ein älterer Mann im Unterhemd öffnete verschlafen.

«Clara?», bat Nora.

Zu ihrer eigenen Überraschung war ihre Stimme kaum hörbar.

Der Mann sah sie zuerst verständnislos und dann verärgert an. *Gleich wird er mich schlagen*, dachte sie.

«Mia madre. Waltraut», ergänzte sie unbeholfen.

«O que é?», fragte Clara, die im Bademantel neben ihm auftauchte.

Sie schob sich an Nora und ihrem Mann vorbei und eilte den Flur hinab. Hinter sich hörte Nora den Mann die Tür schließen.

Sie stand vor dem Apartmentkomplex auf dem verlassenen, nächtlichen Parkplatz und wusste nicht, wie sie dorthin gekommen war. In ihrer Hosentasche spürte sie den Zettel, den Miguel ihr gegeben hatte. Sie sah sich nach einem Münztelefon um, aber es war keines zu sehen, sie hätte in die Wohnung zurückkehren müssen, um ihn anzurufen. Langsam ging sie in Richtung Meer und lief auf dem sandigen Seitenstreifen entlang der kaum befahrenen Uferstraße. Waltrauts Musikaufnahme hatte sich in ihr eingenistet, die Melodie wollte ihr nicht aus dem Kopf, und sie sang leise vor sich hin. Aus einem Wagen musterte ein junger Mann mit langem, im Fahrtwind flatternden Haar sie fachmännisch, dann fuhr das Auto mit aufheulendem Motor weiter. Die Straßenlampen verteilten ihr diffuses Licht über die nächtliche Ödnis, und sie stellte sich vor, wie sie darin aussah: farblos, ausgeblichen, jedenfalls nicht *appetizing* und schon gar nicht jung. Zu ihrer Rechten wuchsen Apartmenthäuser in den Nachthimmel, hinter den Fenstern herrschte Dunkelheit. Zu ihrer Linken begann jetzt die Reihe der Restaurants und Bars, die Stühle waren mit Ketten aneinander geschlossen oder auf die Tische gestellt. Sie schaute auf ihre Armbanduhr: vier Minuten nach zehn, demnach war es also drei Uhr morgens. Im Näherkommen erkannte sie ein einzelnes, erleuchtetes Schild, *Bar António*, die Markise über dem kleinen Terrassenbereich war eingerollt, die weißen Plastikstühle lehnten gegen die Tische gekippt, aber aus dem Innern der Bar fiel noch Licht. Durch die geöffnete Tür sah sie einige Männer am

Tresen stehen. Vor der Wand, im Schatten der Markise, nahm sie ein paar Gestalten wahr. Plötzlich fühlte sie ihr Herz klopfen, als sie an ihnen vorbei den Raum betrat. Drinnen bat sie den Wirt, telefonieren zu dürfen.

Miguel meldete sich beinahe sofort.

«*Norra*? Wo bist du? Clara hat mich angerufen.»

«Ich bin in der Bar. Kannst du vielleicht kommen?», bat sie und war froh, als er *«Okay»* sagte.

Sie bestellte ein Glas Brandy und nahm es mit nach draußen. Das Gefühl, einen hohlen Körper zu bewegen, verstärkte sich, sie zitterte beinahe vor Müdigkeit und blieb unschlüssig stehen, als sie eine Stimme hörte.

«Olá!»

Sie drehte sich um, es war João. Mit angezogenen Knien, den Stuhl nach hinten gekippt und die Füße auf einem Tisch abgestützt, schaukelte er leicht vor und zurück. Als sie ihn ansah, ließ er sich nach vorn fallen und zog einen der Plastikstühle für sie heran. Wortlos setzte sie sich neben ihn. Sie trank ihren Brandy und lauschte auf das Rauschen des Meeres, aber wegen der Hotelbauten auf der anderen Straßenseite konnte sie es nur undeutlich hören. Ein paar Autos und ein Moped fuhren vorbei, sonst geschah nichts. Irgendwann tauchte Miguels verstaubter Renault auf. Während er ausstieg und auf sie zukam, nickte er João grüßend zu, dann nahm er einen Stuhl und setzte sich an Noras freie Seite.

«Sie ist tot, nicht wahr?», sagte Nora.

Er nickte schweigend.

«Clara hat sich Sorgen gemacht. Du warst plötzlich weg.»

Sie saßen zu dritt nebeneinander. *Wie Krähen auf einer Stange*, dachte sie, *gleich werden wir zu krächzen anfangen*. Sie lachte kurz auf. Er warf ihr einen überraschten Blick zu.

«Sie hat diese Songs gesungen, aber sie ist nie in Amerika gewesen», sagte sie in einem Ton, als könne sie es selber kaum glauben. «Obwohl», sie lachte wieder und nahm die Zigarette, die Miguel ihr hinhielt, «obwohl ich das natürlich nicht mit Sicherheit weiß. Ich glaube, sie wollte immer nur eine große Sängerin sein.»

Er gab ihr Feuer, und sie lehnte sich ihm entgegen. Seine Hand legte sich schützend um das brennende Streichholz, und als sie sich darüber beugte, kam die Flamme ihrem Haar gefährlich nah. Plötzlich spürte sie, wie es ihr sanft aus dem Gesicht gestrichen wurde. Sie fühlte die Wärme von Joãos Hand an ihrem Hals, gleichzeitig nahm sie unter dem Geruch des Schwefels schwach den Duft von Miguels Haut wahr, eine Mischung aus Schweiß, Sonne und Staub. Vorsichtig richtete sie sich auf, Joãos Hand glitt leicht ihren Nacken hinab und blieb auf ihrem Rücken liegen; Miguel warf das abgebrannte Streichholz weg. Mit einer sachten Bewegung schüttelte sie ihr Haar nach hinten und stieß den Rauch aus. Langsam lehnte sie sich zurück, legte den Kopf zur Seite und schloss die Augen. Joãos Hand brannte auf ihrem Rücken, während sein Atem ihr Gesicht streifte. Ihr Herz klopfte rasend. Im Hintergrund schabten Stuhlbeine über den gefliesten Boden, sie hörte ein paar Worte auf Portugiesisch, dann wurde mit einem hässlich scheppernden Geräusch ein Metallgitter heruntergelassen, der Barbesitzer schloss seine Kneipe ab. Schritte, dann das Knattern von Mopedmotoren. Als sie die Augen öffnete, war sie mit João und Miguel allein.

«Okay», sagte Miguel und warf seine Zigarette weg. Der Stummel glühte noch einmal auf und verlöschte dann in der Dunkelheit. Wie ein sterbendes Glühwürmchen, dachte sie. Sie fragte sich, wie Glühwürmchen aussahen, sie hatte noch nie eines bei Tageslicht gesehen. Immer noch lag Joãos Hand auf ihrem Rücken, ein wenig oberhalb ihres Steißbeines.

«Ich möchte an den Strand», sagte sie.

Ein einzelnes Moped parkte vor der Bar, sie nahm an, dass es Joãos war. Miguel musterte sie von der Seite, sie spürte seine Unruhe. Schnell stand sie auf. Joãos Hand glitt von ihrem Rücken, und die gewärmte Stelle war der kühlen Nachtluft ausgesetzt. Sie rieb sich die Arme, plötzlich euphorisch.

«Los», sagte sie und machte ein paar Schritte auf die Straße zu.

Sie hörte das Knirschen der Stuhlbeine, dann stand João neben ihr, kickte mit seinem Fuß den Mopedständer weg und bedeutete ihr, hinter ihm aufzusteigen. Miguel schüttelte ein paar Zigaretten aus der Packung und steckte sie sich hinter die Ohren, die Schachtel mit den restlichen gab er ihr.

«Bis morgen», sagte er und lächelte. Seine Zähne leuchteten in der Dunkelheit, er war wirklich schön, dachte sie, schöner als sein Freund. Dann sagte er etwas auf Portugiesisch zu João, und ihr fiel ein, dass sie nicht einmal wusste, wie ihr Hotel hieß. João antwortete ihm lachend und ließ den Motor aufheulen. Sie legte die Arme um seine Taille. Der Fahrtwind war kalt, und sie klapperte mit den Zähnen. Sie lehnte ihre Wange an seine Schulter, dicht neben seinen Nacken, und atmete Bier, Salz und Sonne.

Nach etwa einem halben Kilometer bog er von der Uferstraße in eine Einfahrt, die zu einem Parkplatz führte. Der muffige Geruch nach faulendem Fisch wehte vom Meer zu ihnen herüber. Er stellte das Moped ab und nahm ihre Hand, sie kamen an eine niedrige Brüstung aus Stein, durch eine Lücke führten ein paar Stufen zum Wasser hinunter. Der Strand lag im Dunkel. Am Ende der Treppe zog er sie in den Schutz der Mauer, sie spürte seine Zunge in ihrem Mund, den Geschmack nach Alkohol; seine schmalen, sehnigen Hände schoben sich unter ihre Bluse und lagen auf ihren Brüsten. Sie ließ sich gegen die Mauer fallen, ihre Finger zogen an seinem Haar, an seinem T-Shirt, mit wilder, tölpelhafter Entschlossenheit zerrten sie sich gegenseitig die Kleider vom Leibe. Als es vorbei war, gingen sie schweigend die Treppe hinauf zurück zu seinem Moped. Vor dem Hotel hielt er an, am Horizont zeigte sich ein dünner Streifen ersten Tageslichts.

«Nice to meet you, too», sagte sie, als sie ihm gegenüberstand.

Er sah sie an mit einem jungenhaften Grinsen, zog sein T-Shirt über den Kopf und reichte es ihr. Sie nahm es und roch kurz daran, dann lächelte sie ihm zu und wandte sich zum Eingang. Ein Mann in Joggingkleidung kam ihr entgegen. Er nickte ihr freundlich zu, sie nickte zurück und verschwand durch die Drehtür im Innern der Hotelhalle.

In ihrem Zimmer trat sie auf den Balkon und rauchte eine von Miguels Zigaretten. Die aufgehende Sonne ließ den Sand ockerfarben leuchten. Am Strand vor dem Hotel grüßten ein paar alte Leute den Morgen mit kindlich einfachen Turnübungen. Sie sah ihnen eine Weile zu, wie sie Kniebeugen machten, sich aufrichteten und mit den Armen schlenkerten, warf dann den Zigarettenstummel vom Balkon und ging unter die Dusche. Als das warme Wasser ihre Haut traf, brach sie in Tränen aus. Sie sank auf den Kachelboden und heulte nach Atem ringend in heftigen, lang anhaltenden Stößen.

Am frühen Nachmittag brachte Miguel sie zur katholischen Sozialstation. Sie wurden von einem älteren Mann empfangen, der sie in ein kleines, vollgestopftes Büro bat. An den Wänden hing neben ausgeblichenen Farbfotos mit portugiesischen Motiven auch ein Kalender der AOK. Der Mann deutete auf zwei Stühle. Er sprach Englisch, offensichtlich hatte er öfter mit Touristen zu tun.

«Mein herzliches Beileid.»

Sein strähniges, graues Haar hing ihm unordentlich in die Stirn, als sei er gerade aus dem Schlaf gerissen worden.

«Danke», antwortete sie mechanisch. «Was muss ich tun?»

Seine Augen weiteten sich, er sah zwischen ihr und Miguel hin und her, aber Miguel rührte sich nicht. Er schaute abwesend vor sich hin, als ginge ihn das alles nichts mehr an. Der Mann ließ ein paar Sekunden vergehen, bevor er antwortete.

«Also … der junge Mann hier sagte mir, Ihre Mutter habe ihm gegenüber den Wunsch nach einer Einäscherung geäußert. Wissen Sie etwas darüber? Gibt es ein Testament?»

«Meine Mutter und ich hatten keinen Kontakt.»

Warum erzählte sie ihm das? Würde es von nun an so weitergehen? Würde sie sich bis ans Ende ihres Lebens schuldig fühlen und wildfremden Menschen intime Bekenntnisse machen? Dass sie es in über zwanzig Jahren versäumt hatte, sich mit ihrer Mutter zu versöhnen? Ihr wenigstens zuzuhören? Sie verdrängte den Gedanken. Es gab nichts, was sie sich vorzuwerfen hatte. Sie war gekommen, sie war *da* gewesen. Sie hatte ihr sogar verziehen, zu spät vielleicht, aber sie hatte es getan. Mehr konnte man nicht verlangen. Der Mann formte die Lippen zu einer Schnute und schien nachzudenken.

«Wir arbeiten mit einem zuverlässigen Beerdigungsunternehmen zusammen. Vielleicht möchten Sie …»

«Einverstanden», unterbrach sie ihn.

Er senkte den Kopf, sodass sich ein Doppelkinn bildete, und betrachtete sie prüfend.

«Heißt das, Sie möchten das Unternehmen beauftragen?»

«Auf jeden Fall.»

Sie zog an ihrem Kleid, das Plastik fühlte sich klebrig an unter dem dünnen Stoff, der ihre nackte Haut vom Sitz trennte. Sie überlegte, wann sie das letzte Mal ein Kleid getragen hatte. Es fiel ihr nicht ein. Beim Packen hatte sie es in letzter Minute in die Tasche geworfen und sich, erst kurz bevor Miguel sie abgeholt hatte, entschlossen, es zu dieser Gelegenheit anzuziehen. Sie musste ein bisschen mehr auf ihre Weiblichkeit achten. Er fühlte sich jedenfalls gut an, dieser kleine Luftzug zwischen den Beinen, eine Erinnerung an die empfindliche Haut an der Innenseite ihrer Schenkel, die selten dem Licht ausgesetzt war. Ich müsste wieder einmal Ferien machen, Badeanzug tragen, dachte sie und betrachtete geistesabwesend das Plakat an der gegenüberliegenden Wand, das eine Bucht und blaues Meer zeigte, während der Mann ihnen Informationen über das Beerdigungsinstitut gab.

Die Einäscherung fand am nächsten Vormittag statt. Außer Nora nahmen nur Clara und Miguel an der kurzen Zeremonie teil. Sie saßen in einem kleinen, mit Bänken möblierten Raum, der als Kapelle diente; der schlichte Holzsarg war mit einem Gebinde aus weißen Lilien und roten Gerbera geschmückt, aus dem Lautsprecher erklang ein geistliches Musikstück vom Band, das Nora entfernt bekannt vorkam, an dessen Titel oder Komponisten sie sich jedoch nicht erinnern konnte. Die Auswahl des Blumenschmuckes und der Musik hatte sie dem Beerdigungsunternehmen überlassen. Clara platzierte sich ostentativ in einiger Entfernung von ihr, und einmal begegnete sie zufällig ihrem Blick, der abweisend und voller Verachtung auf ihr ruhte. Miguel saß neben Nora und hielt die Hände verschränkt auf dem Schoß, sie fragte sich, ob er betete. Langsam hob sich eine Klappe in der Wand, und der Sarg rollte durch die Öffnung. Das Musikstück brach ab, noch bevor er endgültig verschwunden war, und Waltrauts letzte Fahrt endete mit dem knirschenden Geräusch der sich hinter ihr herabsenkenden Klappe. Als sie die Kapelle verließen, sagte Clara in einer Flut zischender S-Laute etwas auf Portugiesisch zu Miguel, warf Nora einen letzten, vernichtenden Blick zu und ging mit schwerfälligen Schritten davon. Sie standen eine Weile lang unschlüssig vor dem an die Kapelle angrenzenden, flachen Krematorium.

«Ich habe sie gemocht. Sie hatte Humor, weißt du?», sagte Miguel schließlich und zündete sich eine Zigarette an.

Ein Angestellter des Beerdigungsunternehmens kam auf ihn zu und sprach leise auf ihn ein.

«Er fragt, was sie mit der Asche machen sollen.»

Damit hatte sie nicht gerechnet. Plötzlich erfasste sie Panik.

«Würdest du sie für mich annehmen?»

Zum ersten Mal schien er von ihr überrascht, sprachlos sah er sie an.

«Sie ist deine *Mutter …*»

«Sie *war* meine Mutter.»

«Du könntest ihre Asche ins Meer streuen.»

«Ich habe keinen Sinn für symbolisches Zeug. Es ist kitschig.»

Er suchte nach einem Argument.

«Sie war alt. Vielleicht mochte sie Kitsch.»

Nie im Leben. Sie war der Inbegriff des Kitsches gewesen, aber wenn jemand Kitsch gehasst hatte, dann Waltraut. Sie sah ihn bittend an. Er rauchte eine Weile schweigend.

«Du mochtest sie», drängte sie ihn.

Er schien zu überlegen.

«Unter einer Bedingung.»

Innerlich wappnete sie sich, bereit, zu verhandeln.

«Ja?»

«Ich war auch noch nie in Amerika», sagte er, und sein erwartungsvoller Blick erfüllte sie mit Erleichterung und Sorge zugleich.

zehn

Gina blickte auf und sah in das Gesicht der jungen Latina, die mit straff nach hinten gebundenem Haar, dünn gezupften Augenbrauen und langen, schreiend pink lackierten Fingernägeln hinter der Kasse stand und gelangweilt gähnend die in ihrem Portemonnaie herumsuchende ältere Frau betrachtete. Sie wünschte, sie hätte den blasierten Ausdruck von diesem Gesicht wischen können. Was gab *irgendjemandem* das Recht, sie auf diese Weise anzusehen? Sie lächelte gezwungen und reichte ihr einen Fünfzigdollarschein.

«Leider habe ich es nicht kleiner», sagte sie ungewollt schuldbewusst.

Das Mädchen hielt den Schein prüfend gegen das Deckenlicht und schob ihn dann mit einer lasziven Geste unter die Metallfeder des Kassenfachs. Mit flinken Fingern sammelte sie das Wechselgeld und legte es, den Blick bereits auf den nächsten Kunden gerichtet, in Ginas ausgestreckte Hand. Gina trat zur Seite, griff sich ein paar Strohhalme und gab zuerst Debbie und dann Sophie ihre Limonade.

«Der Film fängt gleich an», warnte sie und schob, den Popcornbecher im Arm, die Mädchen sanft den Gang hinunter. Im Dunkel des Saales erkannte sie die Köpfe der Zuschauer. Die Trailer für die kommenden Filme liefen bereits. Unter ihren Füßen knirschte Popcorn, als sie sich nebeneinander in eine mäßig besetzte Reihe drängten.

«Ich will neben Omi sitzen!», beharrte Sophie und blieb stehen.

«Nein, ich!», protestierte Debbie schubsend.

«Schsch!», zischte jemand von hinten.

«Seid ruhig», sagte Gina streng, zwängte sich zwischen die Mädchen und ließ sich müde in den Sitz sinken. Sie wünschte sich nach Hause, wo sie in Ruhe mit Harold Zwiesprache halten konnte. Aber Amy brauchte sie, und sie war ihr wie immer zu Hilfe gekommen. Also hoffte sie jetzt, die Vorstellung möge endlich beginnen. Im tröstlichen Dunkel wartete sie darauf, dass Harold vielleicht auch hier Gestalt annähme. Sie musste ihn fragen, was sie über das hinaus, was sie bereits versucht hatte, noch tun konnte, welche Mittel er ihr empfahl, um damit ein zerbrochenes Leben zu reparieren. Sie rutschte tiefer in ihr Polster, und für die Dauer der nächsten zwei Stunden, während die Kinder sich über ihren Schoß hinweg um Popcorn stritten, lauschte sie aufmerksam seinen Ratschlägen.

Die etwa fünfzigjährige, dickliche Maklerin kam eine halbe Stunde zu spät und stürzte sich mit einem krampfhaften Lächeln sofort in ausgiebige Entschuldigungen.

«Es tut mir schrecklich Leid», keuchte sie atemlos, «aber ich hatte einen Einbruchsalarm in einem anderen Objekt. Ausgerechnet während der Besichtigung ging die Sirene los, die Polizei tauchte auf, es war alles sehr unerfreulich ...»

Während sie redete, suchte sie in ihrer Schultertasche nach ihrer Brille, blätterte gleichzeitig in einem mit losen Seiten prall gefüllten Klappordner und zupfte an ihrem bei der Fahrt verrutschten Rock herum. Amy machte es nervös, ihr dabei zuzusehen; es war, als wüchsen statt zweier Arme zahllose Tentakel aus diesem Oberkörper. Sie ertappte sich dabei, wie sie an den Gelenken ihrer Finger zog, bis sie knackten; eine Angewohnheit, die sie jahrelang erfolgreich unterdrückt, in letzter Zeit jedoch, mit der allmählichen Verwandlung ihrer dunklen, brütenden Trauer in eine vordergründigere Angst vor der Zukunft, wieder aufgenommen hatte.

«Ich habe nicht viel Zeit», unterbrach sie den Redefluss der

Maklerin. «Meine Mutter ist mit den Kindern im Kino, und am Ende der Vorstellung muss ich sie abholen.»

«Oh, natürlich, sicher. Also, am besten, Sie gehen einfach voraus.»

Eifrig blätterte die Maklerin in ihrem Papierwust, während sie sich von Amy durchs Haus führen ließ. Ab und zu blieb sie stehen, erkundigte sich nach dem Zeitpunkt des Umbaus und alten Renovierungsplänen und machte sich dabei Notizen. Als sie nach einer halben Stunde wieder an ihrem Ausgangspunkt in der Küche angekommen waren, klappte sie ihren Ordner zu und stand ein wenig unschlüssig im Raum. Aus ihrer Haltung sprach Besorgnis.

«Es … hm … ist ein sehr schönes Haus. Es hat viel Charakter. So persönlich, mit viel Liebe zum Detail. Darf ich fragen, warum Sie es verkaufen wollen? Verstehen Sie mich nicht falsch», fügte sie hastig hinzu, «es ist nur für den Fall, dass jemand diese Frage stellt. Die Leute könnten denken, dass die Sache einen Haken hat oder dass es ein verborgenes Problem gibt. Die Menschen sind ja so misstrauisch.»

Sie lächelte bekümmert, als nähme sie ein vermeintliches Problem bereits vorweg. Amy hatte plötzlich eine Vorstellung davon, wie es sein musste, mit ewig mäkelnden, grundunzufriedenen Kunden umzugehen, Interesse wachzuhalten und Bedenken zu zerstreuen, dabei stets optimistisch zu bleiben und niemals dem Wunsch nachzugeben, ihnen zu sagen, sie sollten sich doch zum Teufel scheren.

«Mein Mann ist … gestorben. Ich möchte mit meinen Kindern von hier fortziehen.»

«Oh, Honey!»

Erschrocken fasste die Maklerin ihren Ordner fester und presste ihn wie zum Schutz gegen ihre Brust. Ihr Kopf sank herab.

«Es tut mir so Leid.»

Einen Moment herrschte Schweigen. Das Gesicht der Maklerin erschlaffte; die Anstrengung darin verschwand und machte einer ruhigen Ernsthaftigkeit Platz. Sie sprach vorsichtig, als müsste sie sich in Acht nehmen.

«Haben Sie sich überlegt ... Ich meine, haben Sie einen Wunsch, was ich einem Käufer sagen soll, falls man mich nach dem Grund fragt?»

«Nein. Sagen Sie, was Sie wollen.»

«Wir ... wir sollten mit offenen Karten spielen. Ich meine ...» Sie hielt inne und schüttelte den Kopf, dann setzte sie neu an. «Die Sache ist die: Wie nötig brauchen Sie das Geld? Damit ich weiß, in welchem Rahmen ich verhandeln kann.» Sie stöhnte leise. «Könnte ich vielleicht ein Glas Wasser haben? Es ist so warm heute.»

Amy nahm ein Glas aus dem Regal und füllte es mit Leitungswasser. Es war keineswegs besonders warm, im Gegenteil, es hatte sogar ein wenig abgekühlt, die große Sommerhitze würde erst demnächst einsetzen. Vielleicht ist sie in den Wechseljahren, dachte sie. Es kam ihr plötzlich sehr ungerecht vor, eine Frau sein zu müssen.

«Ich möchte, dass Sie nette Käufer finden. Ich möchte, dass eine glückliche Familie in diesem Haus wohnt. Wir waren sehr glücklich hier», sagte Amy unvermittelt streng. Es entstand eine Pause. Beide standen sich ratlos gegenüber.

«Es tut mir so Leid», sagte die Maklerin noch einmal und setzte das Glas ab. «Ich hoffe, ich kann Ihnen bald einen Käufer präsentieren. Einen, der Ihr Haus zu schätzen weiß.»

Sie nahm Amys Hand und drückte sie fest. Ihre Hand fühlte sich kalt an.

Als das Auto aus der Einfahrt gerollt war, setzte Amy sich im Wohnzimmer aufs Sofa. Sie stellte sich eine Familie am Abend vor, die Frau stand hinter dem Küchentresen und bereitete das Essen vor, die beiden Kinder saßen auf dem Teppich vor dem Fernsehgerät und sahen sich eine Zeichentrickserie an, der Mann holte

Teller aus dem Geschirrschrank und las zwischendurch in der auf dem Tisch aufgeschlagenen Zeitung.

Eine Weile saß sie so. Schließlich stand sie auf und wandte sich noch einmal um; ihr Herz zog sich zusammen.

Dann schloss sie mit einem leisen Klicken die Tür hinter sich.

«Was haltet ihr davon, wenn wir eine Weile lang bei Omi wohnen?»

«Bei Omi?», fragte Sophie erstaunt.

Beide Mädchen hoben den Blick vom Teller, Sophie neugierig und erwartungsvoll, Debbie runzelte misstrauisch die Stirn.

«Am Strand. Wir könnten eine Weile in Omis Strandhaus wohnen.»

Sie aß weiter, so als handele es sich um eine eher nebensächliche Angelegenheit, bei der es auf die Reaktion nicht groß ankomme.

«Warum?», fragte Debbie.

«Warum?», echote Sophie.

Die Stille wuchs und dehnte sich im Raum aus, zäh wie Hefeteig.

«Möchtet ihr nicht bei mir Ferien machen? Jeden Tag am Strand spielen und im Meer schwimmen?», sagte Gina endlich in übertrieben lockendem Ton.

«Warum?», beharrte Debbie, und Amy spürte plötzlich das Verlangen, sie zu schlagen.

«Weil ich es mir wünsche», sagte sie ruhig.

«Vielleicht bekommt ihr sogar einen Hund. Einen Hund habt ihr doch immer schon gewollt», warf Gina ein.

Amy starrte ihre Mutter fassungslos an.

«Ein Hund!», schrie Sophie, «Debbie, wir kriegen einen Hund!»

Sie hüpfte von ihrem Stuhl, rannte zu Gina und warf ihr die Arme um den Hals.

«Können wir so einen haben wie Charlie? Bitte, ja?»

Charlie war der Hund eines Schulfreundes, ein fetter, schwarzer Labrador, der den Kindern gutmütig wedelnd überallhin folgte und sich geduldig für ihre Spiele missbrauchen ließ. Debbie bedachte ihre Schwester mit einem verächtlichen Blick und ließ ihre Gabel auf den Teller fallen.

«Ich will keinen Hund», sagte sie in das Scheppern. «Ich will auch nicht an den Strand.»

«Schatz», bemühte sich Gina und versuchte, Sophies Arme von ihrem Hals zu lösen, «wäre es nicht schön ...»

«Ich will nicht, ich will hier bleiben!», schrie Debbie, sprang auf und rannte aus dem Raum. Ihre stampfenden Fußtritte hallten von der Treppe, gleich darauf schlug ihre Zimmertür krachend zu.

«Aber ich will zu Omi», heulte Sophie, «und ich will einen Hund. So einen wie Charlie! Bitte, Mom!»

Sie sah ihre Tochter verschwommen, als blicke sie durch eine beschlagene Glasscheibe, das ansteigende Gejammer drang wie von Watte gedämpft an ihr Ohr. Sie hatte das Gefühl, einen Sack Blei anzuheben, als sie langsam aufstand und auf die Treppe zuging.

«Wohin gehst du?», klang Ginas besorgte Stimme durch Sophies außer Kontrolle geratendes Gekreische.

«Aufräumen», hörte sie sich antworten. Sie hatte keine Ahnung, warum sie das sagte, es war einfach das Erste, was ihr in den Sinn kam.

...

Schrecklich, ganz grausam, wirklich! Wir waren alle ganz entsetzt! Nur – bitte, versteh mich nicht falsch – was man hier davon im Fernsehen gesehen hat ... Wie die Leute danach sofort in die Kameras geredet haben ... Also, wenn ich mir vorstelle, dass zum Beispiel mein Mann da drin gewesen wäre ... und dann gleich wildfremden Men-

schen … So was ist doch ganz persönlich! Damit möchte man doch erst einmal allein sein. Und damit dann Geld zu machen? Das ist schon sehr amerikanisch, findest du nicht?

Nora sah aus dem Fenster, während das Flugzeug von gewaltigen Gewitterböen geschüttelt hin und her schaukelte, aber anstelle der dunkelgrauen Wolken, die sich draußen ballten, stand ihr immer noch der Ausdruck beifallheischender Entrüstung vor Augen, mit dem die Frau auf der Geburtstagsfeier eines alten Berliner Freundes am Abend zuvor auf sie eingeredet hatte. Umringt von eifrig nickenden Menschen, die offenkundig ebenfalls ihre Zustimmung erwarteten, war sie einen Moment lang sprachlos gewesen, bevor sie ihnen mit einem aus der Tiefe ihres Innern hervorbrechenden *Fuck you!* den Rücken zugekehrt hatte. Überstürzt hatte sie die Party verlassen und alle weiteren Angebote, noch bei anderen Freunden in Deutschland vorbeizuschauen, ausgeschlagen. Stattdessen hatte sie auf den nächstmöglichen Rückflug umgebucht.

Die Maschine sackte ab und fing sich wieder, eine Frau hinter ihr schrie auf, und als sie endlich gelandet waren, klatschten einige Passagiere erleichtert Beifall. Mit festem Boden unter den Füßen fühlte Nora sich vorübergehend gerettet, doch als das Taxi sie vor ihrem Haus absetzte, schien die Umgebung ihr fremd, als wäre sie nicht nur knapp zwei Wochen, sondern lange Zeit fort gewesen. Die Wohnung empfing sie eingesponnen in einen feinen Schleier aus Staub und Stille. Regungslos saß sie an ihrem Schreibtisch, mit dem Zeigefinger strich sie leicht über die Tastatur ihres Computers. *Dies ist mein Zuhause,* dachte sie, während ihre Gedanken auf der Suche nach einem Anfang im Kreis liefen wie ein Hund, der seinen Schwanz jagt.

Am nächsten Morgen rief sie Steven an und teilte ihm mit, dass ihre Mutter gestorben sei. Sie hatte das Gefühl, ihm die Nachricht von ihrem Tod schuldig zu sein, immerhin war er der einzige Mensch, dem sie je ausführlicher von ihr erzählt hatte.

«Das tut mir Leid», sagte er. Es klang aufrichtig.

«Mir auch», sagte sie, und das war ebenfalls die Wahrheit.

«Wie geht es dir?»

«Nicht besonders. Es wird schon wieder», kam sie ihm schnell zuvor. Sie vermisste seine Nähe. Aber sie wollte ihr Verhältnis nicht nur aus Bedürftigkeit wieder aktivieren.

«Ich komme zurecht», bekräftigte sie noch einmal.

Doch sie war weit davon entfernt. Es fiel ihr plötzlich schwer, sich in ihrer Wohnung aufzuhalten, die Wände schienen ihr wie Dämme, gegen die von außen Wasser anschlug und die jeden Moment unter dem Druck nachgeben und zerbröseln konnten. Tagsüber stürzte sie sich in die Arbeit, an den Abenden ging sie aus, verbrachte Stunden in Musikclubs und Bars. Sie rief alte Bekannte an, Freunde, die sie während ihrer Zeit mit Steven vernachlässigt hatte. Anfangs machte sie sich Sorgen, dass sie keine Antworten auf ihre Fragen haben würde: *Was war geschehen? Warum hatte sie sich nie gemeldet?* Aber sie stellten keine, und insgeheim war sie enttäuscht von der bei ihren amerikanischen Freunden verbreiteten Art, nichts Genaues wissen zu wollen. Das Kommen und Gehen, Auftauchen und Wiederverschwinden von Menschen war ihnen selbstverständlicher als ihr. Nach all den Jahren hatte sie sich noch immer nicht daran gewöhnt.

Die Wochen vergingen. Mehrmals am Tag wanderten ihre Gedanken zu Amy. Ihr war, als hätte sie sie im Stich gelassen, dennoch brachte sie es nicht fertig, ihre Fahrten nach New Jersey wieder aufzunehmen. Immerhin gelang es ihr nach einiger Zeit, ihre Panikattacken in den Griff zu bekommen. In Gesellschaft, von Menschen umgeben, entspannte sie sich und fand beinahe zu ihrem alten Selbst zurück. Kaum war sie jedoch allein, kehrte die starke, drängende Unruhe wieder, und ihre Gedanken drehten sich erneut im Kreis.

…

Die Maklerin schleppte gleich am Wochenende nach der Vorbesichtigung die ersten Interessenten an. Zuvor hatte sie Amy darauf hingewiesen, dass es üblich sei, potenziellen Käufern ungestörten Zugang zu gewähren, damit sie unbehelligt vom Eigentümer Fragen nach versteckten Problemen stellen oder sich gleich in ihr möglicherweise neues Zuhause verlieben konnten. Letzteres würde natürlich den Vermittlungsprozess erheblich beschleunigen. Ed erbot sich daraufhin, mit Gina, Amy und allen Kindern gemeinsam in einen Vergnügungspark zu fahren. Der Kuss auf Amys Veranda lag ein paar Wochen zurück und war seither nie mehr erwähnt worden, dennoch zögerte sie, sein Angebot anzunehmen. Aber die Kinder bettelten, und schließlich gab sie nach.

Im Freizeitpark weigerte sie sich ebenso wie Gina, an Achterbahn- und anderen halsbrecherischen Fahrten teilzunehmen, und war Ed dankbar, dass er sich der Kinder annahm. Die grelle Buntheit, der Lärm und die Allgegenwart von Familien waren ihr kaum erträglich, und wie immer spürte sie den besorgten Blick ihrer Mutter, der sich hartnäckig an ihr festsaugte. Erst als sie alle zusammen in einem Restaurant aßen, wurde ihr durch die freundlichen Bemerkungen der Bedienung bewusst, dass sie selber eine Familie waren. Ed scherzte mit den Kindern, hin und wieder sah er mit einem Ausdruck zu ihr hinüber, der sie wärmte und ihr gleichzeitig unbehaglich war. Sie erschrak vor der Heftigkeit der Sehnsucht in seinen Augen.

Nach zwei weiteren Wochenendbesichtigungen, während deren sie sich ohne Ed im Zoo in der Bronx und bei Tom und Phoebe in Manhattan herumtrieben, präsentierte die Maklerin ihr ein junges Ehepaar; die Frau erwartete im September das zweite Kind. Sie wollten das Haus noch im Spätsommer beziehen, und wenn mit ihrem Darlehen alles gut ging, blieben ihr noch etwa sechs bis acht Wochen Zeit zum Auszug. Am folgenden Tag teilte sie Debbie und Sophie mit, dass sie das Haus verkaufen würde. Sophie weinte ein bisschen, doch die Aussicht auf Augustferien am Strand und vor allem den versprochenen Hund lenkte sie schnell ab. Debbie sprach fast eine Woche lang kein einziges Wort, dann war ihr Widerstand gebrochen und der Kampf beendet. Es blieb ein trauriges Kind, das mit gesenktem Kopf durchs Haus schlich.

«Lass sie», sagte ihre Mutter. «Du musst ihr Zeit geben. Erst der Vater, dann ihr Zuhause. Es ist alles zu viel für sie.»

Amy dachte gequält daran, was Debbies erschütterte Seele in den kommenden Wochen noch würde überstehen müssen, und wünschte sich zugleich, Ginas Vorrat an Lebenshilfeformeln möge endlich versiegen. Geduldig ließ sie einen neuen Schwall ihrer gut gemeinten Ratschläge über sich ergehen und lenkte ihre Gedanken schnell in eine andere Richtung. Sie hatte eine Aufgabe, sie musste sich darum kümmern, was mit ihrer Habe geschehen sollte.

...

An einem Samstag Mitte August wurde die Hitze in Manhattan so unerträglich, dass Nora sich schließlich ins Auto setzte und aus der Stadt flüchtete. Aus alter Gewohnheit nahm sie den West Side Highway und fand sich bald auf der vertrauten Strecke über die George-Washington-Brücke nach New Jersey. Durch das geöffnete Fenster rauschte der Lärm des vorbeiziehenden Verkehrs, und wie schon während der vergangenen Wochen beherrschte eine einzige, bohrende Frage ihre Gedanken: Warum hatte sie sich nie mit der Unausweichlichkeit von Waltrauts Tod beschäftigt? Sie wusste nicht, was sie mehr bereute: die versäumten Gelegenheiten zur Konfrontation oder zu einer Versöhnung. Mehr jedoch als alles andere verstörte sie die Entdeckung einer kindlichen Sehnsucht, die sie über all die Jahre hinweg für Waltraut in sich aufbewahrt hatte, eine geheime Zärtlichkeit, die erst mit ihrem Tod wieder erweckt worden war. Hatte Waltraut deshalb mit dem

Sterben auf sie gewartet, damit sie von dieser schlafenden Sehnsucht erfahren konnte? Oder konnte es sein, dass sie selber inzwischen nur noch der Wunsch quälte, ihrer Mutter von ganzem Herzen vergeben zu können? *Heile, heile Segen, drei Tage Regen, drei Tage Sonnenschein, dann wird alles wieder besser sein …*, meldete sich ein alter Kinderreim. Sie summte vor sich hin; hätte es so einfach sein können? Unvorstellbar!

Bereits aus der Ferne nahm sie eine gedämpfte, brütende Atmosphäre wahr, die ungewohnte Stille in Amys Straße. Auf dem Rasen vor dem Haus lagen verlassen zwei Kinderfahrräder; die Fenster waren geschlossen. Im Näherkommen sprang ihr das Schild ins Auge, das mitten auf dem Rasen an einem galgenförmigen Pfosten baumelte. *Verkauft,* schrien die roten Buchstaben triumphierend. Gleich daneben steckte an einem Holzstab ein Stück Pappe mit der Aufschrift *Sonntag Flohmarkt.*

Langsam ließ sie den Wagen ausrollen. So jäh der Schock kam, sie hatte seit längerem eine Veränderung erwartet, und doch war sie, jetzt, da sie eingetreten war, wie von einem heftigen Verlust überrascht. Verblüfft betrachtete sie das regungslos in der hitzeschweren Luft hängende Schild und fühlte sich gleichzeitig beraubt und erleichtert. Welche Bedeutung hatte diese sachliche Ankündigung? Sieg oder Niederlage? Ihre letzte Erinnerung an Amy war deren erschöpftes, verweintes Gesicht. Sie hätte sie nicht allein lassen dürfen! Andererseits: Die Fahrten zu den Einkaufszentren und Supermärkten, die Nachmittage auf Spielplätzen, auf dem Parkplatz vor dem Fitnesszentrum – für wen waren sie bestimmt gewesen, wem hatten sie genützt? Mein Gott, sie war verrückt gewesen! Was bildete sie sich ein, wenn sie geglaubt hatte, dieser Frau helfen zu können? Hatte sie wirklich gemeint, sie könnte etwas ausrichten gegen die Übermacht ihres Verlustes?

Grübelnd blieb sie, jede Vorsicht außer Acht lassend, im Auto vor dem Haus sitzen, bis es dunkel wurde und ein heftiger Gewitterregen die drückende Schwüle vertrieb. Das Wasser trommelte aufs Dach und überzog ihre Windschutzscheibe mit einem nassen, verschwommenen Schleier. Dann endlich wendete sie langsam den Wagen, schaltete die Scheibenwischer ein und fuhr zurück.

...

In den beiden letzten Nächten vor dem Auszug schliefen sie bei Ed und Claire. Die Mädchen lagen auf einer Luftmatratze am Boden neben Billys und Samanthas Bett, und Amy hatte das Gefühl, dass nicht nur Sophie, sondern auch Debbie in unbeobachteten Momenten das Abenteuer genoss. Sie selbst teilte mit Gina das Gästezimmer. Inzwischen war sie dankbar für die Anwesenheit ihrer Mutter. Um langwierige Diskussionen mit Claire zu vermeiden, war sie auf ihr hartnäckiges Angebot, bei ihnen zu übernachten, schließlich eingegangen. Dennoch fürchtete sie sich davor, plötzlich mit Ed allein zu sein. Wann immer sie seinem Blick begegnete, erkannte sie darin seine Verzweiflung, und Schuld und Sorge stiegen in ihr auf.

«Ich habe Kopfschmerzen, seid mir nicht böse», sagte sie am ersten Abend eine halbe Stunde nach dem Essen, als sie im von der Klimaanlage angenehm gekühlten Wohnzimmer saßen. «Es muss am Luftdruck liegen», fügte sie überflüssigerweise hinzu. «Ich muss mich hinlegen.»

«Oh, wie schade!», rief Claire und sprang sofort auf. «Kann ich dir irgendetwas bringen? Möchtest du eine Tablette?»

«Danke, das ist lieb. Nur schlafen. Ich glaube, ich bin einfach erschöpft», log sie und schenkte ihr ein bedauerndes Lächeln, wobei sie vermied, in Eds Richtung zu sehen.

Am folgenden Sonntagmorgen gingen sie alle zum Haus und schleppten die Gegenstände, die sie während der vergangenen Wochen für den Flohmarkt aussortiert hatten, aus der Garage auf den Rasen. Es war noch früh, doch schon nach kurzer Zeit wanderten Nachbarn, aber auch Fremde, die im Vorbeifahren das Schild oder ihre Anzeige in der Gemeindezeitung gelesen hatten, zwischen Möbelstücken, Spielzeug, Küchengegenständen und Gartengeräten herum, betasteten Kleiderstoffe, drehten und wendeten Nippeskram und prüften die kleinen, von Sophie gemalten Preisschilder. Eine Nachbarin, die Amy nur flüchtig kannte, brach, während sie nach dem Preis eines nicht ausgezeichneten Rührgerätes fragte, in Tränen aus. Stumm und erschrocken stand Amy vor ihr, das Rührgerät in der Hand. Schließlich nannte sie ihr mit rauer Stimme eine Summe, woraufhin die Nachbarin zu weinen aufhörte und zu handeln versuchte. Gegen drei Uhr nachmittags hatten sie etwa zwei Drittel verkauft; als einziges Möbelstück zierte nur noch ein Armsessel mit einem großflächigen Muster aus Brokatrosen, das Amy nie gemocht hatte, den Rasen und wirkte auf dem hitzeversengten Gras wie ein unförmiges Blumenbeet. Müde sank sie in die Polster und schloss ein paar Minuten lang die Augen.

Das nagende Gefühl, das Falsche zu tun, Richard, die Kinder, ihre Mutter, Ed und Claire zu enttäuschen, ließ sie nicht los; sie wünschte, sie könnte ihr Leben wie einen Videofilm zwei Jahre vorspulen und sehen, was aus ihnen allen werden würde. Als sie die Augen wieder öffnete, fiel ihr Blick auf einen Wagen, der am Ende der abfallenden Rasenfläche auf der Straße vor dem Haus parkte. Sein leicht ramponiertes Äußeres kam ihr bekannt vor, bis ihr einfiel, dass sie selber einmal vor langer Zeit ein solches Modell besessen hatte. Mit einem Mal schien ihr auch diese Erinnerung vertraut, eine Art Déjà-vu. Was war mit ihr los? Befand sie sich in einer Endlosschleife, in der sich alles ständig wiederholte: Gedanken, Empfindungen, Automodelle? Sie betrachtete die Menschen, die sich zwischen den Überresten ihrer Habe im Garten bewegten; die Menge hatte sich weitgehend verlaufen. Amy konnte nur drei fremde Gesichter ausmachen: einen älteren

Mann, der zwischen den Kleidungsstücken herumwühlte, und zwei Frauen, die sich an dem Tisch mit den Küchengeräten zu schaffen machten. Die übrigen waren Nachbarn, die in kleinen Grüppchen zusammenstanden oder mit Ed und Claire plauderten.

Claire hatte darauf bestanden, wenn alles vorbei sein würde, ein letztes Barbecue zu veranstalten. Amy fürchtete schon jetzt die endlosen Beteuerungen beim Abschied, in Verbindung bleiben zu wollen und bald zu Besuch zu kommen. Auf einem Campingstuhl etwas abseits entdeckte sie Debbie, die mit brütendem Ausdruck das Gras zu ihren Füßen ausrupfte. Eine der beiden fremden Frauen hatte sich vor ihr hingehockt und redete auf sie ein. Amy stand auf und ging langsam hinüber. Als sie neben ihr stehen blieb, sah die Frau zu ihr auf und lächelte sie an. Sie war vielleicht Anfang, Mitte vierzig und zierlich; ihre tiefblauen Augen bildeten einen interessanten Kontrast zu dem lose hochgesteckten, dunklen Haar, aus dem wie Ausreißer einzelne Locken in ihren Nacken fielen. Etwas an ihr berührte sie seltsam.

«Hi», sagte Amy.

Die Frau lächelte wieder, ein wenig nervös.

«Hi. Ich habe gerade gefragt, ob Sie vielleicht auch Kinderfahrräder verkaufen? Ich suche eines für meinen Neffen.»

Sie sprach mit einem leichten Akzent, dessen Ursprung Amy nicht ausmachen konnte. Irgendwas Skandinavisches?

«Wir hatten welche, aber sie sind schon weg», sagte sie. Ihre Augen ruhten auf Debbie, die mit gesenktem Blick weiterzupfte und tat, als höre sie nicht zu. Würde es immer so weitergehen? Würde Debbie ihr bis ans Ende ihres Lebens die Schuld geben?

«Schade», sagte die Frau, richtete sich auf und strich ihren Rock glatt. «Sie wachsen so schnell aus allem raus. Kaum dreht man sich um, brauchen sie schon was Neues», fügte sie lachend hinzu.

Amy betrachtete sie grübelnd. Irgendetwas an ihr erinnerte … Sie schüttelte den Gedanken ab. Nicht schon wieder.

«Wie alt ist Ihr Neffe?», fragte sie sachlich.

«Zehn», antwortete die Frau.

«Wir haben noch ein Skateboard. Das ist allerdings ziemlich kaputt. Und es gibt, glaube ich, auch noch ein paar Stelzen. Sie sind eine bisschen altmodisch, aber vielleicht sind sie ja trotzdem was für ihn», sagte Amy und machte eine vage Geste Richtung Garage.

«Danke.»

Die Frau nickte und ging mit leichten, schnellen Schritten zu der bezeichneten Stelle, wo die Überreste des geplünderten Spielzeuges herumlagen. Debbie hob den Kopf und sah ihr nach. Zwischen den ehemaligen, jetzt heimatlosen Plastikbewohnern eines verkauften Puppenhauses, einem Paar gelber Gummistiefel und einem dreirädrigen Kinderwagen lagen die beiden Holzstelzen. Die Frau hob sie auf, begutachtete sie von allen Seiten und klemmte sie dann wie zur Probe unter die Achseln, die beiden Enden ragten über ihre Schultern hinaus. Debbie stand auf und näherte sich ihr mit mühsam verhohlener Neugier; Amy folgte ihr. Die Augusthitze hing brütend über ihnen, mit dem Handrücken wischte sie den feuchten Film vom Gesicht. Aus einigem Abstand beobachtete sie, wie die Frau sich in Position brachte und einen Fuß auf einen der beiden Tritte setzte. Sie umschlang die Stelzen, klemmte das Holz fester zwischen Arme und Oberkörper und verlagerte ihr Gewicht. Im plötzlichen Gefühl sich anbahnenden Unheils blieb Amy stehen. Mit einem kräftigen Stoß schwang sich die Frau, den Blick geradeaus gerichtet, nach oben; ihr in der Luft schwebender Fuß suchte tastend den Tritt der zweiten Stelze. Schwankend hielt sie sich in der Balance, dann hob sie, als wäre ihr Fuß damit verwachsen, eine Stelze an und machte einen Schritt nach vorn. Sie wackelte bedenklich, aber sie wagte einen weiteren Schritt. Kleine Schweißperlen standen auf ihrer Oberlippe. Aus den Augenwinkeln nahm Amy eine Bewegung wahr: Ed war neben ihr aufgetaucht, drückte ihr seine Bierdose in die

Hand und begann langsam, wie in Zeitlupe, zu klatschen. Mit zusammengepressten Lippen bewegte die Frau sich weiter, eine kleine Schweißspur lief an ihrer Schläfe herab. Plötzlich gab der Boden unter einer der Stelzen nach und sank ein, sie geriet aus dem Gleichgewicht, ein Fuß blieb an der Stütze hängen, und sie fiel in seltsam graziöser Haltung auf den Rasen. Noch während ihr Blick dem Fall folgte, bereitete Amy sich auf das hässliche Geräusch splitternder Knochen, das Knirschen ausgerenkter Gelenke vor. Kurz bevor die Frau auf dem Boden aufkam, schlug eines der Hölzer hart gegen ihr Gesicht. Über Debbies leise glucksendes Kichern hinweg hörte Amy Eds besorgte Stimme, der sich bereits über den auf dem Rasen liegenden Körper beugte.

«Haben Sie sich verletzt? Zeigen Sie mal.»

Er stützte die Frau an den Schultern und half ihr, sich aufzurichten. Amy stand wie in Trance, ihr war, als wäre sie selber gestürzt und horche jetzt auf die Signale ihres Körpers, den Schmerz, die ersten Anzeichen einer Beschädigung.

«Na, Sie werden ein schönes Veilchen kriegen. Das Ding hat Sie voll erwischt. Da muss sofort Eis drauf», sagte Ed munter.

Die Frau lächelte unsicher und verzog ein wenig den Mund, als sie den rechten Fuß aufsetzte. Sie humpelte leicht, während Ed sie zu einem wenige Schritte entfernten Campingstuhl führte und auf den Sitz drückte. Dankbar hob sie den Blick und sah – wie es Amy vorkam – beschämt in sein freundliches, weiches Gesicht.

«Das müssen wir sofort kühlen», entschied Ed. «Jungejunge, so was aber auch!»

«Es tut mir Leid, das war wirklich dumm von mir», murmelte die Frau und presste eine Hand gegen ihr Jochbein.

«Zeigen Sie mal Ihren Fuß», forderte Ed sie auf und kniete vor ihr nieder. «Ich kann nichts sehen. Schwillt jedenfalls nicht an. Das ist ja schon mal ein gutes Zeichen!»

Amy erwachte aus ihrer Erstarrung, ging zu der mit Bierdosen gefüllten Kühlbox, die neben dem Gartengrill auf dem Rasen stand, griff sich ein Tuch von dem Tisch mit den Kleidungsstücken und stellte alles neben Ed ab. Er breitete das Tuch auf dem Rasen aus, nahm Eiswürfel aus der Box und legte sie in einer Reihe darauf, dann schlang er das Ganze zu einer Rolle, und wickelte es um den Fuß der Frau. Amy sah, dass ihre Hand auf der Lehne des Stuhls zitterte. Sie nahm einen Eiswürfel und reichte ihn ihr.

«Danke», sagte die Frau und drückte ihn gegen ihre Wange. Es klang ein wenig heiser.

«Sie sollten trotzdem zum Arzt gehen», sagte Ed fürsorglich und nahm sich eine neue Bierdose aus der Kühlbox.

Amy drückte das Kinn an die Brust und musterte sie eindringlich.

«Wohnen Sie hier in der Nähe?»

Die großen blauen Augen sahen zu ihr herauf, das Schmelzwasser des Eiswürfels rann zwischen den schmalen Fingern hindurch und tropfte ihr vom Kinn in den Schoß. Sie war jetzt sicher: Sie kannte diese Frau. Aber bei welcher Gelegenheit war sie ihr begegnet? Ihr Aussehen, ihre Kleidung, ihr ganzes Auftreten erinnerte sie an etwas oder an *jemanden.* Sie fiel durch irgendwas auf, nicht nur durch diese verrückte Idee, auf Stelzen zu laufen. Sie musste zugeben, dass ihr diese zielstrebige Entschlossenheit gefallen hatte. Die Frau wischte sich eine Locke aus der Stirn.

«Ich … bin nur so herumgefahren.» Sie zögerte. «Ich gehe einfach gerne auf Flohmärkte», ergänzte sie dann. «Ich lese die Anzeigen dafür in den Zeitungen, das ist so ein Hobby von mir.»

Sie klang erleichtert. Weshalb sollte sie erleichtert sein? Ein Gedanke schoss Amy durch den Kopf und bedrohte die mühsam erreichte Waffenruhe zwischen Phantasie und Vernunft. *F?* War es möglich …? Hatte sie sie zusammen mit Richard gesehen? Sie konnte sich nicht erinnern. Aber wenn nicht mit Richard, wo oder mit wem sonst? Grübelnd sah sie auf sie herab.

Nora wand sich innerlich. Gott sei Dank war ihr noch rechtzeitig eingefallen, dass David und Sharon neuerdings im Sommer an den Wochenenden früh aufstanden und eine Art Sport daraus machten, auf den Flohmärkten ihrer Gegend herumzustöbern. *Der frühe Vogel fängt den Wurm*, hatte er am Telefon stolz gesagt. Dabei war er Langschläfer, so was sah ihm überhaupt nicht ähnlich. Im Grunde hasste sie dieses Sprichwort. Es sollte wohl bedeuten, dass alle, die spät aufstanden, schlechtere Karten hatten. Der Wurm kümmerte dabei anscheinend niemanden, obwohl der schließlich auch früh dran war. Ihr war schwindlig. Warum schlug sie sich jetzt mit der Bedeutung von Sprichwörtern herum? Was hatte sie sich bloß dabei gedacht, als sie gestern auf der Rückfahrt beschlossen hatte, auf diesen Flohmarkt zu gehen? Und welcher Teufel hatte sie geritten, dass sie unbedingt auf diese Stelzen steigen musste?

«Haben Sie es weit nach Hause?», erkundigte sich Amy weiter.

«In jedem Fall sollten Sie zum Barbecue bleiben», mischte sich der Mann ein, der ihr geholfen hatte, und ersparte Nora eine Antwort. Er nahm die Haube vom Grill, der ein paar Schritte entfernt auf dem Rasen stand.

«Trinken Sie erst mal was und bleiben Sie eine Weile hier sitzen, wir können Sie doch nicht schon wieder auf die Menschheit loslassen. Wer weiß, was Sie sonst noch anstellen!»

Lachend zog er zwei Bierdosen aus der Kühlbox und warf ihr eine zu. Reflexartig fing sie sie auf. Amy musterte sie mit einem nachdenklichen Blick, drehte sich dann um und ging zum Haus hinüber. Nora atmete erleichtert aus.

«Na dann», sagte der Mann und öffnete mit einem Zischen die Dose. «Ich heiße übrigens Ed. Wir wohnen ein paar Straßen weiter.»

«Nora.» Sie drückte ihre Dose gegen die schmerzende Stelle unter ihrem Auge. Das Metall war angenehm kalt. In der Nähe des Hauses sah sie Amy mit der Nachbarin sprechen, die sie von ihren Fahrten kannte. Die Nachbarin blickte zu ihr herüber und schüttelte den Kopf. Spätestens jetzt war der Augenblick gekommen, in dem sie sich verabschieden sollte.

«Auf Ihre akrobatischen Fähigkeiten», sagte Ed und prostete ihr zu.

Sie hob ihre Dose und prostete zurück. Dummerweise begann sie, sich hier wohl zu fühlen. Die schwere Luft lastete auf ihr und drückte sie auf den Stuhl; es war angenehm, an einem heißen Sommertag mit einem kalten Bier und der Aussicht auf ein Barbecue auf dem Rasen zu sitzen. Es war sogar noch angenehmer, umsorgt zu werden. Sie mochte diesen Mann mit den traurigen Augen, der ihr den Knöchel verarztet hatte. Sie lächelte Ed zu und trank einen Schluck. Vom Haus her näherte sich eine in Jeans und Bluse gekleidete, grauhaarige Frau und hielt das jüngere Kind, dessen Name, wie Nora wusste, Sophie war, an der Hand. Das ältere Mädchen rannte auf sie zu und zeigte in Noras Richtung. Zu dritt kamen sie näher.

«Können Sie wirklich auf Stelzen laufen?», fragte Sophie misstrauisch.

«Sie ist runtergefallen», stellte Debbie unbarmherzig fest.

«Also offensichtlich nicht», sagte Nora.

Die ältere Frau lachte und ließ sich in einen der Campingstühle sinken.

«Das sind meine Enkelinnen», sagte sie und deutete auf die Mädchen. «Sie sind äußerst beeindruckt von Ihnen. Da kann unsereins nicht mehr mithalten.»

Aus dem Hintergrund näherte sich mit schnellen Schritten die Nachbarin und stellte eine Schüssel mit zu Hamburgern geformtem Hackfleisch und marinierten Hühnerschenkeln auf einen kleinen Tisch neben dem Grill; ihr Blick fiel auf die Kühlbox und die beiden leeren Bierdosen, die daneben im Gras lagen.

«Oh, Ed, bitte! Es ist erst vier, und …»

«Meine Güte, ist es denn so schlimm, wenn ich am Sonntagnachmittag mal ein Bier trinke?», fuhr er sie überraschend heftig an und stocherte mit einem Metallhaken in den bereits glühenden Kohlen. Er wandte sich Nora zu.

«Claire – Nora. Nora – Claire.»

Übertrieben galant wedelte er mit der freien Hand zwischen ihnen hin und her. Die Nachbarin zupfte nervös an der Klarsichtfolie, die über die Fleischschüssel gespannt war.

«Hi. Wie geht es Ihnen? Haben Sie Schmerzen?»

«Claire!», stöhnte Ed.

Sie verstummte und zog sich einen Stuhl heran. Nora lächelte unbehaglich. Zu dritt saßen sie im Halbkreis, die Kinder spielten lautstark auf dem Rasen zwischen den Sachen, die keinen Käufer gefunden hatten. Ed schrubbte mit einer Drahtbürste über das Grillgitter; es gab ein unangenehm kratzendes Geräusch. Nora sah sich nach Amy um und fand sie in einiger Entfernung im Halbdunkel der Garage, wo sie sich in einer Ecke zu schaffen machte.

«Das war's dann also», sagte Ed, plötzlich mürrisch.

Ungeduldig bohrte er den Haken zwischen die Kohlen und rüttelte sie auf.

«Wo liegt denn Ihr Sommerhaus?», wandte sich Claire an Gina, um überhaupt etwas zu sagen.

«In Virginia, ziemlich nah am Strand», antwortete Gina freundlich.

«Virginia», sagte Claire träumerisch. «Das ist beinahe der Süden. Ich wollte eigentlich immer im Süden leben.»

«Wirklich?», fragte Amy überrascht, die mit einer Schüssel voll Salatblätter und Tomatenscheiben über den Rasen auf sie zukam. Sie erinnerte sich nicht, dass Claire je vom Süden geschwärmt hätte. Sie sah sie eher in Neuengland, vielleicht noch in Kalifornien.

«Sie hat manchmal so Phantasien», sagte Ed dunkel und wie zur Bestätigung ihrer Gedanken. Missmutig stocherte er in den Kohlen und setzte die Haube wieder auf den Grill. Nora zog an dem Tuch, das ihr, weil die Eiswürfel schmolzen, langsam vom Knöchel rutschte.

«Claire, Ed, warum kommen Sie uns nicht mal besuchen?», schlug Gina vor. «Das Haus ist zwar einfach, aber groß genug. Mein Mann hat es gekauft, als unsere Kinder noch klein waren. Es hat vier Schlafzimmer.»

Ihre Mutter lächelte für Amys Begriffe übertrieben einladend. Sie stellte ihren Stuhl in größtmöglicher Entfernung zu ihr neben den von Claire.

«Nein, nein», sagte Claire schnell, «wir wollen Ihnen keine Mühe machen. Sie müssen sich ja auch erst mal richtig eingewöhnen.»

Sie legte einen Arm auf Amys Stuhllehne. Dann machte sie eine unsichere Geste, den Rasen und die darauf herumtobenden Kinder einschließend, und nickte Nora zu.

«Unsere Freundin Amy zieht morgen aus. Es ist unser letzter Abend, wir werden sie sehr vermissen.»

Nora lächelte, sie hatte das eigentümliche Gefühl, ihr Gesicht würde an beiden Seiten auseinandergezogen.

«Warum nicht?», mischte Ed sich ein. «Vielleicht wäre es ganz nett, mal ein paar Tage mit den Kindern am Meer rumzuhängen. Das haben wir schon ewig nicht mehr gemacht. Das könnte doch nett sein, Amy, oder?»

In seiner Stimme lag eine Dringlichkeit, die Amy und Nora gleichzeitig zu ihm hinsehen ließ. Seine Augen trafen auf Amys, und ihr war, als hielte sein Blick sie gefangen. Schnell wandte sie sich ab. Er hob den Deckel des Grills an und trat, dem aufsteigenden Rauch ausweichend, einen Schritt zurück. Dann warf er ein paar Hamburger und Hühnerschenkel auf den Rost. Die Hühnerhaut zischte. Er schloss den Deckel darüber.

«Mom! Können wir einen Hund haben?», schrie Billy, der quer über den Rasen herübergerannt kam. «Debbie und Sophie kriegen einen Hund!»

«Nein», sagte Claire und setzte sich abrupt auf.

«Warum nicht?», jammerte Billy und hüpfte bettelnd vor ihr auf und ab.

«Weil deine Mutter keinen Hund will», sagte Ed, der zusehends betrunkener wurde, und griff nach der Grillzange.

Claire kratzte mit einem Stein wütend eine Kerbe in den Rasen zu ihren Füßen.

«So macht er es immer», klagte sie. «Ich hab es satt, immer der Spielverderber zu sein.»

Gina sank unbehaglich tiefer in ihren Stuhl.

«Möchten Sie noch ein Bier?», wandte Ed sich an Nora.

Sie schüttelte den Kopf. Er hob erneut die Grillhaube, und schwarzer Rauch quoll darunter hervor. Mit der Zange wendete er die Hühnerschenkel, deren verbrannte Haut am Rost kleben blieb; Fett tropfte herab und entzündete sich an den darunter liegenden Kohlen, ein paar Flammen züngelten an den Hamburgern. Er wischte sich über die Augen, seine Hand hinterließ einen schwarzen Rußstreifen auf der Stirn.

«Verdammter Rauch», murmelte er und nahm einen Schluck Bier.

«Mom! Sam und ich wollen auch einen Hund, warum …»

«Da siehst du, was du angerichtet hast», jammerte Claire zu Ed hinüber. «Kannst du nicht endlich einmal damit aufhören!»

Sie schoss aus dem Stuhl hoch und ging mit schnellen Schritten zum Haus. Ed hob in einer resignierten Geste die Grillzange und ließ sie wieder sinken.

«Darauf trinken wir», sagte er theatralisch und setzte eine Dose an die Lippen. «Hier, nehmt euch.»

Er begann, die angebrannten Hühnerbeine und Hamburger auf Pappteller zu verteilen. Nora ergriff die Gelegenheit und stand auf.

«Es war wirklich nett von Ihnen, mich einzuladen, aber ich fürchte, ich muss jetzt gehen.»

«Nichts da.» Mit rauer Fürsorglichkeit drückte er ihr einen Teller in die Hand und legte ein aufgeklapptes Brot darauf. «Sie brauchen noch eine Stärkung. Ziemlich eindrucksvoll Ihre kleine Einlage vorhin. Wo kommen Sie eigentlich her? Ich kann Ihren Akzent nicht zuordnen. So was ärgert mich, ich bin sonst Experte im Akzent-Erkennen.»

«Aus Deutschland», antwortete sie automatisch und bereute es sofort.

«Ach ja? Von wo in Deutschland?», bohrte Ed weiter und schichtete ein Salatblatt, eine Tomatenscheibe und einen Hamburger auf ihr Brot.

«Ein kleiner Ort», erklärte Nora nebenher. «Etwas nördlich von der Mitte. Ziemlich unspektakulär.»

«Also, was das betrifft», verkündete Ed und machte eine ausholende, die Nachbarschaft einschließende Geste, «ist es hier auch nicht gerade aufregend. Gina, Amy, stellt euch vor, unsere Heldin hier kommt aus Deutschland. Und sie hat es gerne gefährlich.»

Er lachte zufrieden über seinen Witz. Plötzlich empfand Nora wieder die gleiche Panik wie als Acht- oder Neunjährige, als der Anführer der Nachbarskinder sie in regelmäßigen Abständen zu irgendeiner idiotischen Mutprobe zusammengetrommelt hatte. Während sie sich auf Rollschuhen eine abschüssige Straße hinunterstürzten, der Lärm der Eisenräder im Schädel tobte und winzige Unebenheiten im Asphalt schon Sturz und Knochenbruch ankündigten, hatte er am Fuße des Hügels auf sie gewartet und zugesehen, wie sie mit zitternden Knien unten ankamen. Sie trank einen großen Schluck Bier. *Ruhig bleiben. Langsam ausrollen lassen.*

«Ich sollte jetzt aber wirklich ...», begann sie.

«Ich war noch nie in Deutschland», unterbrach Ed und öffnete eine neue Dose. «Vielleicht sollten wir mal nach Europa reisen. Meine Frau hat als Au pair in Paris gearbeitet, und sie liegt mir in den Ohren. Können Sie uns irgendwas in Deutschland empfehlen?» Er legte skeptisch den Kopf schief. «Obwohl, wenn ich es recht bedenke … Im Moment überschüttet ihr uns ja nicht gerade mit Zuneigung. Vielleicht sollten wir doch lieber woanders hinfahren. Was meinen Sie?»

«Ich bin selbst auch nicht sehr viel herumgekommen», wich sie ihm aus. «Amerika interessiert mich, aber ich kenne so gut wie nichts. Außer Louisiana, den Mississippi. Ich mag die Musik da unten.»

Ihr Blick wanderte zu ihrem Wagen, der, mit wenigen Schritten erreichbar, einladend an der Straße stand.

«Ich meine was anderes», beharrte Ed, legte einen Hamburger auf einen Teller und reichte ihn Gina. «Zuerst umarmt ihr uns alle und schickt Beileidsbekundungen und was weiß ich alles, nur wenn es dann darum geht, mit diesen Burschen aufzuräumen, will niemand mehr was mit uns zu tun haben. Stimmt doch, oder?», fragte er herausfordernd.

«Oh, Ed, kann ich lieber Hühnchen haben?», fragte Gina in einem hohen, bittenden Ton und trat mit ausgestrecktem Arm auf ihn zu.

Er biss sich auf die Lippen und tauschte ihren gefüllten Teller. Nora sah, dass er rot wurde.

«Sind Sie zu Besuch in den USA?», wandte Amy sich an Nora.

«Nein, ich lebe hier», antwortete sie automatisch und wünschte im selben Moment, sie hätte es für sich behalten. Wieder schaute Amy sie prüfend an. Sie spürte ihren eindringlichen Blick.

«Und genau da fragt man sich dann wieder, was mit diesen Leuten los ist!», brach es triumphierend aus Ed heraus. «Erst kommen sie alle zu uns, Einwanderer, Studenten, Touristen, aber wenn dann die Kacke am Dampfen ist, gibt es plötzlich alle möglichen Gründe, sich rauszuhalten.»

«Ed!» Amys Stimme war leise, und es lag Warnung und Bitte zugleich darin.

Noras Herz klopfte schneller. Von der Körpermitte aus durchrollte sie eine plötzliche, zornige Welle der Auflehnung, überzog ihr Gesicht, ihre Kopfhaut mit einer Hitze, die ihre Haut prickeln ließ.

«Aber was ist zum Beispiel mit all denen, die *nichts* getan haben und auf einem abgelegenen Inselknast verrotten müssen? Sind die nicht schon Grund genug?», platzte sie heraus.

Niemand sagte etwas. Worte. Jeden Tag ging sie damit um, und jetzt das! In ihrer Erregung fiel ihr nichts Besseres ein, als ihnen mit der abgenutzten Phrase von den *unschuldig Betroffenen* zu kommen! Und dazu noch, als sei es grundsätzlich in Ordnung, Schuldige zu bombardieren oder ohne Anklage einzusperren. *Alles läuft falsch,* wollte sie schreien.

«Manche Menschen haben mit Terrorismus eben ihre eigenen Erfahrungen», versuchte sie hilflos den Schaden zu begrenzen.

«Worauf Sie sich verlassen können», unterbrach Ed endlich das Schweigen. Er hielt immer noch die Grillzange in der erhobenen Hand. Gina zupfte an der Klarsichtfolie, die von der Hamburgerschüssel herabhing. Nora hatte das Gefühl, als schwankte der Boden unter ihr.

«Es tut mir Leid. Wirklich.»

Wie in Trance stellte sie ihre halb leere Bierdose ab. Ihre Augen begegneten Amys, die sie mit einem Ausdruck kühler Distanz ansah, so wie man einen zu Recht Verurteilten betrachtete. Sie hatte sich doch nur vergewissern wollen, dass Amy sanft in ein neues Leben glitt. Stattdessen hatte sie ihnen allen ihren Zorn entgegengeschleudert, ihre enttäuschte Liebe zu diesem Land. Und jetzt? Sie konnte unmöglich einfach so gehen! Was hatte sie denn noch zu verlieren? Sie machte einen Schritt auf Amy zu, und bevor die sich wehren konnte, umarmte sie sie schnell und fest. Dann trat sie zurück und sah in ihr verblüfftes Gesicht.

«Ich würde Ihnen trotzdem gern die Stelzen abkaufen», sagte Nora.

Auf dem Heimweg befand sie sich in völliger Auflösung. Was war bloß mit ihr los? Was hatte sie überhaupt sagen wollen? Dass Amy kämpfen sollte? Um ihr Leben, ihr Land, dass sie alles bewältigen musste, was ihr, Nora, nicht gelungen war? Wozu sie selber zu feige gewesen war oder zu schwach? Dass Amy stellvertretend für sie siegen möge, über die Angst, den Zorn, den Zweifel? Du lieber Gott! Wie sie dort vor Amy gestanden hatte: heillos verheddert, verknotet wie in einer Zwangsjacke! Und doch! Hatte sie sich nicht endlich bewegt? Zum Teufel mit der ewigen Zauderei! Dieser elenden, vornehmen Art, bloß nie eindeutig zu werden! Sie dachte an Steven und sich selber – was hatte es ihnen gebracht? Als sie endlich aus ihrer Höhle gekrochen war, war es zu spät gewesen. Und wenn sie sich lächerlich gemacht hatte? Na und! Gab es etwas Lächerlicheres, als auf Zehenspitzen durchs Leben zu gehen? Zum Henker damit und mit Ed und seiner besoffenen Bitterkeit gleich dazu! Natürlich hatte er Recht, wenigstens in einer Hinsicht. Schon lange vor den Anschlägen hatte ihr in regelmäßigen Abständen der Chor der Daheimgebliebenen im Ohr gehallt, derer, die nur ab und zu auf Besuch kamen und billige Jeans kauften, die Wolkenkratzer beglotzten und besorgt fragten, ob man im Central Park überfallen würde. Dieser Eifer! Diese Begeisterung! Aber kaum waren sie wieder zu Hause, ging es von vorne los: Die Todesstrafe! Das Gesundheitssystem! Die CIA! Die Indianer, die Schwarzen, Vietnam! Die mangelnde Bildung, *die Ignoranz!* Ausgequetscht hatten sie sie bei ihrer letzten Reise – *Wie war das denn, das so direkt zu erleben?* –, hatten wie Schwämme jedes Detail, jede Empfindung aufgesogen, die sie ihnen vertrauensvoll angeboten hatte, bis dann wie mit der Guillotine die ersten Sätze gefallen waren: *In Afrika sterben jeden Tag Tausende von Kindern, aber wenn es in Amerika mal dreitausend Leute erwischt* … Was hatte Ed gesagt? Wenn die Kacke am Dampfen ist … Sie jedenfalls wollte dann hier sein! Genau hier, in diesem Land, das in gleichgültiger Ungerührtheit durch seine lächerlich kurze Geschichte gesegelt war. Jawohl, hier, trotz allem! Wo Menschen, die sie nicht kannten, ihr Bier anboten und sie zum Barbecue einluden und ihr Eiswickel um den Knöchel machten.

Sie fuhr wie eine Verrückte, drückte den schmerzenden Fuß aufs Gas und freute sich am lang gezogenen Hupen der anderen Autofahrer, das ihr wie kämpferischer Fanfarenklang hinterherwehte. Im Rückspiegel sah sie die Stelzen aus dem Kofferraum ragen. Irgendwo da draußen, dachte sie, für sie unerreichbar, bewegte sich Amy jetzt allein zwischen den Menschen.

Die Möbelpacker erschienen früh am nächsten Tag. Sie beluden einen Lastwagen mit den Sofas, Sesseln und Betten, den Kartons mit Geschirr und Kleidung, Weihnachtsdekoration und Bettwäsche. Amy achtete darauf, dass die beiden sorgfältig verschlossenen Kisten mit den Familienfotos und Videofilmen zuletzt verladen wurden. Als der Fahrer die Tür des Lasters verriegelte, empfand sie einen flüchtigen Augenblick lang beinahe so etwas wie Euphorie.

Sie unterschrieb die Packliste und gab den Männern Trinkgeld. Nachdem der Wagen die Straße hinunter zum Lager verschwunden war, brachte sie die Mädchen zu Claire und fuhr mit ihrer Mutter zu einem Züchter, um den Hund abzuholen, einen flauschig-biegsamen, drei Monate alten Labradorwelpen, der außer sich vor Begeisterung um sie herumkugelte. Gina bestand darauf, ihn gemeinsam zu übergeben, in der Hoffnung, er möge den Annäherungsprozess zwischen Debbie und Amy beschleunigen. Debbie übte jedoch noch einmal verspätete Rache an ihrer Mutter, und während die anderen Kinder und sogar Claire vor Entzücken quietschten, fasste sie den Hund, der sie aufgeregt und mit dem ganzen Hinterteil wedelnd beschnüffelte, nicht einmal an.

«Also dann», sagte Ed, als sie am Abend ins Auto stiegen.

Der Hund lag eingerollt in einem Körbchen zwischen den Mädchen auf dem Rücksitz; Sophie hatte eine Hand auf seinem

Kopf liegen. Claire, der die Tränen übers Gesicht liefen, umarmte Amy ein letztes Mal.

«Wenn ich nur mitfahren könnte», flüsterte sie ihr ins Ohr, während ihre Gesichter aneinander ruhten und Amy die Feuchtigkeit auf ihrer Wange spürte. Sie wusste nicht, was sie antworten sollte, und lächelte sie nur an, als sie sich voneinander lösten.

«Vergiss uns nicht», sagte Ed finster und sah an ihr vorbei.

Sie trat auf ihn zu und spürte das Zittern seiner Arme, als er sie fest um sie schloss.

epilog

Zu Beginn des Herbstes, als die Kakophonie der nationalen Sicherheits-Bedenkenträger zu einem ununterbrochenen Strom offener Kriegsdrohungen gegen den Irak angeschwollen war, rief Nora David an.

«Glaubst du, sie werden damit durchkommen?»

«Was denkst du denn? Bei der Wahl haben sie's schließlich auch geschafft! Du glaubst doch nicht im Ernst, dass die mitten in dieser Show aufgeben und sagen, oh, tut uns Leid, wir haben uns geirrt! Gnade uns Gott jedenfalls, wenn es losgeht!»

Sein Ton war angewidert, zornig. So hatte sie ihn nur ein einziges Mal erlebt, direkt nach der Entscheidung des Obersten Gerichtshofes über die Präsidentschaftswahl.

«Was schlägst du vor?»

«Keine Ahnung. Dass wir uns zusammenrotten. Diese Regierung stürzen.» Er lachte bitter.

«Ach ja, würdest du das für mich tun? Ich darf ja nicht mal wählen.»

Düster ignorierte er ihren alten Frotzelton. «Mann, wie ich diese verfluchten Gehirnwäscher hasse!»

Sie telefonierten danach noch ein paar Mal miteinander, aber Davids zunehmende Depression zog sie noch tiefer herunter. Die Affäre mit Steven hatte sich nach ihrer Rückkehr von Waltraut nicht mehr erholt. Nora litt weniger, als sie befürchtet hatte. Sie fand Zuflucht in der Gesellschaft von Freunden, aufmüpfigen Bürgern, die innerhalb der letzten Wochen aktiv geworden waren, Protestaufrufe verfassten, Demonstrationen organisierten und alles Mögliche versuchten, um das offenbar Unvermeidliche zu verhindern. Aber ihr einstiges Gefühl der Geborgenheit war verloren gegangen. Nach wie vor betrachtete sie New York als ihre wirkliche Heimat, doch nicht einmal die Liebe zu dieser Stadt konnte sie die politischen Sünden des Landes vergessen lassen. In den Nachrichten hörte sie die trotzigen Friedensschwüre der deutschen Regierung. Sobald sich aber deswegen ein Anflug von Stolz in ihr regte, tönten ihr wieder die Sätze der Frau auf der Party und der selbstgerechte Klang ihrer Stimme im Ohr. Die tägliche Schizophrenie dieses Lebens setzte ihr zu. Sie tippte ihre Unterschrift unter Appelle im Internet, wo sie sich in der Menge Tausender internationaler Unterzeichner sicher fühlte. Immer noch scheute sie davor zurück, sich weiter vorzuwagen; ihre Angst vor einer Vergeltung durch die staatlichen Autoritäten reichte tief und überlagerte sogar ihren Abscheu. Ihr Zorn allerdings wuchs mit jedem Tag, und bald, so hoffte sie, würde er stärker sein als ihre Angst.

An einem goldenen Herbsttag fuhr sie im Taxi zu einer Verabredung, der Fahrer nahm die Route durch den Park. Die Luft knisterte vor Frische und roch nach Erde. Es war ein Tag, an dem die Stadt in der Sonne und unter dem klaren Himmel strahlte wie ein glänzendes, vielfach gezacktes Juwel, als müsse sie ihr noch einmal mit aller Macht ihren ganzen Reichtum zu Bewusstsein bringen. *Autumn in New York – why does it seem so inviting?*, dachte sie und öffnete das Fenster, hielt ihr Gesicht in den kühlen Fahrtwind und atmete tief ein, als müsse sie für immer den einzigartigen Geruch dieses Ortes in sich aufbewahren, an dem sie so viele Jahre ihres Lebens verbracht hatte.

…

«Mom!»

Debbies hoher, angstvoller Schrei drang zu ihr hinaus. Amy rannte, zwei Stufen auf einmal nehmend, die Außentreppe des Motels zum Korridor vor dem ersten Stock hinauf. Debbie, die mit Sophie vorausgelaufen war, stürzte ihr aus dem Zimmer entgegen.

«Er ist weg! Er ist *weg!*»

Debbie drängte an ihr vorbei und gab die Sicht in den Raum frei. Fußboden und Betten waren mit Schaumstoff und Kleiderfetzen bedeckt, der Hund hatte sich offensichtlich zuerst die Kissen und ein paar herumliegende T-Shirts vorgenommen und dann einen Weg nach draußen gefunden. *Wie um alles in der Welt ist er hier rausgekommen?,* dachte Amy. Dann fiel ihr ein, dass vielleicht das Zimmermädchen die Tür geöffnet hatte.

Sie wandte sich um, ihr Blick schweifte über die Brüstung, irrte im Zickzack über den Parkplatz zur Schnellstraße, an der sich ein «Denny's»-Schnellrestaurant, ein «Blockbuster»-Videoladen und ein flaches Gebäude, in dem ein Mischmasch aus Unterhaltungselektronik, Sportkleidung und Haushaltswaren feilgeboten wurde, aneinander reihten. In der Ferne, hinter einem brachliegenden, grasüberwucherten Gelände, tobte der sechsspurige Highway, der sie am folgenden Tag aus Kansas weiter nach Kalifornien bringen sollte. Debbies Schultern hoben und senkten sich mit jedem Schluchzen, ihre Hände umkrampften das Geländer.

«Glaubst du, er kommt wieder?», weinte jetzt auch Sophie und hing sich an ihren Arm.

Im Geiste spielte sie die verschiedenen Möglichkeiten durch: der Hund gestohlen, verkauft an ein Versuchslabor, herumirrend im Dschungel endloser Industriezonen und Vorstadtsiedlungen, überfahren, sterbend, vielleicht sogar tot, mindestens aber gefangen oder verletzt.

«Bestimmt», behauptete sie tröstend und hoffte, ihrer Stimme den nötigen Nachdruck gegeben zu haben. «Kommt», sagte sie entschlossen und nahm Sophies Hand. Debbie sah sie mit großen, furchtsamen Augen an und folgte ihr die Treppe hinunter. Sie schloss den Wagen auf und befahl den Kindern zu warten. Die Frau an der Rezeption teilte ihr unfreundlich mit, dass sie für den

Schaden an der Einrichtung aufkommen müsse, und beschrieb ihr anschließend den Weg zur nächsten Polizeidienststelle.

«Unser Hund ist entlaufen», sagte Amy zu dem schwitzenden Beamten und versuchte, gegen den Lärm eines altmodischen Druckers anzukommen, der in einer Ecke des Raumes Papier ausspuckte. Der Polizist warf einen Blick auf sie und die Kinder, die sie mit verheulten Gesichtern einrahmten.

«Wo?», fragte er ungerührt.

Nahm er etwa an, dass der Hund schon seine Gründe gehabt hätte? Sahen sie aus wie Tierquäler? Sie erinnerte sich an einen halb verdrängten Bericht im Fernsehen, in dem grinsende, männliche Teenager einen Haufen Welpen in einen Sack gesteckt und dann mit einem Knüppel darauf herumgedroschen hatten. Die Welpen hatten ihnen vorher noch zutraulich die Hände geleckt. Ihr brach der Schweiß aus. Sie nannte die Adresse des Motels.

«Hat er einen Chip?», fragte der Polizist und griff nach einem Stift und dem Block, der vor ihm lag.

«Einen Chip?»

Sie hatte Fragen nach Art und Größe des Hundes erwartet.

«Lassen viele jetzt einpflanzen. Elektronisch, unter der Nackenhaut. Da ist ein Code drauf, der in eine Datenbank gegeben wird. Damit kann man rausfinden, wo er hingehört.»

Er sah sie ausdruckslos an.

«Nein», sagte sie kleinlaut.

Vielleicht gehörte er zu diesen Leuten, die alles für ihre Tiere taten, während ihnen Menschen nichts bedeuteten. Obwohl er eher wie jemand wirkte, dem Menschen und Tiere gleichermaßen egal waren. Sie suchte nach etwas, womit sie wenigstens seinen polizeilichen Ehrgeiz wecken konnte.

«Er hat ein Halsband, auf dem sein Name und unsere Telefonnummer stehen», sagte sie so fest wie möglich.

«Er heißt Charlie», mischte Debbie sich ängstlich ein.

«Wir sind auf der Durchreise», erklärte Amy und hoffte damit kein Urteil über die Attraktivität der Gegend, für die er zuständig war, abgegeben zu haben.

«Von wo?», fragte er. Zum ersten Mal zeigte er verhaltenes Interesse.

«Aus New York», sagte sie wie zum Trotz. Debbie sah sie erstaunt an.

«Oh!» Er nickte ein paar Mal sinnierend vor sich hin. «Na, ich werd's jedenfalls nicht gegen Sie verwenden», sagte er mit einem Grinsen, das trotz seiner offensichtlichen Abneigung gegen das New Yorker Sündenbabel vermutlich Solidarität suggerieren sollte. «Versprechen kann ich Ihnen nichts», fügte er schulterzuckend hinzu. «Die Leute verlieren pausenlos alles Mögliche.»

Bevor sie die Polizeiwache verließen, fragte sie nach dem Tierheim und ließ sich auch die Nummern von sämtlichen Tierärzten geben. Auf dem Weg zum Wagen gab sie Debbie den Zettel zusammen mit ihrem Telefon.

«Wähl die erste Nummer und gib es mir wieder, sobald es klingelt.»

Sie fuhr vom Parkplatz und bog auf den Highway.

«Schaut genau hin. Sophie links, Debbie rechts.»

Sie fühlte sich plötzlich kühl bis ins Mark. Debbie gab ihr das Telefon, am anderen Ende antwortete das Tierheim. Sie beschrieb den Hund und nannte ihre Nummer und die Moteladresse. Wortlos reichte sie das Telefon zurück. Debbie wählte erneut. Zwei Stunden lang kreuzten sie über die Straßen und Highways der Umgebung. Am Ende hatten sie sich verfahren und fanden erst nach einer weiteren Stunde zum Motel zurück. Inzwischen war es dunkel geworden, Sophie lag schlafend auf dem Rücksitz. Debbie weinte.

«Wir hätten bei Omi am Strand bleiben sollen. Da wäre er nicht weggelaufen.»

«Er ist jung. Junge Hunde laufen überall weg.»

«Du hast gesagt, wir würden ihn wiederfinden.»

«Wir finden ihn.»

Es gab nicht den geringsten Anlass zu glauben, dass ein sechs Monate alter, argloser und zu allem Überfluss schwarzer Labradorschussel aus dem Dunkel dieser Einöde wieder auftauchen würde. Statt zum Motel bog sie auf den angrenzenden Parkplatz von «Denny's»; der Gedanke, jetzt auf ihr Zimmer zu gehen, löste Panik in ihr aus. Sie zog Sophie aus dem Wagen und trug das im Schlaf jammernde Kind in das Restaurant. Debbie trabte gehorsam hinterher.

Sophies Kopf auf ihrem Schoß, saß sie auf der Bank in einer Ecke des Restaurants und betrachtete die Gesichter der anderen Gäste. Paare, Familien, ein paar ältere Leute, einige Männer, keine einzelnen Frauen mit Kindern. Sie war sich sicher, dass es gerade hier viele junge Frauen gab, die mit ihren Kindern allein waren. Die übliche Geschichte: Ihre Männer hatten sie sitzen gelassen und waren mit ihren neuen Freundinnen abgehauen, die vielleicht ebenfalls Kinder hatten und selber ihren Männern weggelaufen waren. Die Männer zahlten keine Alimente; die Zurückgebliebenen – und irgendwann auch die neuen Frauen – arbeiteten dann als Kellnerinnen, im Supermarkt oder in der Schulküche. Die Kinder wuchsen mit den Liebhabern ihrer Mütter oder mit Stiefvätern auf, von denen manche blieben und manche nicht und immer so weiter. Sie musste plötzlich an Ed und Claire denken. Wie lange sie es wohl noch durchhalten würden? Debbie schaute sie unverwandt an, als versuche sie, ihre Gedanken zu lesen. Die Verzweiflung in ihren Augen schnitt ihr ins Herz.

«Schsch, schsch. Hab keine Angst. Iss, mein Schatz.»

Sie schaukelte sanft ein wenig hin und her, Sophie auf ihrem Schoß, die im Schlaf murmelte, Debbies erstarrte kleine Gestalt saß ihr aufrecht gegenüber, sie hatte das Hühnchen und die Pommes frites nicht angerührt. Amy fühlte Blicke vom Nebentisch, die Kellnerin kam herüber und lächelte sie freundlich an.

«Schmeckt es dir nicht?», fragte sie Debbie besorgt und beugte sich ein wenig zu ihr herunter.

«Wir haben unseren Hund verloren», erklärte Amy. «Er ist irgendwo da draußen.»

Sie nickte in Richtung der Eingangstür und des dahinter liegenden Niemandslands.

«Oh, das tut mir Leid», sagte die Kellnerin, eine stämmige Blonde in der Uniform des Restaurants, mit echtem Bedauern. «Er wird bestimmt wieder auftauchen», fügte sie tröstend zu Debbie gewandt hinzu.

Debbie starrte stumm auf ihren Teller.

«Lassen Sie sich Zeit», sagte die Kellnerin und legte die Rechnung sanft vor Amy auf den Tisch.

Als Debbie vor Müdigkeit nicht mehr sitzen konnte, kehrten sie ins Motel zurück. Um kurz nach zehn klingelte ihr Telefon, der Notdienst-Tierarzt teilte ihr mit, dass der Hund von einem Finder bei ihm abgegeben worden war.

«Er ist unversehrt, allerdings muss er sich stundenlang in irgendeinem Gestrüpp gewälzt haben. Total verklettet.»

Er lachte. Er hatte eine angenehme Stimme, sie hätte ihm gerne länger zugehört.

«Ich bin mit meinen Kindern in einem Motel, sie schlafen», sagte Amy leise.

«Macht nichts. Ich kann ihn über Nacht hier behalten. Er ist ein netter Kerl, er kann mir Gesellschaft leisten. Holen Sie ihn morgen früh ab.»

«Danke.»

Sie schaltete das Telefon aus und streichelte Debbie, die, noch immer vollkommen bekleidet, schlafend auf dem Bett lag, und er fehlte ihr mehr denn je.

Aharon Appelfeld
Geschichte eines Lebens
Deutsch von Anne Birkenhauer
208 Seiten, gebunden
ISBN 13: 978 3 87134 508 1
ISBN 10: 3 87134 508 3

«Ein Porträtfoto, das ich von Aharon Appelfeld gesehen habe …, zeigt ein zartes, vornehmes Kind der Mittelschicht … Man kann sich nicht vorstellen, dass dieses Kind keine vierundzwanzig Monate später jahrelang in den Wäldern überleben muss, ein gejagter, elternloser kleiner Junge.» *Philip Roth*

«Ich freue mich über die ‹Geschichte eines Lebens› von Aharon Appelfeld. Dieses Geschenk fällt uns so natürlich in den Schoß wie reifes Obst, das die Säfte der Erde und das Feuer der Sonne jahrzehntelang in sich aufgesogen hat, bis es süß und schwer wurde wie die Erinnerung. Aharon Appelfeld ist ein wichtiger Zeuge des vergangenen Jahrhunderts. Er lebt in Israel, zählt jedoch zu den großen jüdischen Erzählern Osteuropas; ebenso wie Paul Celan stammt er aus Czernowitz, der Stadt, in der einst – um mit Celan zu sprechen – ‹Bücher und Menschen lebten›.»

Imre Kertész

Friedrich Christian Delius

M e i n J a h r a l s M ö r d e r

Roman

304 Seiten, gebunden

ISBN 13: 978 3 87134 458 9
ISBN 3 87134 458 3

Die unerhörte Beichte eines friedfertigen 68er Studenten, der sich vornimmt, der Mörder eines Nazis zu werden. Den Hintergrund des kriminellen Geschehens bildet ein verkanntes Kapitel deutscher Widerstandsgeschichte vor und nach 1945, das in Justizskandalen untergegangen ist.

«Delius' Roman erhellt ein Stück Zeitgeschichte – die Gründerjahre der Republik. Es ist das große Verdienst dieses genau recherchierten Romans, dass er die Erinnerung daran wiederbelebt.» *Der Spiegel*

«F. C. Delius ist zu einem Markenzeichen in der deutschen Literatur geworden.» *Saarländischer Rundfunk*